l'ombre d'un doute

Martine Garnier-Jollit

l'ombre d'un doute

la pensée universelle
4, rue Charlemagne - 75004 Paris

ISBN 2-214-07366-3

CHAPITRE PREMIER

Le timbre d'une porte retentit, annonçant un visiteur tardif. Vanessa fit le geste de se lever, mais s'aperçut soudain que c'était la sonnette de l'entrée principale de la maison, la porte de communication étant ouverte ce soir là, on entendait très bien celle-ci du bureau. Déjà, Sophie, la gouvernante, accourait, toujours alerte malgré ses soixante-quatre ans... et sa corpulence ! Vanessa se remit à transcrire les rendez-vous du lendemain, comme elle le faisait chaque soir un peu avant l'heure de fermeture du Cabinet de consultations.

Sophie venait d'ouvrir la porte et se trouvait en face d'une charmante personne, élégante dans un manteau noir aux découpes modernes ; elle paraissait avoir trente à trente-cinq ans, une très belle blonde aux grands yeux de jais.

— Bonjour Sophie, dit-elle simplement, le docteur est-il là ?

— Madame Mireille ! murmura la gouvernante pâlissant soudain en reconnaissant la visiteuse.

— Mais oui Sophie ! C'est bien moi ! Vous semblez très étonnée de me voir ? Il est vrai qu'il y a bien longtemps que je ne suis venue ici, je suis de passage... Je venais prendre des nouvelles de... de mes amis !

Sophie, stupéfaite et ne pouvant plus dire un seul mot, recula pour laisser entrer la jeune femme ; après un temps d'hésitation, elle pria la jeune femme de bien vouloir patienter au salon, puis elle frappa à la porte ouverte du bureau où se trouvait Vanessa.

— Oui ? interrogea cette dernière.

Sophie entra, mortellement pâle, ce qui frappa la jeune secrétaire.

— Sophie ; Qu'avez-vous ? Cela ne va pas ? On jurerait que vous venez de voir un fantôme !

— En effet Mademoiselle ! C'est bien ce que j'ai eu l'impression de voir. Mais, malheureusement, ce n'en est pas un ! Mon Dieu, comment faire ?

— Voyons Sophie, calmez-vous ! Qu'est-ce qui vous fait si peur, dites-moi ?

— Eh bien, une jeune femme demande à voir Jaime.

— Vous savez bien que le docteur ne veut pas être dérangé pour le moment ; il examine le juge Bérard qui a eu une attaque la semaine dernière, et qui est rentré de l'hôpital ce matin.

— Je le sais bien Mademoiselle ! Mais... cette femme...

— Eh bien quoi ! Faites la patienter.

— C'est-à-dire que... Mon Dieu... Je paierais cher pour qu'elle s'en aille d'ici sans le voir.

— Vous ne semblez pas beaucoup l'aimer Sophie ?

— C'est une ancienne amie de Jaime, ou plutôt de sa défunte femme Barbara, il y a plus de trois ans qu'elle n'a pas mis les pieds ici... depuis que... depuis que Barbara n'est plus. Comment pourrais-je l'aimer ? Après tout le désordre qu'elle a semé dans cette maison ! On voit bien que vous ne la connaissez pas ! Oh bien sûr, à moi, elle n'a rien fait, mais j'ai souffert de voir le mal qu'elle faisait autour d'elle et surtout à Jaime et à Manou, les pauvres chéris ! J'ai sans cesse répété à Jaime que c'était elle la seule responsable de la mort de Barbara. Il ne...

Elle s'interrompit soudain, car la porte du bureau fut violemment poussée et une voix claire s'éleva.

— Alors Sophie, allez-vous enfin prévenir Jaime de mon arrivée ?

Elle redressa fièrement la tête en apercevant Vanessa qui s'était levée et s'avançait vers elle.

— Bonjour Madame. Je suis Mademoiselle Dalban, la secrétaire du Docteur Friedberg, si je puis vous être utile ? demanda Vanessa.

— Je voudrais voir Jaime... Je veux dire le docteur Friedberg, voulez-vous le prévenir de ma visite ! ordonna-t-elle tout en ignorant le salut de la jeune fille.

— Je regrette Madame, mais le docteur est en consultation et il m'a formellement interdit de le déranger, sous aucun prétexte... sauf urgence bien entendu !

Gardant la tête haute, la « charmante » jeune femme répliqua :

— Eh bien justement, c'est urgent ! Je suis de passage et je suis assez pressée !

— Bien Madame ! Qui dois-je annoncer ? questionna Vanessa, qui éprouva tout à coup une vive antipathie pour cette femme aussi impolie que belle.

— Mais... Mireille tout simplement ! Il ne m'a sûrement pas oubliée, minauda-t-elle.

Vanessa pensa qu'en effet, il ne devait pas l'avoir oubliée tout à fait, d'après le peu que Sophie venait de lui raconter, on peut difficilement oublier le mal que l'on vous fait, même si trois ans ont passé. Trois ans ! Il y a trois ans déjà, que la jeune femme du docteur Friedberg est morte ! Comment ? Je n'en sais rien, se dit-elle, le peu que je sais, c'est qu'elle avait trente-quatre ans et qu'elle n'était ni jolie, ni laide d'après les photographies qu'il y avait d'elle au salon ; elle était brune avec de très beaux yeux bleus.

Vanessa revint peu à peu à la réalité et alla tirer la porte de communication qui se trouvait au fond du bureau, puis frappa timidement à une seconde porte. La voix du docteur Friedberg, irrité qu'on le dérangeât, alors qu'il avait formellement consigné le contraire, se fit soudain entendre :

— Qu'est-ce que c'est ? Ne me dérangez pas maintenant voyons !

— Excusez-moi docteur, dit Vanessa, une dame désire vous voir et elle prétend que c'est très urgent, je me permets donc de vous importuner...

— Bon, bon, entrez ! Que me veut cette personne ? Le savez-vous au moins ?

— Non.

— Quoi ? Vous me dérangez sans savoir ce que veut cette femme ? Vous savez certainement qui c'est... du moins je l'espère ?

— Oui, docteur.

— Eh bien, qu'attendez-vous pour me le dire ?

— C'est que... elle dit s'appeler... Mireille, docteur.

Vanessa prononça ce prénom non sans une légère hésitation.

— Hein ! Mireille, dites-vous ? En êtes-vous sûre ?

— Certaine docteur, répondit Vanessa.

Elle le vit pâlir, comme si, tout pareil à Sophie, il venait de voir un revenant.

— Docteur ! Docteur vous... vous vous sentez bien ?

— Vanessa... Je... J'interdis que cette femme mette les pieds dans ma maison, vous entendez ? Je l'interdis !

— Mais, docteur...

— Il n'y a pas de mais Vanessa, je vous en prie, faites ce que je vous dis ! Renvoyez-là d'où elle vient ! Excusez-moi Monsieur le Juge, je suis à vous dans un instant !

— Je vous en prie...

— Docteur, il semblerait que cette personne arrive de très loin; elle a affirmé à Sophie être de passage, et je me permets d'insister sur le fait qu'elle prétend vouloir vous voir d'urgence, peut-être a-t-elle des ennuis de santé... et vous êtes médecin.

— Des ennuis ? Elle n'en a jamais eu ! C'est aux autres qu'elle en donne. Bon, très bien ! J'ai encore un patient à examiner après monsieur le Juge, si vous pouvez la faire attendre encore une vingtaine de minutes. Merci, dit-il enfin, s'étant soudain calmé.

Vanessa revint dans son bureau et répéta à la visiteuse les ordres du médecin. Vingt minutes plus tard exactement, celui-ci poussa la porte du salon où la jeune femme blonde avait été introduite.

— Jaime ! enfin... Comme je suis heureuse de te revoir ! Comment vas-tu ?

— Tu es médecin, ou c'est moi ?

— Quel accueil ! Ta santé m'intéresse. Nous sommes amis, non ?

— Comment ? Tu le crois encore ?

— Jaime, tu plaisantes ! Autrement... Quoi de nouveau ? Ta fille, dis-moi, pas encore mariée ?

— ...

— Eh bien... Mais dis quelque chose !

— Que veux-tu ? questionna-t-il simplement.

— Mais rien. Prendre des nouvelles de mes amis de La Rochelle ! Les Friedberg, les Bongrand, les Renaud... et les autres. Ma première visite est pour toi !

— Je m'en serais passé figure-toi ! Je croyais t'avoir dit de ne plus mettre les pieds ici !

— Tu plaisantais, je le sais bien !

— Oh non, pas du tout !

— Allons, je te connais...

— Je ne crois pas, non !

— Comment va ton travail ? Fais-tu toujours souffrir tes patients ?

— Tes plaisanteries ne me font pas rire tu sais ! Je les trouve même déplacées ! dit-il sévèrement.

— Tu as bien changé Jaime...

— A qui la faute ? Que veux-tu à la fin ? Tu n'es pas venue ici pour rien, j'en suis sûr ! Alors ?

— Est-ce la mort de ta chère Barbara qui t'a rendu aussi dur après trois ans ? demanda-t-elle impitoyable.

— Je t'interdis de prononcer son nom, tu n'en es pas digne !

— Quoi ? Est-ce ma faute si elle est morte ? A t'entendre on croirait que je l'ai assassinée, remarqua-t-elle cyniquement.

— Fiche le camp ! Allez ! Va-t-en ! Ta présence m'est insupportable. Sors de cette maison et de ma vie. Je ne veux plus entendre parler de toi !

— Calme-toi ! Bon, excuse-moi, je n'aurai pas dû te parler d'elle. Je suis venue en amie et toi tu me parles sur un ton... agressif.

— Ecoute-moi bien Mireille ! Ta présence n'est pas souhaitée ici. C'est la dernière fois que la porte de ma maison s'est ouverte pour toi. Tu vas sortir et je vais la refermer définitivement pour toi !

— Mais enfin Jaime, mon chou, qu'est-ce qui te prend ? dit-elle l'air innocent.

— Oh non ! Inutile de me prendre par les sentiments, il y a belle lurette qu'ils ne me touchent plus ! Ceci dit, je ne te retiens pas, tu connais le chemin ? Il n'est donc pas utile que je te reconduise !

— La galanterie ne t'étouffe pas ! remarqua-t-elle ; de toutes façons je suis déjà en retard, je ne t'importunerai donc pas davantage. Je reviendrais lorsque tu seras de meilleure humeur.

— Je crois que tu ne m'as pas bien compris ! Tu ne reviens pas ici ! Jamais !

— Hum... Au revoir mon chou ! minauda-t-elle.

— Adieu ! Va au diable ! et cesse de m'appeler ainsi ! Je n'ai jamais aimé les mots doux venant de toi, tu ne le sais que trop, non ? Bonsoir.

— Bonsoir Jaime, répondit-elle, les yeux étincelants de fureur.

Lorsqu'elle fut sortie, Jaime s'assis sur le divan et, se prenant la tête entre les mains, se mit à réfléchir.

« Barbara... ma douce Barbara, comment as-tu pû faire de cette sombre créature, de cette mauvaise femme ta meilleure amie ? Toi, la bonté et la tendresse réunies. J'avais fini par m'habituer à ton absence, je t'en demande pardon, et voilà que les souvenirs ressurgissent avec cette... cette... Mon Dieu, que vous ai-je donc fait pour que vous me torturiez ainsi ? »

Il interrompit ses pensées, la porte du salon venait de s'ouvrir et Vanessa apparaissait.

— Excusez-moi docteur, avez-vous encore besoin de moi ?

— Non merci, vous pouvez rentrer chez vous. Bonsoir.

— Bonsoir docteur.

La jeune fille pivota sur ses talons puis se ravisa.

— Docteur ?

— Oui.

— Je... je suis désolée.

— Et de quoi ?

— Mais pour tout à l'heure. Je vous ai dérangé. Cette personne a tant insisté.

— Ah, ça ? N'en parlons plus jamais, voulez-vous ?

— Bien docteur.

En ouvrant la porte d'entrée, Vanessa se trouva nez à nez avec la fille du docteur Friedberg.

— Bonsoir mademoiselle Vanessa, dit celle-ci, encore une journée qui a vite passée, n'est-ce pas ? Vous semblez fatiguée ce soir ?

— En effet ! répondit la jeune secrétaire, une bonne nuit de sommeil me ferait le plus grand bien !

— Quoi de neuf aujourd'hui ? Tout le monde est là ?

— Oui mademoiselle, Sophie à la cuisine et votre père au salon je crois. Il n'y a rien de spécial. Oh si, j'oubliais... euh non, non rien... c'est sans importance... bonsoir.

— Bonsoir et à demain.

Vanessa allait lui faire part de la visite de Mireille, elle l'appelait ainsi ne sachant pas son nom de famille, mais quelque chose lui dit que cela ne la concernait pas, et que le docteur n'apprécierait pas ce geste. Peut-être ne souhaiterait-il pas que sa fille en fusse avertie, aussi préféra-t-elle se taire ; elle passa son chemin, assez intriguée quand même par les paroles de Sophie. Quelques minutes plus tard, elle arrivait chez elle et s'étendait aussitôt sur son lit. Elle avait loué ce petit appartement quelques mois auparavant, pour se rapprocher de son lieu de travail. Elle aimait son « chez moi », comme elle disait souvent, elle s'y trouvait bien, faisait sa cuisine, son ménage, c'était sa maison, en attendant d'en avoir un jour une, bien à elle. Elle fit donc sa cuisine, dîna, lut un peu, puis se coucha assez exténuée. Mais sa nuit fut agitée, et, le lendemain matin, ce fût dur pour elle de se lever.

Lorsqu'elle arriva près de la maison du médecin, les fenêtres des chambres étaient ouvertes, et une bonne odeur de café montait dans l'air frais du matin. Vanessa entra. Sophie, la gouvernante s'affairait déjà dans la cuisine ; elle la salua, fit un brin de causette, puis se dirigea vers son bureau. Là, elle ouvrit un des tiroirs du classeur mural et y déposa son sac à main, puis ce fut au tour du placard où elle suspendit son manteau. Elle se dirigea ensuite vers le calendrier fixé au mur face à son bureau et en arracha un feuillet, non sans pousser une exclamation de surprise.

« — Mais nous sommes le vingt novembre ! C'est mon anniversaire ! Voyons, que dit la légende aujourd'hui ! Saint Edmond — Trois cent vingt-quatrième jour de l'année — et le proverbe :

« un homme averti en vaut deux ». A bon ! Averti de quoi ? de mon anniversaire ! fit-elle en riant. Et puis quel homme, hein ? LUI, peut-être... se dit-elle, rêveusement. Allons ma fille ! au travail, secoue-toi ! »

Elle se dirigea vers le cabinet du médecin et s'occupa à remettre un peu d'ordre sur le bureau. Celui-ci était plutôt chargé ; dictionnaires médicaux, feuilles d'ordonnances vierges, boîte à fiches « patients » ouverte, le docteur était déjà passé par là ! C'était son jour de visites, il n'avait pas à lambiner. Seule, et n'ayant pas de surcroît de travail, ces jours-là elle se permettait de déborder légèrement du cadre de ses fonctions, aussi prit-elle un chiffon et commença par dépoussiérer les étagères où quelques médicaments étaient posés ; elle rangea quelques ustensiles éparpillés et régla les divers appareils médicaux en vue de leur prochain emploi. Son travail lui plaisait énormément, et puis... il y avait LUI... du moment que c'était pour LUI, que n'aurait-elle pas fait !

LUI... Elle s'était aperçue un jour qu'elle éprouvait pour cet homme, du respect bien sûr, mais aussi quelque chose d'autre, quelque chose qui ressemblait fort à l'amour. Il y avait en lui, un « je ne sais quoi » qui l'attirait, la fascinait, c'était un bel homme qui, a quarante ans à peine, en paraissait dix de moins, châtain très clair, presque blond, et des yeux d'un bleu... le regard franc et d'un caractère très « sportif ».

Vanessa se disait toujours : « Voyons ma fille, pourquoi l'aimes-tu ? Il pourrait être ton père », puis elle pensait : « De toutes façons, lui ne m'aime pas ! Bien sûr, il ne l'aimait pas, ce n'était qu'une employée, une trop jeune employée, il la regardait comme s'il voyait sa fille.

Le téléphone la tira brusquement de ses pensées. Elle décrocha et sursauta en reconnaissant la voix de la visiteuse « indésirable » de la veille.

— Allo ! La secrétaire sans doute, fit la voix, tout de go.

— Oui, madame, mademoiselle Dalban à l'appareil. Bonjour madame.

— Bonjour, répondit Mireille, cette fois. Jaime est en visite sans doute, j'aurais aimé parler à Manou.

— Bien madame, je vais vous mettre en ligne avec l'appartement.

— Non ! attendez, je préfèrerai que vous la fassiez venir à votre secrétariat ; je n'ignore pas leur numéro personnel, mais la vieille chipie la suit comme son ombre. Dites ce que vous voulez, mais trouvez un prétexte pour la faire venir à votre bureau.

— Mais je...

— Ne me dites surtout pas que vous ne pouvez pas !

— Je n'ai rien dit, madame.

— Alors qu'attendez-vous ?

— C'est que... elle va trouver cela bizarre, elle n'a pas l'habitude d'être appelée ici.

— Dites que vous voulez lui montrer une chose quelconque ! Bon sang ! vous êtes bien capable de trouver une excuse toute seule, non ?

— Bien madame, je vais essayer.

Elle enfonça une touche sur le clavier qui lui faisait face et attendit. Comme elle s'y attendait ce fut Sophie qui décrocha.

— Sophie ? Excusez-moi. Je vous dérange ? J'aurai besoin de Manuela quelques minutes. Pouvez-vous lui dire de venir au secrétariat je vous prie ? Merci.

Vanessa renclencha la première touche du clavier et dit à la femme :

— Patientez s'il-vous-plaît, elle arrive dans un instant.

Deux bonnes minutes passèrent avant que n'arrive la jeune fille.

— Coucou. C'est moi ! Un problème ? demanda gaiement Manuela en entrant.

Vanessa lui indiqua le téléphone d'un signe de tête, en lui faisant comprendre qu'elle ignorait qui se trouvait en ligne, puis elle se retira dans son bureau en prenant bien soin de laisser les deux portes entr'ouvertes ; et ce qu'elle entendit lui fit comprendre que Manuela elle-même détestait Mireille.

— Oui, j'écoute. Qui est à l'appareil ? perçut-elle.

— ...

— Co... comment ? Qui, dites-vous ?

— ...

— Vous ! Que voulez-vous ? Pourquoi vouloir me parler à moi personnellement ?

— ...

— Je n'ai rien à vous dire !

— ...

— Hier ? Vous êtes venue hier ! Ici, chez nous ? De quel droit vous permettez-vous de remettre les pieds ici ? Vous n'avez plus aucune raison de venir chez nous !

— ...

— Papa ? Il a bien eu raison de vous renvoyer... et estimez-vous heureuse que je sois polie, sinon je ne perdrai pas de temps pour raccrocher !

— ...

— En quoi cela vous regarde-t-il ? Je n'ai pas à vous répondre !

— ...

— Comment ? Vous êtes folle ?

— ...

— C'est faux ! Elle est la secrétaire de papa, c'est aussi mon amie, je ne vous permets pas.

— ...

— Vous mentez !

Vanessa dressa l'oreille, comprenant soudain que l'on parlait d'elle.

— Je ne vous crois pas ! Vous n'avez pas le droit d'insinuer cela ! Vous êtes ignoble !

— ...

— Si vous étiez devant moi à l'instant, je vous ferais mettre à genoux devant elle pour vous être permis de l'insulter de la sorte. Je vous déteste, vous entendez ? Je vous hais ! Ne la touchez pas ! Ni elle, ni mon père d'ailleurs, je vous le ferais regretter ! Je vous tuerais, vous entendez ? Je vous tuerais et je n'aurai aucun scrupule, croyez-moi... Adieu ! conclua-t-elle en raccrochant brutalement. Puis elle murmura pour elle-même :

« Mon Dieu, elle est odieuse, je la hais !... Je la hais ! »

Vanessa attendait, tout en feignant de ranger des dossiers dans les classeurs, que la jeune fille sorte du cabinet médical, mais une minute passa, puis deux, elle ne réapparaissait pas ; Vanessa s'inquiéta... Que faisait-elle ? Elle hésita un instant, puis résolut d'aller voir la raison de ce silence.

Elle la trouva assise derrière le bureau, la tête entre les mains, pareille à son père le jour précédent. Elle pleurait silencieusement.

— Manou. Qu'avez-vous ? se risqua-t-elle, lui donnant machinalement son surnom.

— ...

— Manou ? Vous m'entendez ? Que se passe-t-il ? Pourquoi vous mettez-vous dans cet état ? insista-t-elle. Excusez-moi, j'ai perçu quelques phrases de votre conversation, c'est ce que cette personne vous a dit qui vous fait pleurer ?

— Je la déteste ! Elle est méchante, prenez garde à elle Vanessa, murmura-t-elle oubliant le mademoiselle. Elle prétend être venue hier soir, est-ce vrai ?

— Oui.

— C'est bizarre. Papa ne m'en a pas parlé !

— Il était assez tard, vers les dix-neuf heures. J'étais sur le point de partir, précisa la jeune secrétaire.

— C'est cela que vous vouliez me dire quand je suis arrivée, n'est-ce pas ?

— Oui, en effet, avoua Vanessa, mais j'ai pensé...

— Pourquoi êtes-vous si bonne avec nous tous ?

— Je... Je vous aime bien, osa avouer la jeune femme.

— Elle, il ne faut pas l'aimer, c'est une mauvaise femme, elle veut nous prendre papa, mais je ne la laisserais pas faire, il est à nous, il ne sera pas à elle, jamais ! Plutôt mourir.

Vanessa se demanda ce que Manuela voulait bien dire par ce « nous », mais n'osa pas en faire la remarque.

— Manou, expliquez-moi, je voudrais comprendre ce qui se passe. D'abord Sophie qui ne cesse de répéter que c'est elle la responsable de... de la mort de votre mère, puis vous, qui me mettez en garde contre elle, et enfin cette femme, elle-même, qui ne semble pas avoir beaucoup de sympathie pour moi, à ce que j'ai cru entendre. Que vous a-t-elle dit de moi ? questionna Vanessa.

— Oh ! il ne faut pas croire tout ce qu'elle dit, elle n'a jamais cessé de mentir, c'est pour cela que maman est morte, par sa faute !

— Qu'a-t-elle donc dit, je veux savoir ? insista-t-elle.

— Eh bien... elle a prétendu... que vous étiez pour papa, beaucoup plus qu'une simple secrétaire, mais ce n'est pas vrai ! N'est-ce pas ? Dites-moi que ce n'est pas vrai ! Oh, et puis après tout, cela m'est égal ! Vous êtes gentille, vous ! et bien plus jolie qu'elle ! Je préfèrerais encore savoir papa heureux avec vous, que malheureux avec elle. Car je ne doute pas qu'il serait horriblement malheureux, avoua la jeune Manuela.

— Elle est ignoble. Je vous jure Manuela qu'il n'en est rien.

— Vous n'avez pas à me le jurer. C'est sans importance, vous êtes libres et majeurs tous les deux.

— Mais Manuela. Je veux que cela soit clair au contraire, c'est très important. Les relations entre votre père et moi sont... strictement professionnelles ! Je pense que si il y avait un... un lien quelconque entre lui et moi, nous ne vous l'aurions pas caché.

— Je vous crois Vanessa. Je sais que vous ne savez pas mentir, papa me l'a dit ; il me dit beaucoup de choses sur vous, vous savez, constata-t-elle.

— Quoi donc, par exemple ? J'espère que ce n'est pas du mal.

— Oh non ! il dit que vous êtes jolie, très... très femme !

— Quoi ? s'exclama Vanessa, surprise.

— Oui, et puis consciencieuse, que vous paraissez être douce... très douce, et surtout, il voudrait que je vous ressemble, moi qu'il appelle toujours son garçon manqué, dit la jeune fille, amusée.

— Votre père est... est un homme merveilleux ; il vous aime beaucoup, et vous ?

— Moi ? je l'adore, c'est vrai qu'il est merveilleux ; pourtant il a changé après la mort de maman.

— Il devait énormément l'aimer. Comment est-elle morte ?

— A cause d'elle. Toujours elle. Mireille, je la maudis. Elle faisait en sorte que tout le monde croit qu'elle était la maîtresse de papa, elle soutirait à l'ancienne secrétaire, et cela à grand renfort de billets de banque, tous les renseignements qu'elle voulait sur les visites qu'il avait au dehors, tel ou tel jour, puis elle se débrouillait pour être chez les patients en même temps que lui, elle lui sautait au cou devant tous, et les gens, vous savez ce que c'est, ils jasent, jusqu'au jour où c'est venu aux oreilles de maman ; c'était sa meilleure amie, elle lui confiait tous ses secrets, elle avait donc confiance en elle, et finalement à la version des faits de papa elle a préféré celle de Mireille. Papa a tout fait pour convaincre maman de sa bonne foi, je m'en rappelle comme si c'était hier : il jurait lui être resté fidèle, qu'il n'y avait qu'elle qui comptait pour lui, il lui disait : « Je t'aime Barbara, je n'aime que toi, tu dois me croire. Tu es ma vie, toute ma vie, tu es la mère de notre petite Manou, vous êtes les deux seules femmes de ma vie, crois-moi ma chérie, je t'en conjure, crois-moi ! » Mais elle ne l'a jamais cru, elle n'a jamais accepté sa soi-disant trahison, elle... elle s'est suicidée quelques jours après... pour rien, dit Manuela en sanglotant, elle s'est noyée.

— Ma pauvre chérie, dit Vanessa aussi chagrinée qu'elle.

— Maman nageait très mal et n'avait même jamais plongé de sa vie, à Chatelaillon, elle s'est jetée du ponton qui surplombe la mer.

— En effet, je me souviens très bien de ce ponton, il a d'ailleurs été rasé il n'y a pas si longtemps, par contre je ne me souviens pas du tout de cet événement, pourtant je demeurais là-bas à cette époque, avec mes parents.

— Vanessa. Je vous en prie, aidez-moi, aidez-nous ! supplia subitement la jeune fille, je suis trop jeune, je ne peux rien contre elle.

— Voyons Manuela, que pourrait-elle faire ? Je ne crois pas que...

— Oh, vous ne la connaissez pas ! Elle est capable de tout. D'abord elle me fait croire que vous êtes entre mon père et moi et après, qu'ira-t-elle chercher ? Il faut nous aider.

— Moi ? Mais que puis-je faire mon Dieu ? Je ne suis que la secrétaire de votre père, que penserait-il de moi si je mettais mon nez dans...

— Vous ne voulez pas !

— Manuela, réfléchissez voyons ! Vous voulez qu'il me licencie pour m'être occupée de ce qui ne me regardait pas. Il aurait raison d'ailleurs, vraiment, je ne puis faire ce que vous me demandez, répondit Vanessa, navrée. Manuela, c'est... c'est très... trop personnel...

— Vous voulez de l'argent ? Comme l'autre secrétaire.

— Manuela ! Vous m'insultez. Je vous croyais mon amie.

— Moi aussi !

— Je le suis voyons. Mais essayez de comprendre, mettez-vous à ma place. J'entends déjà les cris de votre père. Et son doigt qu'il tend en direction de la porte !

— Bon, bon, très bien, vous m'abandonnez. Je me débrouillerais toute seule.

— Manuela, qu'allez-vous faire ? questionna Vanessa, soudain inquiète.

— Elle va faire souffrir mon père tout doucement, comme on fait mourir quelqu'un à petit feu, je ne veux pas voir cela, non je ne veux pas. J'ai vu ma mère torturée par le chagrin, c'était monstrueux, c'était inhumain.

— Manuela, calmez-vous. Ne dites pas toutes ces choses, vous vous faîtes mal.

— Il n'y a guère qu'une solution pour moi.

— Manuela. Qu'allez-vous faire ? répéta Vanessa.

— Vous ne voulez pas m'aider, alors ne posez pas de question, répliqua la jeune fille éperdue.

— Pour l'amour du Ciel, Manuela, où allez-vous. Manuela... revenez !

Trop tard, elle était déjà partie. Qu'avait-elle donc en tête. Que fallait-il faire ? Devait-elle envisager le pire ? Elle ne pouvait tout de même pas rester là sans rien faire !

— Mademoiselle, mademoiselle, que se passe-t-il ? Manuela n'est pas là ? J'avais cru entendre... qu'est-ce que tous ces cris ? demanda Sophie qui arrivait au secrétariat toute tremblante.

— Elle sait pour hier. Cette femme, Mireille, elle vient de l'appeler au téléphone, dit simplement Vanessa, mais la gouvernante avait compris.

— Elle est sortie ?

— Oui et trop vite, j'ai peur qu'elle fasse une bêtise. C'est de ma faute.

— De votre faute ? Mais non voyons ! Manuela est très impulsive. Il faut la rattraper tout de suite. Mon Dieu mademoiselle, comment faire ?

— Où la chercher ? Où est-elle partie ? J'étais clouée là, sur cette chaise, je l'ai vue se diriger vers l'avenue, parce qu'elle a laissé toutes les portes ouvertes en sortant, après, je ne sais pas. Bon, ne paniquons pas. Vous allez rester là, je vais voir si je peux la rattraper, elle est à pied, avec ma voiture j'ai des chances de la rejoindre très vite.

— Jaime va rentrer. Que vais-je lui dire ?

— N'importe quoi, sauf la vérité. Dites qu'elle m'a demandé de l'accompagner en ville pour... pour avoir mon avis sur une robe qu'elle a aperçue dans une vitrine quelconque, ou quelque chose d'approchant, il ne faut pas l'inquiéter.

— Non bien sûr. Doux Jésus, ma pauvre fille. Cette maudite femme va encore faire souffrir de pauvres innocents.

Vanessa se dirigea vers sa voiture ; quelle direction fallait-il prendre ? Elle mit le moteur en marche et passa la première ; il y avait bien une dizaine de minutes que Manuela s'était enfuie, elle ne pouvait donc pas être sortie de la ville, à pied, sans argent, elle n'aurait recours ni au bus ni au taxi, où la chercher ? Après vingt minutes de recherches, Vanessa en était toujours au même point, elle interrogeait, elle donnait le signalement de la jeune fille, mais n'obtint que des réponses négatives. « C'est ma faute, se dit-elle, je n'aurais pas dû refuser de l'aider, elle s'est sentie perdue, elle ne pouvait pas lutter contre cette femme. Sophie a raison, elle est très impulsive, elle a réagi trop vite et très mal. Non, ce n'est pas possible ! mais si, la voilà, elle fait du stop ! Oh zut ! je ne suis pas dans la bonne file. Seigneur, non. Pas cela ! Faites qu'il ne la prenne pas, supplia-t-elle, en voyant un automobiliste s'arrêter à sa hauteur. Trop tard. Il faut que j'arrive à changer de file avant de les perdre de vue. Où l'emmène-t-il ? Je dois les suivre, coûte que coûte. Ouf ! ils sont tout près. Ils prennent la direction de l'autoroute, vers... Bon sang ! Châtelaillon ! Comment n'y ai-je pas songé plus tôt. Sa mère, le ponton ! »

Récupérant peu à peu de sa découverte et ne les voyant plus, elle accéléra pour reprendre la file de gauche, ce qui ne fût guère facile avec la circulation qu'il y avait, pourvu qu'il ne soit pas trop tard.

Vanessa avait perdu pas mal de temps, et ce qui n'arrangeait rien, son véhicule n'était pas si puissant que le leur. Lorsqu'elle arriva en vue de la plage de Châtelaillon, il n'y avait pas de circulation du tout, c'était l'heure du déjeuner, et le matin il n'y a guère de monde à la mer, la côte est longue de plusieurs kilomètres. Quand, enfin, elle y arriva, elle ne vit personne ; elle roula très lentement pendant encore un bon kilomètre, puis, soudain, là, devant elle, elle vit la voiture qui virait sur la gauche en direction du centre-ville, se serait-elle trompée ? Elle accéléra aussitôt, mais quelque chose lui parut bizarre. Quoi ? Oh, elle comprit tout de suite : l'homme était seul. Elle freina brutalement au risque de faire accrocher son véhicule et chercha une place pour se garer. Elle descendit de voiture ; elle n'avait ni le temps de prendre son sac à main, encore moins celui de fermer les portières à clé, elle n'y pensa d'ailleurs pas.

Elle traversa la rue en courant et la remonta jusqu'à la plage ; puis elle coupa le boulevard de la mer sans prendre le temps de regarder si un véhicule arrivait, et s'appuya essoufflée, contre la digue. La main droite au-dessus de ses yeux, elle scruta la plage. Elle ne vit pas plus de trois personnes... mais elle la vit, elle, Manuela, la plus proche de l'eau, là où, quelques années plus tôt se dressait un énorme ponton de béton ; sans la quitter des yeux, Vanessa s'élança aussitôt dans un des escaliers de ciment qui descend jusqu'au sable. Arrivée tout en bas, elle ralentit sa course pour ne faire aucun bruit, et sans l'appeler, pour ne pas l'effrayer ; elle ôta ses chaussures et avança vers la jeune fille, toujours sans bruit.

« Pourvu que j'arrive à temps », se dit-elle sans la quitter une seconde des yeux ; lorsqu'elle arriva au rivage, Manuela avait de l'eau jusqu'à la taille et soudain... Vanessa eût peur, son sang se glaça, elle réalisa seulement qu'elle avait une peur affreuse de la mer et surtout qu'elle ne savait pas nager. L'eau lui arrivait aux genoux, sa robe était déjà mouillée, il ne fallait pas qu'elle panique ; elle continua d'avancer pas à pas, elle se trouvait à présent à quelques mètres de Manuela, par bonheur cette dernière ne s'était pas retournée une seule fois, qu'aurait-elle fait dans ce cas ? Vanessa essaya de ne pas y penser et risqua un appel craintif pour ne pas la brusquer.

— Manuela, Manou, ma chérie, c'est moi Vanessa, reviens veux-tu. Reviens vers moi.

— Va-t-en ! Laisse-moi rejoindre maman, cria-t-elle.

— Manou, que fais-tu de ton père ? Tu sais qu'il a besoin de toi. Ecoute... Ecoute-moi un instant, je vais t'aider.

— Laisse-moi donc, tu ne peux plus rien pour moi, ni toi, ni personne.

— Et tous tes amis, surtout ton ami Frédéric, tu ne veux pas qu'il soit malheureux lui aussi. Pourtant tu fais tout pour cela. Je t'en prie, pense à eux, à lui.

— Frédéric ? Oh ! tais-toi, supplia-t-elle.

— Chérie, écoute. Je voudrais te dire, tu sais, je viens de parler à ton père, mentit-elle, et il m'a proposé quelque chose, il voudrait t'en parler d'abord, viens.

— Dis toujours.

— Ici ? Sois raisonnable, sors au moins de l'eau, je suis glacée et toi aussi. Viens au moins sur le sable.

— Tu n'as pas vu papa !

— Mais si, et il veut te dire quelque chose, c'est très important.

— Tu mens, tu ne peux pas l'avoir vu.

— Si, je t'assure, affirma Vanessa, résolue à la ramener de gré ou de force.

— Que t'a-t-il proposé ? demanda la jeune fille méfiante, mais voulant satisfaire sa curiosité.

— Voilà. Mais je suis sûre qu'il va être déçu de ne pas te le dire lui-même, ajouta Vanessa en tentant sa chance une dernière fois. Cela ne prit pas, car Manuela ordonna :

— Je t'écoute.

— Bon, eh bien, tu m'as dit, tout à l'heure, que cela te serait égal qu'il veuille m'épouser ?

— Oui, convint-elle.

— C'est ce qu'il m'a demandé !

— Tu bluffes.

— Tu crois ?

— Qui peut me prouver que tu dis la vérité ?

— Ici, personne. Je croyais que ton père t'avait dit que je ne savais pas mentir.

— Oh Vanessa. Je ne sais plus. Jure-moi...

— Je n'ai pas à te jurer quoi que ce soit. Si tu veux savoir la vérité, tu n'as qu'à interroger ton père. Il se faisait une joie de t'apprendre lui-même tout cela... et toi, tu veux lui briser le cœur.

— Ce n'est pas vrai.

— Prouve-le.

— Je... je suis fatiguée...

— Alors viens... viens, nous rentrons...

Vanessa guetta sa réaction. Qu'allait-il se passer dans les secondes à venir ? A sa grande surprise, elle la vit venir vers elle ; à quelques pas, elle dut la soutenir, à bout de forces, la jeune fille s'évanouit dans ses bras.

Les quelques promeneurs qui flânaient sur la plage à l'arrivée de Vanessa, suivaient la scène avec un certain intérêt ; lorsqu'ils virent s'écrouler la jeune fille, ils se précipitèrent.

— Que se passe-t-il ? Est-elle malade ? dit l'un d'eux. Avez-vous besoin d'aide ?

— Je vous remercie, ma voiture est garée juste là-haut, pourriez-vous m'aider à la soutenir jusque là ?

— Par les escaliers ?

— Mon Dieu non. Mais en prenant par la descenderie des bateaux, cela devrait être plus pratique et plus sûr.

— Le plus sûr serait peut-être d'attendre qu'elle revienne à elle.

— Je ne crois pas. Si nous attendons, elle risque de prendre froid. De plus, je ne me sens pas capable de reprendre notre conversation au point de départ.

— D'accord. J'ai remarqué qu'elle était assez animée, elle voulait... se suicider ?

— Oui.

— Il serait préférable de la conduire chez un médecin.

— Je vais la ramener chez elle, et je la soignerais.

— Bien sûr, mais... oh ! Vous êtes peut-être...

— Oui, c'est cela. Je... je suis médecin. Tenez, voici ma voiture. Celle-ci, la bleue. Nous allons l'étendre sur la banquette arrière.

Là, voila. Je vous remercie monsieur, vous avez été très aimable.

— C'est tout naturel.

— Merci encore. Oh, pardonnez-moi de vous importuner davantage monsieur, mais êtes-vous d'ici ? demanda poliment Vanessa à l'homme qui l'avait accompagnée.

— Oui madame, oh pardon, je veux dire docteur....

— Il y avait à cet endroit une construction... je veux dire un ponton ?

— Oui, autrefois, il y a trois ou quatre ans, je ne sais plus exactement. Il a été démoli. C'était un immense ponton, tout en béton armé, il n'était pas très long, mais encore assez pour que les jeunes s'y donnent rendez-vous pour plonger ensemble, et croyez-moi s'il n'était pas long, il me paraissait à moi bien assez haut ! Evidemment du béton, ce n'est pas gai, et puis ce devait être très dangereux, je pense qu'il a été démoli à cause de cela.

— Justement il y a trois ans, n'y a-t-il pas eu un accident... une femme qui se serait noyée ?

— Oui, effectivement, elle aurait plongé tout au bout du ponton paraît-il. Vous la connaissiez ?

Manuela revint à elle à ce moment, ce qui permit à Vanessa de ne pas répondre.

— Elle revient à elle, voyez. Merci encore pour votre aide. Au revoir monsieur.

— Au revoir.

L'homme s'éloigna sans se retourner. Vanessa prit alors les mains de Manuela dans les siennes.

— Ça va aller, n'est-ce pas ? Allonge-toi et ne pense à rien, nous rentrons.

Manuela n'ouvrit pas un seul instant la bouche durant le trajet de retour. Vanessa stoppa dans la cour de la maison, il était plus de treize heures. Sophie accourait ; à sa mine défaite, Vanessa comprit qu'elle avait dû dire toute la vérité au docteur Friedberg. Elle l'aida à transporter la jeune fille jusqu'à la maison ; à cet instant, le père, très pâle en sortait ; lorsqu'il les vit, il prit précautionneusement sa fille dans ses bras, en lui murmurant des mots d'apaisement.

— Manou, ma chérie, ma toute petite, mon enfant, tu es là, comme je suis heureux, viens... viens t'allonger sur ton lit, il faut d'abord te changer, tu vas prendre froid. Viens, dit-il encore.

Elle posa sur son père un regard de petit animal perdu, puis fondit en larmes.

— Papa, je... je te demande pardon, je n'avais pas la force de te voir souffrir encore. J'ai voulu mourir et je n'ai pas pensé au mal que j'allais te faire, pardonne-moi.

— Chut ! Ne parle pas mon petit, ce n'est rien, je te pardonne du fond du cœur. Donne-moi vite cette serviette Sophie ! Elle va prendre froid, bon sang.

— Là, ne t'énerve pas, elle est solide notre petite Manuela, hein ma puce. Je vais t'apporter un bon bouillon bien chaud.

— Allonge-toi sur ton lit, tu vas boire ce que Sophie te prépare et ensuite tu essaieras de dormir un peu, Vanessa et moi allons rester près de toi, promit-il.

— Oui, confirma Vanessa, nous allons rester près de toi, couvre-toi bien, là, comme ça, tu te sens mieux ?

— Merci. Tu es si bonne, je ne mérite pas ton amitié, avec tous les soucis que je te donne à toi aussi, tu devrais m'en vouloir, dit-elle.

— Bien sûr que non, voyons, répondit Vanessa. Je ne t'en veux pas le moins du monde ; lorsque l'on n'a plus la force de lutter, on ne sait pas ce dont on est capable, je... je sais ce que c'est et je te comprends. Maintenant ne parle plus, repose-toi. Voilà ton bouillon, bois-le pendant qu'il est bien chaud.

Elle obéit comme un bébé.

— Sophie, il ne faut pas laisser Vanessa dans cet état, trouve lui une jupe. Regarde dans ma commode, il y en a certainement une qui va lui aller, nous avons la même taille. Dépêche-toi voyons, elle va s'enrhumer, par ma faute.

— Hé là, hé là, j'arrive...

— Papa... Tu sais papa, je suis rassurée maintenant, si Vanessa ne m'a pas menti, je suis sûre que vous serez heureux tous les deux. J'aimerais voir la tête de Mireille lorsqu'elle apprendra ça, se régala la jeune fille.

Epuisée par ces épreuves, mais le sourire aux lèvres, elle s'endormit.

— Venez Vanessa, laissons-là, fermez la porte derrière vous

s'il-vous-plaît, murmura-t-il doucement pour ne pas réveiller sa fille. Changez-vous, et allez dans mon bureau, je vous y rejoindrai dans quelques minutes ; il y a certaines choses que je n'ai pas très bien saisies, je suis certain que vous êtes en mesure de me les expliquer, n'est-ce pas ?

— Bien docteur, j'y serais, répondit celle-ci timidement.

Elle devinait sans peine le sujet de conversation. Une des jupes de Manuela sous le bras, elle alla se changer dans les toilettes, puis elle se rendit dans le bureau du médecin et attendit. A peine cinq minutes plus tard, il se tenait en face d'elle.

— Vanessa, dit-il, j'aimerais savoir ce qui s'est passé ce matin et ce que ma fille et vous, avez comploté !

— Comploté ? oh mais... nous n'avons rien comploté du tout !

— Ce n'est pas l'impression que j'ai eue.

— Docteur, je vais tout vous dire. Mais promettez-moi de ne pas m'interrompre, supplia-t-elle.

— Entendu, je vous écoute.

Et Vanessa lui expliqua tout ce qui s'était passé depuis son départ, jusqu'à maintenant. Il écouta en silence, sans l'interrompre ; lorsqu'elle eût terminé, elle murmura :

— Je sais que j'ai très mal agi, que je mériterai d'être chassée de chez vous, aussi sachez que je ne vous en voudrais pas si vous le faîtes. Je vous le répète, je sais que j'ai eu tort d'agir ainsi mais je ne savais plus que faire, j'étais à court d'arguments, et comme elle m'avait fait comprendre quelques minutes plus tôt que cette situation ne lui déplairait pas, je...

— Je comprends. Vous n'avez pensé qu'à l'instant présent.

— Oui. Je... Vous allez me renvoyer n'est-ce pas ?

— Pourquoi vous chasserais-je ? Sur le plan professionnel vous êtes une excellente assistante, sur ce plan-là, je n'ai absolument rien à vous reprocher, quant à votre... disons... action d'aujourd'hui, je ne sais que vous dire. Je vous suis très reconnaissant d'avoir sauvé ma fille, mais quant à lui dire toutes ces choses, fausses, nous concernant vous et moi, j'avoue être très géné. Que vais-je lui dire à présent ? Je ne peux tout de même pas lui annoncer notre... mariage.

— Je suis désolée docteur. Je vous demande pardon. Mais ce sont les seules paroles qui ont eu de l'effet sur elle. Je ne voyais vraiment pas ce que j'aurai pû lui dire d'autre pour l'empêcher de continuer son geste désespéré.

— Calmez-vous ! Je vous répète que je comprends très bien. Je me mets à votre place ; je sais que ma fille est têtue comme l'était sa pauvre mère, constata-t-il avec amertume.

— Je peux essayer de lui parler, de la raisonner, je suis certaine qu'elle comprendrait.

— Non ! cria-t-il.

Vanessa sursauta.

— Mais...

— Non, je... je crois qu'il est trop tard à présent. Vous me mettez dans une drôle de situation, vous savez.

— Oui docteur, je le sais, mais je n'ai pas pris le temps de réfléchir, s'excusa-t-elle.

— Vous auriez dû ! dit-il.

Elle baissa la tête, ne sachant plus que dire pour obtenir son pardon. Il remarqua son trouble et vit soudain combien elle était pâle.

— Bon, dit-il, n'en tombez pas malade. Dès qu'elle sera réveillée, ou un peu plus tard, je vous promets d'essayer de lui parler ; je dis bien d'essayer, insista-t-il. Maintenant venez, vous devez avoir faim, et je ne veux pas déjeuner seul.

— Mais... je ne voudrais pas abuser de...

— Mais non, mais non, venez, je suis sûr que Sophie a préparé quelque chose de délicieux.

En fin cordon-bleu, Sophie avait, en effet, préparé un excellent repas. Une question brûlait les lèvres de Vanessa. Oserait-elle la poser ? Elle s'élança.

— Docteur Friedberg, je ne voudrais pas être indiscrète, mais cette femme... qu'est-elle exactement ?

— Pour moi ?

— Oui. Oh non !... Enfin pour...

— Seriez-vous jalouse d'elle ?

— N... non pas exactement. Je veux dire... elle est très belle.

— Oui. C'est d'ailleurs sa seule qualité !

— Oh !

— Je vous choque ? C'est pourtant la vérité ! Elle n'a jamais sû rien faire d'autre qu'être belle !

— Vous n'aimez pas la beauté ?

— Je préfère de beaucoup la beauté du cœur à ce genre de beauté !

— Vous n'aimez pas beaucoup cette femme ? Je veux dire, vous tous ici ? Est-ce vraiment à cause de la mort de... de votre femme ?

— Oui. C'est aussi pour cela, pour ma part je ne l'aimais déjà pas avant cela. On a dû vous mettre au courant de ses prouesses ? interrogea-t-il ironiquement.

Vanessa éluda la question et poursuivit.

— Elle vit seule ?

— Hum, je le suppose mais ne saurais l'affirmer ; elle est divorcée depuis deux ans, ça n'allait pas très bien entre elle et son mari ; dès leur mariage d'ailleurs, elle menait ce pauvre David par le bout du nez, lui se laissait faire, il disait : « elle changera bien un jour ! » ; malheureusement, ce fût le contraire. Je suppose que lui doit vivre seul... enfin je veux dire sans autre femme, parce qu'il a un fils avec lui. David est un chic type, trop bon pour elle, il lui avait pardonné ses mensonges ! remarqua le docteur Friedberg.

— L'autre soir, elle a dit qu'elle était de passage... elle n'habite donc pas notre ville ?

— Après son divorce, elle a quitté la France pour l'étranger. Je... j'ignore ce qu'elle a fait là-bas, et cela ne m'intéresse absolument pas.

Puis ils parlèrent de choses et d'autres. Manuela se réveilla vers quatre heures de l'après-midi ; elle était encore très pâle et refusa d'avaler quoi que ce soit. Vanessa la laissa en tête-à-tête avec son père, et se mit à son travail. Ce ne fut qu'une heure plus tard, que Jaime Friedberg la rejoignit.

— Vous lui avez parlé docteur ? demanda-t-elle aussitôt.

— Oui, dit-il.

— Alors, je vous en prie docteur, dites-moi.

— Elle m'a dit exactement ce que vous m'avez vous-même dit. Elle était si pâle que je n'ai pas osé la détromper, voilà. Je n'ai pas fait ce que j'aurai dû faire, je sais, mais Vanessa, je euh... c'est ma fille. La seule que j'ai et je ne veux pas la perdre. J'ai vu combien elle souffrait. Oh pourquoi ? Pourquoi lui avoir fait croire... vous auriez pû... je ne sais pas moi... l'agripper par un bras, employer la force, que sais-je encore. Enfin, il y avait certainement d'autres moyens de la faire revenir.

« Mais qu'est-ce qui lui prend ? se demanda Vanessa. .Il accepte la situation et tout d'un coup il se rebiffe... comme si... comme si il cherchait à se défendre de quelque chose. »

Vanessa se rebiffa à son tour.

— Bien sûr, il y avait des tas de moyens, par exemple, me jeter à l'eau, puis attendre à mon tour qu'une âme charitable veuille bien me secourir. Je regrette infiniment docteur de n'avoir pas eu cette idée. Vous auriez certainement deux cadavres sur les bras à cette heure-ci. Car voyez-vous, j'ai honte à l'avouer, mais je ne sais pas nager !

— Vous ne... Mais alors... Mon Dieu Vanessa ! Et moi qui... Je vous demande pardon, vous avez risqué votre vie pour sauver ma fille. Je suis ignoble, infâme, pardonnez-moi.

— Je vous en prie, j'ai moi aussi mes torts, dit-elle, sachant combien il lui était pénible de s'abaisser ainsi devant elle.

— Venez. Nous allons lui annoncer.

— Lui annoncer quoi ? demanda Vanessa qui voulait ne pas avoir compris.

— Mais notre mariage voyons ! Ou plus exactement lui confirmer la date. Oh ! excusez-moi, il serait plus correct que je vous demande votre avis, vous êtes la principale intéressée.

« Son attitude est pour le moins bizarre ! remarqua Vanessa. J'ai vraiment l'impression qu'il s'amuse. »

Jaime Friedberg continuait de parler et ce qu'il dit laissa la jeune fille perplexe.

— ... Rassurez-vous, si je vous épouse, ce n'est que pour ma fille sachez-le, il n'est pas question d'autre chose entre nous. N'est-ce pas ?

« N'est-ce pas ? Pourquoi cette interrogation, se demanda encore la jeune fille, chercherait-il à s'en convaincre ? »

Son interlocuteur ne semblait pas remarquer son trouble, puisqu'il continuait toujours de parler.

— J'espère que notre différence d'âge ne vous fait pas peur ?

— Non. Je n'ai pas tellement le choix, remarqua Vanessa.

— En effet ! constata-t-il.

« Mais il a vraiment l'air de s'amuser ! pensa encore Vanessa. Il me parle sur un ton acrimonieux, mais au fond... il a vraiment l'air... de se moquer de moi. »

Il ne cessait de la regarder. Puis, brusquement, il lui prit le bras et l'entraîna vers la chambre de sa fille. Vanessa aurait dû être heureuse puisqu'elle l'aimait, mais il avait bien précisé : « Ce n'est que pour ma fille que je vous épouse ». Elle souhaitait un mariage fait d'amour et non de reconnaissance. La seule personne qui en sera heureuse c'est bien Manuela, Sophie aussi peut-être, mais n'était-ce pas le but recherché ?

CHAPITRE II

Le mariage eût lieu dans la plus stricte intimité, quelques semaines plus tard, exactement deux jours avant Noël. Les Roberts, Elisabeth et Allan, amis de longue date et voisins de la famille, leur fils Frédéric, vingt ans, et la petite Eve, âgée de onze ans, Manuela et Sophie constituaient toute la noce. Celle-ci se passa d'ailleurs fort bien, jamais auparavant Jaime n'avait vu sa fille aussi gaie que ce jour-là ; il était très fier d'elle et ne le cachait pas. Il n'y avait plus de « Manou », il y avait « ma fille ».

Vanessa s'habitua très vite à sa nouvelle vie, elle semblait heureuse malgré tout. Le temps s'écoula paisiblement. Nous étions maintenant en mars, depuis trois mois, ils n'avaient reçu aucune visite, pas même de cette étrange Mireille, peut-être s'était-elle enfin résignée à les laisser vivre en paix ; était-elle retournée à l'étranger ? Personne ici n'y faisait allusion. Savaient-ils quelque chose ? Ne savaient-il rien ? Mystère !

Puis un beau jour, le malheur arriva ; on sonna à la porte d'entrée. Toujours empressée, Sophie se précipita la première pour ouvrir. Un homme se présenta, entouré de deux gendarmes en uniforme.

— Messieurs.

— Bonjour madame. Serait-il possible de voir le docteur Friedberg, s'il-vous-plaît ? questionna l'homme en civil.

— Entrez, je vous en prie, je vais le prévenir, dit Sophie.

— Merci beaucoup madame. Vous êtes sans doute sa mère ? demanda encore l'homme.

— Non monsieur, je ne suis que la gouvernante. Asseyez-vous, je vais voir si le docteur peut vous recevoir.

— Merci ! dit-il encore, tout en jetant un regard furtif autour de lui.

« C'est ce genre de tapisserie que j'aurai dû poser dans mon salon » se dit-il. Hum ! ils doivent avoir très bon goût ces gens-là ! ». .Il arrêta là ses réflexions personnelles, Sophie revenait déjà, elle les précéda jusqu'au bureau où Jaime avait décidé de les recevoir. Vanessa était présente.

— Messieurs... Donnez-vous la peine d'entrer. En quoi puis-je vous être utile ? demanda Jaime.

Il était rare de recevoir la visite d'un représentant de la Loi, si c'en était un, après tout un homme entouré de deux gendarmes, n'est pas obligatoirement un inspecteur de police ! Celui-ci il ne l'avait jamais vu auparavant.

— Excusez-nous de vous importuner docteur, je suis le commissaire Dartois, Hervé Dartois, de la police judiciaire de cette ville ; je remplace mon collègue, le commissaire Blanchet, que vous connaissez certainement et qui vient de prendre sa retraite. J'arrive tout droit de Gironde, votre ville est accueillante et fort belle, remarqua-t-il.

— Enchanté de vous connaître commissaire, je connaissais effectivement votre prédécesseur. Je vous souhaite bonne chance dans votre travail et aussi un agréable séjour dans notre bonne ville de La Rochelle.

— Merci infiniment docteur.

— Je vous en prie, prenez place. Que me vaut l'honneur de votre visite ? Oh ! Excusez-moi, je suis d'une incorrection vraiment... je vous présente ma femme Vanessa... ma seconde femme, précisa-t-il.

— Ravi de vous connaître madame Friedberg, dit le commissaire en s'inclinant devant celle-ci.

— Enchantée commissaire.

— Ma visite doit vous paraître étrange, tout au moins, je l'espère, je suis chargé d'une mission assez désagréable, je l'avoue. Il s'agit d'un meurtre.

— Un meurtre. Mais quel rapport avec nous commissaire ?

— Chère madame, c'est justement ce que je cherche, le rapport.

— Voyons monsieur le commissaire, de quel meurtre parlez-vous ? Et en quoi nous concerne-t-il ? interrogea Jaime.

— J'ignore exactement si vous êtes bien concernés. Je suis ici pour le découvrir. Il s'agit du meurtre d'une certaine madame Fontant.

— Qui est cette personne ? demanda Vanessa.

— Vanessa ! cria son mari.

— Qu'y a-t-il Jaime ? Ai-je dit quelque chose de mal ?

— Vanessa, cela suffit ! supplia-t-il.

— Mais, enfin...

La porte du bureau s'ouvrit brusquement.

— Oh ! excuse-moi papa. Je te croyais seul avec Vanessa. Bonjour messieurs.

— Mademoiselle, votre fille sans doute ? interrogea le policier se tournant vers Jaime.

— En effet, mon unique fille Manuela. Ma chérie, je te présente le commissaire Dartois.

— Il se passe quelque chose de grave monsieur le commissaire ? demanda celle-ci en le saluant.

— J'enquête sur le meurtre de madame Fontant, mademoiselle, et je venais dans l'intention de poser une ou deux questions à vos parents et également à vous, si toutefois vous saviez quelque chose pouvant m'éclairer sur ce mystère. On m'a fait savoir qu'elle était une cliente de votre père. Nous avons d'ailleurs trouvé dans ses papiers l'adresse de votre Cabinet, ce qui n'a fait que confirmer les faits.

— Madame Fontant ! morte ? C'est une plaisanterie.

— Croyez bien mademoiselle, que dans ma profession, il est très difficile, voire même déplacé de pouvoir plaisanter sur certains sujets. Malheureusement c'est la pure vérité. Nous avons trouvé cette femme chez elle, un poignard entre les épaules.

— Morte, dit-elle en fixant Vanessa. Tu entends ? Madame Fontant est morte.

Puis, nerveusement, Manuela éclata de rire. Elle rit... rit, jusqu'à ce que son père la secoue par un bras.

— Vas-tu cesser. Tu devrais avoir honte, si je ne me retenais pas, je...

— Calmez-vous Jaime, je vous en prie, intervint Vanessa. Et toi, Manuela, cesse. Ton père a raison, tu devrais avoir honte.

— C'est tout l'effet que cela te fait, à toi ?

— Mais. Pourquoi voudrais-tu ?

— Tu ne comprends pas. Elle est morte.

— Oui. J'ai bien entendu, mais je ne crois pas connaître cette personne.

— Elle se prénommait Mireille, précisa Manuela.

— Oh ! fit Vanessa en pâlissant.

Voyant sa pâleur, le commissaire lui demanda :

— Vous ignoriez son nom de famille madame Friedberg ? J'avoue que cela m'étonne quelque peu. Ne la connaissiez-vous pas particulièrement ? Excusez-moi, je m'exprime mal, je veux dire, personnellement ?

Vanessa ne sut que répondre, c'est Manuela qui la tira d'embarras.

— C'était une amie de ma mère, dit celle-ci, sa meilleure amie, soi-disant.

— Vous mademoiselle, la connaissiez-vous très bien ?

— Oh oui, pour ça oui ! Je sais ce qu'elle valait, ce dont elle était capable, elle...

— Comment peux-tu dire une chose pareille ? Tu ne la connaissais pas plus que moi, coupa son père.

— Pas plus que toi, mais toi plus que moi, sans doute !

— Manuela ! Qu'essaies-tu d'insinuer ? Tu sais très bien que moi non plus je n'aimais pas cette femme. Tu es bien comme ta pauvre mère, tu ne m'as jamais cru, hein ? Réponds, mais réponds donc ! criait-il en la secouant.

— Laisse-moi, répondit-elle furieuse.

Le commissaire Dartois, témoin de cette scène ne bougeait pas, il écoutait attentivement. Chaque parole, chaque geste, se gravait dans sa mémoire.

— Docteur Friedberg, interrogea-t-il quand le calme fut revenu, voudriez-vous m'éclairer sur ce qui se passe, je vous prie. Expliquez-moi.

— Expliquer, expliquer quoi précisément ?

— Quel lien, autre que celui d'être une amie de votre femme, existait-il entre elle et votre famille, ou bien entre elle et vous ?

— Mais, aucun commissaire. Ici, personne ne l'aimait. Elle a... tué ma femme.

— Eh bien, racontez.

Et Jaime raconta les circonstances dans lesquelles sa femme disparut, la venue inattendue de Mireille, son appel téléphonique, et la réaction de sa fille.

— Merci Docteur, j'avoue que je comprends déjà un peu mieux. Aviez-vous revu madame Fontant ces derniers jours ?

— Non. Pas depuis sa visite ce fameux soir. Je lui avais interdit le seuil de ma maison.

— Et en dehors de chez vous ?

— Non commissaire.

— Bien. Et vous madame, l'aviez-vous revue ?

— Non commissaire, répondit Vanessa. Je ne l'ai vue qu'une fois en tout et pour tout, c'était également le jour où elle est venue ici même voir mon mari. A cette époque, j'ignorais qui elle était exactement. Nous n'étions pas encore mariés, je l'ai reçue en ma qualité de secrétaire.

— Donc, c'est forcément vous, mademoiselle, qui l'avait vue ces jours derniers, affirma le commissaire, se tournant vers Manuela.

— Moi ! Mais pas du tout commissaire, je ne l'ai pas revue.

— Permettez-moi d'en douter. Ne craignez rien, ce n'est pas parce que vous pourriez l'avoir rencontrée que je vous arrêterai pour meurtre. Non mademoiselle, je ne vous accuse pas, je sais seulement qu'une de vous deux l'a vue et pas plus tard qu'hier après-midi. Laquelle de vous ment ?

— Je jure monsieur le commissaire, que je ne vous mens pas, fit Manuela, hors d'elle.

Elle mit soudain sa main devant sa bouche, comme pour retenir le « oh » de surprise qui lui échappa ; elle venait de comprendre que ses paroles dénonçaient à coup sûr Vanessa.

— Madame Friedberg, ne me dites pas vous aussi, que vous ne m'avez pas menti ? Je vous en prie, n'ayez aucune crainte. Dites-moi seulement la vérité.

— Vanessa, demanda son mari. Vanessa, dites quelque chose !

Ce n'est pas vrai, n'est-ce pas, vous me l'auriez dit ?

— Vanessa, insista-t-il. .

— Je... Oui, il est vrai que je l'ai rencontrée. Mais je ne l'ai pas tuée.

— Personne ne vous accuse madame, de toutes façons, je savais que c'était vous. Excusez-moi d'avoir insisté si brutalement, mais il fallait que vous avouyiez, dit le commissaire Dartois.

— Vous me regardez tous comme si j'étais une criminelle. Jaime, je vous jure que je ne l'ai pas tuée, j'en suis bien incapable, je déteste faire du mal, vous le savez bien, et ce n'est pas parce que je la haïssais, que j'aurais pû le faire. Je ne suis pas forcément la seule à l'avoir vue hier.

— Bien sûr madame. Je vous répète que personne ne vous accuse, dit le policier. Si j'ai affirmé tout à l'heure, qu'une de vous devait l'avoir vue hier, c'est tout simplement parce que j'ai interrogé la personne qui l'a découverte morte chez elle. Cette femme, car il s'agit d'une femme, cette femme donc, se trouve être une de vos voisines. Elle venait depuis le retour de madame Fontant, faire un peu de ménage, et elle se trouvait là le jour de votre visite, c'est-à-dire hier. Elle m'a dit exactement ceci lorsque je lui ai demandé si sa patronne avait reçu des visites.

« Oui, à seize heures, la femme du médecin, je ne sais pas ce qui s'est passé exactement, mais c'était à qui parlerait le plus fort. »

« De quel médecin parlez-vous ? »

« Du docteur Friedberg, bien sûr. Nous sommes pratiquement voisins, alors vous pensez bien, jai vu assez souvent sa jeune femme pour l'avoir reconnue. »

« Vous a-t-elle vu, elle ? »

« Non, je ne pense pas. Moi-même je ne l'ai aperçue que lorsqu'elle est sortie ; j'étais à la cusine, je l'ai vue par la fenêtre lorsqu'elle s'est éloignée. Quelques instants après, ma patronne m'a rejointe et m'a prévenue qu'elle sortait et m'a dit de partir. Elle n'avait plus besoin de moi, elle était rouge de colère. »

— Voilà fit le commissaire. Maintenant madame, dites-moi

ce qui s'est passé, cette femme prétend que sa patronne était rouge de colère... Pourquoi ? Que lui avez-vous dit ?

— Vous l'avez interrogée, vous devez le savoir. Elle a certainement dû entendre de sa cuisine.

— Peut-être pas. Supposez qu'elle ait menti, elle aussi !

— Je l'ai rencontrée tout à fait par hasard, au tout début de la semaine dernière, le onze mars exactement.

— Où précisément ?

— Ici même à La Rochelle, dans la rue. La rue du Palais exactement.

— Que voulait-elle ? De quoi avez-vous parlé ?

— Un peu de tout. Elle m'a félicité pour mon mariage avec Jaime. Elle m'a fait comprendre que j'avais été plus maline qu'elle. Elle m'a dit qu'on devrait se retrouver ailleurs pour parler. Elle m'a donné rendez-vous pour le 18, qui était donc hier ; elle devait m'appeler au téléphone pour me confirmer le jour...

— Où vous a-t-elle donné rendez-vous ? Chez elle, directement ?

— Oui, elle m'avait inscrit son adresse sur un papier.

— Vous saviez donc son nom ?

— Non, pas du tout, elle m'avait dit le jour de sa visite ici, qu'elle s'appelait Mireille, mais c'est tout, sur le papier elle a juste noté son adresse. Je n'ai jamais cherché à savoir son nom de famille.

— Vous êtes donc allée la voir hier à seize heures ?

— Vanessa, intervint Manuela, à cette heure-ci justement, tu m'as dit : « Je n'ai plus de cigarettes, si ton père m'appelle, dis-lui que je reviens dans dix minutes ». Ce n'était qu'un prétexte. J'aurai dû comprendre. Tu n'es revenue qu'une bonne demie-heure après.

— En effet, ce n'était qu'un prétexte. Pourtant je suis allée en acheter, je pensais que tu me soupçonnerais, et si tu m'avais demandé une cigarette, je t'aurai montré le paquet neuf.

— Vous êtes une excellente comédienne madame Friedberg ! dit le commissaire.

— Je n'aime pas jouer la comédie monsieur le commissaire. Si je l'ai fait c'est pour ne pas que mon mari ou sa fille s'inquiètent. Madame... Fontant ? c'est cela ? Madame Fontant leur a fait suffisamment de mal. J'avais demandé conseil à Sophie, elle a approuvé ce que je voulais faire et je l'ai fait avec son aide.

— Qui est Sophie ? interrogea le commissaire.

— C'est la gouvernante, répondit Jaime, la personne qui vous a ouvert tout à l'heure. C'est une mère pour nous.

— Y a-t-il longtemps qu'elle est à votre service ?

— Elle m'a pratiquement élevé, constata Jaime, j'ai toute confiance en elle.

— Madame Friedberg, revenons, si vous le voulez bien à ma question principale. Que s'est-il passé chez la victime ?

— Dois-je vraiment vous répondre ?

— Vous n'y êtes obligée en aucune façon.

— Auriez-vous quelque chose à cacher Vanessa ? demanda son mari.

— ...

— Madame, reprit le policier, dans votre intérêt même, il serait plus sage de dire ce que vous savez. Enfin, si vous voulez votre avocat, la loi vous autorise à ne parler qu'en sa présence. Téléphonez-lui.

— Non, ce n'est pas la peine. Mais allez-vous me croire ?

— Dites toujours.

— Eh bien voilà.... Madame Fontant me faisait chanter depuis quelques jours, je veux dire, voulait me faire chanter, puisque... puisqu'elle est morte.

— Vanessa ! que dites-vous là ? s'exclama son mari.

— Vous voyez, vous n'allez pas me croire. C'est pourtant la vérité Jaime. Je regrette. Je ne voulais pas que vous le sachiez. Je suis sûre que je m'en serais sortie seule !

— Pourquoi Vanessa ? Bon sang, mais pourquoi avoir pris ce risque ? lui demanda-t-il encore.

— Je ne sais pas exactement. J'ai toujours foncé sans réfléchir. Vous le savez bien.

— Oh ça, vous pouvez le dire, observa Jaime. Mais peut-on vraiment vous le reprocher ?

— Continuez ! s'impatienta le commissaire.

— Le lendemain de notre deuxième rencontre, c'est-à-dire le douze, donc de ce mois-ci, elle m'a téléphoné pour me confirmer notre rendez-vous d'hier ; j'étais seule ici lorsqu'elle m'a appelée. Enfin, il y avait Sophie. C'est ce jour-là, après ce coup de téléphone, que je me suis confiée à Sophie. Je suis donc allée voir cette femme hier.

— A quelle heure ?

— A seize heures.

— Racontez-nous ce qui s'est passé, je vous prie, demanda le commissaire.

— Je vous assure qu'elle n'a pas pris de gants pour m'attaquer !

« Chère petite madame, me dit-elle, je vais être franche avec vous. Vous m'avez pris ce que je convoitais depuis déjà fort longtemps, et j'ai bien l'intention de me venger ! »

« De moi ? lui dis-je. »

« Oui, de vous. »

« Et comment ? »

« Oh ! c'est très simple, mais c'est infaillible, vous me rendez Jaime, vous le quittez, ou vous payez... très cher ! »

« Que je vous rende Jaime ! Vous le feriez trop souffrir. D'ailleurs, il ne voudrait pas de vous. Vous lui rappelez trop de mauvais souvenirs. Nous, nous n'avons d'ailleurs pas l'intention de divorcer ! »

« C'est bien dommage pour vous. Vous refusez donc ? Ou vous voulez réfléchir quelques jours ? »

« C'est inutile, je refuse. Rien ne me ferait changer d'avis ! »

« Rien ? »

« Absolument rien ! »

« Il est vraiment regrettable que vous soyez si têtue. »

« Je suppose que je dois payer dans ce cas, n'est-ce pas. Et de quelle façon ? »

« Mais voyons, lorsque l'on paie, c'est en billets de banque ! »

« Il n'en est pas question. »

« Non ? Je suis sûre que vous allez changer d'avis dans un instant. »

« Vous êtes ignoble, je ne paierai pas, je ne vous donnerai rien, vous entendez, rien, pas un centime. »

« Il y a peut-être moyen de s'entendre, ou plutôt de vous faire entendre raison. J'ai une autre proposition à vous faire. »

« Je ne veux pas la connaître. Bonsoir. »

« Je vous ordonne de rester et de m'écouter. Voilà ce que je vous propose. Vous savez moi, Jaime, je lui ai toujours trouvé beaucoup de charme, mais lui, je crois que je ne suis pas son genre, vous aviez raison ! En fait, c'est surtout l'argent qui m'intéresse, j'en ai besoin. Avoir les deux, homme et argent, je pense que c'est trop demander ! »

« Vous venez de me dire que je vous avais pris l'homme que vous vouliez ? Mais c'est seulement pour son argent ! Vous ne l'aimez pas du tout ! »

« Vous êtes intelligente je l'avoue. Vous comprenez vite. Voyons, réfléchissez. J'ai le moyen de vous débarrasser d'un mari que vous n'aimez pas vous non plus, et qui ne vous aime pas plus, et vous refusez de m'écouter, sur ce point, vous êtes sotte. »

« En effet, je refuse d'en entendre davantage. Quant à l'amour dont vous parlez, que savez-vous ? »

« Je sais très bien que vous ne vous aimez pas. Ma pauvre fille, vous n'avez pas connu Barbara, la femme de Jaime. Ce n'était pas votre genre. Allons, réfléchissez. Jaime approche de la quarantaine, il est bien trop expérimenté pour une gamine de votre âge. Il pourrait être votre père ! »

« Vous ignorez ce que veut dire le mot « amour », que pourriez-vous comprendre de nos relations ? Pour vous, il n'y a que l'argent qui compte. »

« C'est vrai. Justement... vous faites bien de me le rappeler. »

« Alors... Que me proposez-vous ? »

« Vous ne voudriez pas qu'il lui arrive quelque chose de... disons désagréable, après tout ou plutôt avant tout, c'est votre mari... Vous ne voudriez pas non plus être accusée de... »

« Je vois... Inutile de continuer. Mais supposez que je lui raconte tout ? »

« Vous n'en auriez pas le temps. »

« Pardon ? »

« Il ne serait déjà plus en état de vous entendre. »

« Ce n'est pas possible. Vous n'oseriez pas... »

« Vous auriez tort de prendre mes paroles à la légère, lorsque je prends une décision, je ne reviens pas dessus. Vous ne me connaissez pas encore très bien, il est vrai. »

« Vous n'êtes qu'une criminelle, une... »

« Je vous dispense de vos injures. Alors... »

« Vous n'oserez pas. »

« Ne pariez pas ! »

« Vous me jurez que si... Non ! Je ne crois pas en votre parole, cela ne servirait à rien de vous faire jurer quoi que ce soit. »

« On ne sait jamais, essayez toujours. »

« Non, inutile. »

« Allons, de quoi avez-vous peur ? Si vous me donnez ce que je veux, si vous payez, je ne toucherais pas un seul de ses cheveux. »

« Comment puis-je vous croire ? »

« Evidemment, si vous ne me faites pas confiance, cela risque d'être dur pour vous ! »

« Jurez-moi que vous ne lui ferez aucun mal. »

« Je tiens toujours parole. C'est bien entendu valable également pour Manuela. »

« Combien voulez-vous ? »

« Disons... vingt mille francs, pour commencer. »

« Pour commencer... Et ensuite ? »

« Ensuite ? On verra ! La vie est si chère. Oh ! j'oubliais... En liquide si c'est possible. »

« Je ne pourrais jamais. Jaime va s'apercevoir que... »

« C'est à vous de vous débrouiller. Allons, d'après la petite enquête que j'ai menée sur vous, je me demande pourquoi vous travaillez ? Vous n'êtes pas, comme on dit, dans le besoin. »

« Cet argent, je n'y ai jamais touché. Je préfèrerais ne pas l'avoir et que mes parents soient encore en vie. »

« Hum... je vois. Assurance-vie ? Vous êtes fille unique ? »

« Oui. »

« Vous faites fructifier cet argent au moins ? Ce serait ridicule de le laisser dormir sans rien faire. Vous pourriez voyager, vous faire construire une petite maison. »

« Pour y être seule. Jusqu'à présent je n'en voyais pas l'utilité. »

« Eh bien moi, cela va m'être très utile. N'est-ce pas merveilleux ? Vous ne voulez pas toucher à cet argent, et moi j'en ai absolument besoin, je vais vous en débarrasser, si nous nous sommes bien entendues ! »

« Oh, vous avez été très claire. »

« Je vous donne une quinzaine de jours, voyez, je ne suis pas si méchante. »

« Je vous déteste ! Vous êtes un monstre. »

« Vous ne savez pas tout ce dont je suis capable. »

« Je le devine aisément. Moins j'entendrai parler de vous, mieux je me porterai. Je vous hais. »

« Je sais. Ce n'est pas grave. Bonsoir. »

« Allez au diable. »

— Voilà commissaire, c'est tout, précisa Vanessa.

— Vraiment ? Une chose pourtant que vous avez omise de dire madame !

— Je ne vois pas...

— Selon la femme de ménage, vous l'auriez menacée. « Je vous tuerai », ou quelque chose d'approchant.

— Oui, j'ai certainement dû le dire, mais c'était sous l'effet de la colère. Elle menaçait bien de tuer mon mari. La différence c'est qu'elle l'aurait fait elle, j'en suis sûre, tandis que moi...

— Vraiment madame ?

— Monsieur le commissaire, je ne suis pas une criminelle. Madame Fontant avait sûrement d'autres ennemis. Son ex-mari peut-être...

Jaime, qui avait écouté le récit de sa femme sans broncher, se posait d'innombrables questions ; celles-ci ne l'empêchaient d'ailleurs pas de suivre la conversation.

— Voyons Vanessa, dit-il, je le vois mal tuant Mireille, c'est un pauvre type qui ne ferait même pas de mal à une mouche, c'est absurde.

— Vous le connaissez ? demanda le policier.

— Bien sûr. Il venait ici avec elle, avant leur divorce. Il était fou d'elle, il se serait mis à genoux devant elle si elle le lui avait demandé. Un esclave, voila ce qu'il était pour elle, un esclave.

— Justement, s'il voulait se venger.

— Non commissaire, vraiment c'est absurde.

— Se voyaient-ils toujours depuis leur séparation ?

— Je l'ignore. Elle est ensuite partie pour l'étranger, l'Amérique je crois.

— Du moins, c'est ce qu'elle a fait croire, remarqua Manuela. Aucun de nous n'a vérifié.

— Vous pensez qu'elle n'y est pas allée mademoiselle ?

— Oui, Elle n'avait pas un sou, la pension qu'il lui versait lui fondait dans les mains, à mon avis, elle n'a jamais quitté la France, mais elle était tellement orgueilleuse.

— Vous ne pouvez malheureusement pas être absolument certaine de cela ?

— Je crains bien que non.

— Je vous remercie mademoiselle. Vous aussi docteur, madame Friedberg... Je ne vais pas vous déranger plus longtemps. Si vous appreniez du nouveau, faites-le moi savoir.

— Bien entendu monsieur le commissaire. D'autre part, nous sommes à votre entière disposition si vous aviez d'autres questions à nous poser.

— Merci beaucoup docteur, bonsoir.

— Je vous raccompagne messieurs, proposa Vanessa.

CHAPITRE III

Quand ils furents partis, le silence inonda la pièce. Personne ne semblait respirer, Vanessa et Manuela se regardaient ne sachant plus que dire. Jaime s'était assis et ne bougeait plus. Il parla soudain et fit sursauter les jeunes femmes.

— Approchez. Venez ici à côté de moi, dit-il. Très bien. A présent parlez. Je vous écoute.

— Pour dire quoi ? demanda Manuela.

— Tout ce que vous savez toutes les deux et que j'ignore, car j'ignore tout ici, on ne me dit rien à moi ! De quoi avais-je l'air devant eux tout à l'heure, hein ? Voulez-vous me le dire ? Je ne suis plus le maître chez moi maintenant, c'est bien ce qu'on va voir, allez, j'écoute. Et cessez de trembler comme des feuilles, je ne vais pas vous égorger. Alors... N'avez-vous rien à dire ? Vous sembliez en savoir long pourtant.

— Nous avons déjà tout dit, remarqua Manuela. Enfin, pour ma part, j'ai raconté au commissaire tout ce que je savais, je ne vais pas en inventer pour te faire plaisir.

— Moi aussi, j'ai tout dit, ajouta Vanessa.

— Vanessa, vous m'avez déçu ! Je vous croyais irréprochable et je me suis trompé. Connaissez-vous quelque chose qui fasse plus mal qu'une déception ?

— Jaime...

— Oh non ! n'allez pas encore me demander pardon, j'en ai

assez, toujours les mêmes excuses, je les connais. « Je ne voulais pas que vous souffriez encore... Vous avez eu votre part de souffrances, etc... » C'est idiot, c'est maintenant que je souffre, c'est à présent que vous me faites souffrir toutes les deux. Je suis ici chez moi, du moins je le crois Vanessa, et j'entends savoir tout ce qui s'y passe. Je ne suis plus un gosse tout de même, et je sais me défendre tout seul.

— J'essaie seulement de vous faire mener une vie calme, sans problème, je n'ai pas l'intention de...

— Mais si. Vous ne vous en rendez même pas compte, et pourtant c'est tout à fait ce que vous faîtes, vous me surveillez, vous allez au-devant de mes gestes, je n'ai plus qu'à m'asseoir et à me laisser vivre. Eh bien non Vanessa, non, ce n'est pas la vie dont je rêve.

— Mais puisque c'est à moi qu'elle s'est adressée. Pourquoi aurai-je dû vous... Enfin c'est uniquement moi qu'elle voulait faire chanter.

— Vous êtes ma femme, ce qui vous touche me touche aussi.

— Papa a raison, intervient Manuela. S'il était arrivé quelque chose... On peut mieux se défendre à deux que tout seul.

— Bien sûr, mais je suis sûre que je m'en serais sortie seule.

— Et nous y voilà encore, elle recommence. Vous n'êtes qu'une inconsciente Vanessa. Il ne sert absolument à rien de prendre tout sur soi. Vous vous imaginez que vous êtes encore seule là-bas, dans votre appartement ? Que vous ne devez compter que sur vous-même ? Non Vanessa, ce temps-là est révolu. Vous n'êtes plus seule, nous sommes là, il faut apprendre à penser avec nous. Que vous le vouliez ou non, que cela vous plaise ou non.

— Jaime.

— Assez. Que cherchez-vous à prouver ? Que je suis un incapable.

— Je n'ai jamais pensé cela. Vous êtes injuste.

— Hum... Mais qu'est-ce qui m'a pris de m'encombrer de...

— Oh ! je vous encombre ? Eh bien sachez que vous, vous...

— Manuela, va te coucher, intima-t-il à sa fille.

— Me coucher !

— Eh bien oui, te coucher, tu ne t'es peut-être pas rendu compte de l'heure, mais demain tu as cours, non ?

— Nous avons dîné une heure plus tôt que d'habitude, c'est ce qui m'a toute désorientée, maintenant je ne sais plus du tout s'il est tard.

— Il est assez tard pour que tu te couches. Allez, bonne nuit.

— Bonne nuit papa. A demain Vanessa.

— Bonsoir, à demain ma chérie.

Il attendit que la porte se referme sur sa fille, pour s'adresser de nouveau à Vanessa.

— A nous deux maintenant. Nous sommes plus libres pour discuter. Vous allez me dire exactement ce qu'il y a de vrai dans toute cette histoire.

— Mais... Mais tout est vrai. Je n'ai pas l'habitude de...

— De mentir ? Je sais. Pourtant lorsque le commissaire vous a demandé si vous aviez revu Mireille, vous avez bel et bien menti. Pourquoi ?

— Vous... vous le savez bien.

— Oh non ! Vous n'allez pas remettre ça ! Vous faites l'innocente devant moi, et vous tramez je ne sais quoi derrière mon dos, pour soi-disant ne pas m'inquiéter. Je ne vous comprends plus. On croirait que je vous fais peur, vous faites tout en cachette. N'auriez-vous pas la conscience tranquille par hasard ? lui demanda-t-il.

— Qu'allez-vous imaginer ? Vous pensez vraiment que j'ai tué cette femme, n'est-ce pas ?

— Je vais finir par le croire !

— C'est toute la confiance que vous avez en moi ?

— La confiance ? Vous pouvez bien en parler de la confiance... Si vous en aviez eu un peu plus pour moi, nous n'en serions pas là !

— C'est un reproche ?

— Non, c'est un fait.

— Pourquoi m'avoir épousée, pour le regretter maintenant ? Si je vous encombre tellement, comme vous dites.

— Pourquoi ? Oui, pourquoi. Les hommes ne réfléchissent jamais assez, semble-t-il.

— Vous... vous voulez divorcer ? lui demanda timidement Vanessa.

— C'est, en effet, une possibilité. A présent que Mireille est morte, je n'ai plus que faire de vous.

— Oh ! comment osez-vous ? Vous n'êtes qu'un sale goujat. Vous pouvez bien demander le divorce, je m'en contrefiche ! Maintenant je suis fatiguée, je vais me coucher. Bonsoir.

— Doucement, je n'ai pas fini de parler avec vous. Nous nous occuperons de nos problèmes personnels et... intimes, plus tard, pour l'instant, l'important, je dirais même l'essentiel, c'est de démêler cette affaire. L'assassin est peut-être parmi nous.

— Vous osez accuser votre propre famille. Rien que des femmes sans défense évidemment. Après tout, il se peut que ce soit un homme, non ?

— Vous me traitez d'assassin, moi ?

— Je ne parle pas spécialement de vous !

— Oh non, mais vous y pensiez. J'aurais dû vous ficher dehors comme vous me l'aviez demandé il y a quelques mois, tout ceci ne serait pas arrivé.

— Vous croyez ?

— J'en suis certain.

— Très bien, approuva la jeune femme en colère, désormais vous n'aurez plus de soucis à vous faire, je m'en vais.

— Merveilleux, je ne vous retiens pas, dit-il sèchement.

Vanessa pensait au contraire, qu'il allait la retenir, l'empêcher de partir, mais il ne fit pas un geste. Elle regretta subitement ses paroles. Elle fit mine de partir, tout en guettant la réaction de son mari ; il ne bougeait pas. Puis soudain, il tourna la tête vers elle.

— Vous êtes encore là, qu'attendez-vous ? lui dit-il.

Il était visiblement furieux et ne se rendait certainement pas compte de la portée de ses paroles, puisqu'il continua :

— Sortez ! Vous m'avez demandé de vous chasser il y a quelque temps déjà... J'ai peut-être tardé à vous répondre, eh bien maintenant, je vous réponds... sortez !

— C'est votre dernier mot ? demanda-t-elle.

— Oui, répondit-il.

— Vous le regretterez un jour, Jaime.

— Possible !

Elle alla se réfugier dans sa chambre pour cacher ses larmes. « Je le hais, se dit-elle, que pouvais-je espérer de lui ? Il le regrettera. Me chasser, moi, sa femme, il n'a pas de cœur mais une pierre à la place. Mon Dieu, faites qu'il ne demande pas le divorce. »

Absorbée par ses pensées, elle ne remarqua pas la porte qui venait de s'ouvrir ; elle prit sa valise et commença d'y ranger le peu qu'elle possédait.

— Vanessa, que fais-tu ?

Cette dernière sursauta à cette voix. Manuela ! Qu'allait-elle pouvoir lui dire ?

— Manuela ? Tu devrais être dans ton lit. Va te recoucher, lui dit-elle, en pleurant de plus belle.

— Que signifie cette valise ? Mais où vas-tu ?

— ...

— Et tu pleures. Qu'est-ce qui se passe ?

— Rien... Je t'en prie, va te recoucher.

— Pas avant que tu m'aies dit ce qu'il y a. Tu t'es disputée avec papa ?

— Oui, dit-elle.

— Tu ne vas pas partir pour une simple dispute, tout de même.

— Si.

— Non ! Tu ne quitteras pas cette maison. Mais où va le monde ? Si toutes les femmes quittent leur foyer parce qu'elles se sont disputées avec leur mari, où va le monde ? Dis-moi.

— ...

— Allez, range-moi cette valise. Vous étiez fatigués tous les deux, demain vous reparlerez tranquillement.

— Non ! Je m'en vais. Ce n'était pas une simple dispute Manuela...

— Ce n'est pas une raison pour... pour quitter le domicile conjugal. Tu vas avoir tous les torts.

— Mais c'est lui qui...

— Qui ? Tu veux dire qu'il... t'a chassée ? Ce n'est pas possible. Il ne peut avoir fait ça. Tu ne partiras pas d'ici. Je vais lui parler, et tout de suite !

— Non ! Je te le défends.

— Mais enfin, il n'a pas le droit ! Chasser sa femme ainsi, sans raison.

— Il a ses raisons !

— Ah, très bien ! Et lesquelles s'il te plaît ?

— Tu ne comprendrais pas.

— Ah non ? Je ne suis plus une enfant, je sais que je me mêle de ce qui ne me regarde pas, mais tu es la femme de mon père, et je t'aime beaucoup, comme la sœur que je n'ai jamais eue. Je ne lui permettrais pas... Je vais lui parler...

— Manou, je t'en prie, c'est mieux ainsi, crois-moi. Il a raison, il n'y a eu dans cette maison, que des malheurs depuis que j'y suis.

— Voilà donc ses raisons ? Je suis désolée, mais elles ne me satisfont pas. On ne chasse pas sa femme pour cela. Serait-il devenu subitement fou par hasard ? Ah non ! Cela ne se passera pas du tout comme monsieur le désire, dit-elle en sortant de la chambre. Il est encore dans son bureau ?

— Manou. Où vas-tu ? Laisse ton père tranquille.

— Jamais ! dit celle-ci derrière la porte, je pense avoir le droit de placer un mot dans cette histoire.

Elle trouva son père à la même place, il n'avait toujours pas bougé.

— Papa, dit-elle, tout de go, va dire à Vanessa de défaire sa valise, elle ne partira pas d'ici.

— De quoi te mêles-tu ? Va te coucher. Je n'ai pas d'ordre à recevoir de toi, il me semble !

— Tu es injuste, c'est ta femme.

— Figure-toi que nous avons le même nom, mais que nous ne partageons pas le même lit, répliqua-t-il méchamment.

— Quoi ! Ce n'est pas... Oh papa !... Mais... mais... je... enfin, ce n'est pas une raison pour la renvoyer comme on congédie une servante dont on n'a plus besoin, que vont penser tes clients ?

— Fiche-moi la paix, veux-tu. Cela ne te concerne pas.

— Que si, cela me concerne. J'avais trouvé en Vanessa non pas une mère, non, mais une sœur, quelqu'un à qui me confier, et tu me l'enlèves.

— Désormais, tu te confieras à moi.

— A toi ? Tu ne m'écoutes jamais ou alors tu ne me comprends pas. Papa, je t'en prie, ne la laisse pas partir. Tu... je croyais que tu... que vous vous aimiez beaucoup. Tu ne peux pas faire ça. La jeter dehors ainsi, à cette heure. Il fait nuit. Où va-t-elle aller ? A l'hôtel ? Bravo. Les hommes sont bien tous les mêmes. Je te croyais différent des autres, je m'étais mis le doigt dans l'œil, tu n'es pas meilleur.

— Arrête tes sarcasmes. Je ne permettrai pas à une gamine comme toi, de me juger.

— Excuse-moi papa. Je... J'aime beaucoup Vanessa.. Je comprends qu'elle t'ait blessé dans ton orgueil mais ce...

— Qui parle d'orgueil ?

— Papa... reconnais que c'est vrai.

— Hum... cela ne changera rien. Je suis chez moi. Quand je pense que même Sophie...

— Tiens, tu vas donc la renvoyer aussi !

— Je suis sûr que Vanessa lui aura raconté des boniments. La pauvre Sophie s'est laissée embobiner comme une débutante.

— Bien sûr ! Trouve-lui des excuses !

— Mais elle pensait bien faire.

— Certainement. Et Vanessa alors ? Elle aussi croyait bien faire. Pourtant tu veux la... la répudier... comme... comme un barbare. Et tout cela parce que ta fierté en a pris un sale coup ! Ce n'est pas juste.

— ...

— Papa. Je t'en prie. Elle est jeune et...

— Non ! La jeunesse n'excuse pas tout. Je ne peux fermer les yeux sur ce qu'elle a fait... ou n'a pas fait. Elle m'a ridiculisé devant les flics en plus.

— Tu ne penses qu'à toi.

— Bon, très bien.

— Papa, mon petit papa, tu es un chou.

— Doucement. Tu me permettras bien de finir ma phrase ? Va lui dire de rester cette nuit. Mais seulement cette nuit..

— Quoi ? Tu... Pourquoi ? Dis, pourquoi ? Pour l'exemple. C'est cela ? Comme à l'armée ?

— Je veux que demain à midi, lorsque je reviendrais, elle ne soit plus là. C'est compris ?

— Oh ! Tu es... Je te hais, je te déteste, dit-elle en colère.

Une gifle sonore accueillit ses paroles.

— Ne redis jamais cela Manuela, jamais. Sinon, qu'il fasse jour ou qu'il fasse nuit, tu prendras le même chemin qu'elle.

— ... Je regrette papa... Je... Je ne le pensais pas. Tu sais bien que je t'aime... tu le sais n'est-ce pas ? Mais j'aime aussi Vanessa.

— Ça va, n'en parlons plus. Va la prévenir et couche-toi.

— Bien papa, répondit la jeune fille, honteuse.

Vanessa attendait son retour, assise au pied de son lit.

— Alors ? questionna celle-ci, impatiente. Mais... fais-voir... Enlève ta main...

— Laisse...

— Tu t'es fait battre, hein ?

— Ce n'est rien, je l'avais cherché..

— C'est de ma faute, encore de ma faute. Tu vois, il a raison.

— Il veut que tu sois partie demain matin, avant son retour de visites. Il est injuste. Pourquoi agit-il ainsi ? Nous ne sommes plus au Moyen-Age. Et puis, tu n'as pas à lui obéir.

— Si.

— Alors, si demain il te dit de tuer le voisin, tu le feras.

— Ne sois pas bête !

— Sais-tu à quoi je pense ?

— Ma foi, non.

— Demain, tu iras voir Maître Roberts, tu lui raconteras. Il pourra certainement faire quelque chose pour toi. Tout au moins, te conseiller. Lorsqu'une femme quitte son foyer... elle perd beaucoup.

— Qu'est-ce que je perds. Je n'avais rien.

— Et ton travail ? Et... et moi ? Les enfants de parents séparés souffrent beaucoup...

— Manou, tu n'es pas ma fille et tu n'es plus un bébé, tu es même majeure.

— Tu iras le voir quand même, dis ?

— J'y ai pensé avant toi. Mais lui, que va-t-il penser de nous... et Lise. Ils nous croient si unis.

— Oh ! N'en fais pas un drame, ils doivent voir des cas comme celui-ci tous les jours. Vanessa ? Excuse-moi d'abord pour la question... c'est un peu indiscret. Papa m'a dit que toi et lui... est-ce que c'est vrai ? Tu n'es sa femme que de nom ?

— Oui. C'est vrai. Ton père dort dans la chambre d'amis. Depuis... depuis notre mariage.

— Je n'arrive pas à le croire. C'est curieux. Je n'ai jamais soupçonné... Je ne l'ai jamais vu y entrer par le couloir pourtant.

— La porte de communication, là, entre les deux chambres...

— Mais il y a belle lurette qu'elle a été condamnée.

— Condamnée ? Elle était seulement fermée à clé, ton père l'a rouverte, c'est aussi simple que cela !

— Il m'a toujours affirmé avoir perdu la clé. Alors là... vous m'avez bien eue. Ainsi papa et toi... vous n'avez jamais...

— Hum... c'est pourquoi il me chasse, nous n'avons pas fait un mariage d'amour. Tu sais, nous étions seuls. Nous avons unis nos solitudes, un point c'est tout. Tu penses qu'en tant qu'avocat, Allan m'aiderait ? J'ai un peu honte.

— Ce n'est pas à toi d'avoir honte, c'est à papa !

— Ne le blâme pas, je t'en prie. Au fond, il n'a pas tout à fait tort. Si, si... C'est un homme juste.

— Juste ? Vraiment, tu perds la raison. Ma parole, tu le défends. Qu'est-ce que cela veut dire ? Nous avons unis nos solitudes as-tu dit ? Et à présent... tu l'aimes ? Je ne me trompe pas, n'est-ce pas ? Tu l'aimes ?...

— ... ...

— Ton silence est un aveu. Tu aimes vraiment papa ?

— Manuela... C'est mon mari. Si je l'avais détesté, je ne l'aurais pas épousé.

— Au fait, pourquoi alors vous êtes-vous mariés ? A part pour « unir vos solitudes », je ne me suis jamais posé la question, vous étiez tous les deux si radieux le jour de vos noces que j'ai tout de suite pensé que vous étiez très épris l'un de l'autre. Alors pourquoi ? A cause de Mireille ?

— Non... Enfin si tu veux.

— Et maintenant qu'elle est morte, tu ne lui sers plus à rien.

— C'est exactement ce qu'il m'a dit.

— Le rustre. Et c'est tout ?

— ...

— Non, n'est-ce pas ? Il y a autre chose. Quoi ?

— C'est à ton père de répondre.

— Et pourquoi ne serait-ce pas à toi ?

— Je t'en prie. J'ai assez fait de gaffes jusqu'à présent, je ne veux pas faire empirer mon cas.

— Bon. Très bien, je lui demanderai. Je peux lui dire également que tu es amoureuse de lui ?

— Ce n'est pas à toi de le lui dire.

— Non, bien sûr, mais toi, je te connais, tu ne lui diras jamais, pourtant ça pourrait peut-être l'amener à réviser les sanctions prises il y a quelques minutes envers toi !

— Je ne veux pas de sa pitié.

— Tiens ! Orgueilleuse toi aussi.

— De toutes façons, je ne crois pas qu'il reviendrait sur sa décision sous un prétexte aussi... futile. D'abord, lui ne m'aime pas. Comment pourrait-il, dans ce cas, croire à mon amour pour lui. Non. Cela ne servirait à rien de lui dire. Sinon à me rendre encore plus ridicule à ses yeux.

— Où vas-tu aller, ma pauvre chérie ?

— Je n'en sais rien encore, j'ai de l'argent, aussi je ne pense pas que ton père ait besoin de m'entretenir, de toutes façons, je n'accepterai jamais rien de lui.

— Mais tu vas dormir où ?

— Ne t'inquiète pas Manuela. J'ai loué mon appartement après notre mariage, je ne pensais pas en avoir besoin un jour, mais je trouverais certainement une petite chambre en ville. Ne te fais pas de soucis pour moi, il y a plus malheureuse que moi sur terre. Et pourtant, je le suis déjà beaucoup tu sais.

— Oh mais je le vois bien. Combien de temps va durer cette situation ? Le sais-tu ? Je vais une fois de plus me retrouver seule. Je sens que tu vas me manquer terriblement.

— Sois sans crainte, je te téléphonerai, ton père ne m'empêchera jamais de prendre de tes nouvelles. Ah non alors ! Il dira ce qu'il voudra, mais il ne pourra pas me l'interdire. Je te donnerai mon adresse. Et puis, tu viendras bien aussi me voir après tes cours. Allons, je ne t'oublierai pas. Va te coucher maintenant, il se fait tard.

— A quelle heure pars-tu ?

— Oh, pas avant neuf heures.

— Je serais déjà partie.

— Tu te lèves à sept heures ? Je me lèverai aussi, nous prendrons notre petit déjeuner ensemble, ça te va ?

— D'accord, tu es chic. Bonne nuit Vanessa, à demain.

— Bonne nuit Manuela.

La jeune fille regagna sa chambre. Elle ne vit pas de lumière filtrer sous la porte de la chambre d'amis, mais au fait... n'était-elle pas fermée à clé elle aussi ? Puisque son père entrait toujours par l'autre chambre. Elle tendit la main vers la poignée, mais se ravisa. Elle allait encore se mêler de ce qui ne la regardait pas. Et puis « zut », se dit-elle, je tombe de sommeil, je n'ai plus la tête à réfléchir à quoi que ce soit, j'y verrais sûrement plus clair demain.

Vanessa ferma sa valise et la mit sous son lit, puis elle se prépara pour la nuit ; quelques minutes plus tard, elle se couchait et éteignait sa lampe de chevet. Dans le noir, elle fixait le plafond, elle savait qu'elle ne pourrait pas dormir. Ce soir, elle le savait aussi, « il » ne viendrait pas dans sa chambre lui souhaiter de passer une bonne nuit, « il » n'ouvrirait pas la porte de communication qui séparait leurs deux chambres, cette fameuse porte que Manuela croyait condamnée depuis longtemps... « Il » irait prendre, dans un des tiroirs de son bureau, la clé de la chambre d'amis. Un rai de lumière passa sous la porte, « il » venait d'éclairer le couloir, « il » allait se coucher ; puis la clé fut introduite dans la serrure, la porte grinça et la lueur disparut subitement ; les pas de Jaime résonnèrent sur le plancher voisin. Dix interminables minutes passèrent et les pas cessèrent soudain, le silence à présent était seul maître. Non, pas tout à fait... Vanessa renifla...

CHAPITRE IV

Sept heures. Manuela enfila sa robe et vint frapper à la porte de Vanessa.

— Oui... répondit cette dernière.

— Vanie, je peux entrer ? chuchota Manuela.

— Bien sûr, entre. Comment m'as-tu appelée à l'instant ?

— Vanie... C'est charmant, non ?

— Oui, si tu veux...

— Oh ! si tu ne veux pas que je te surnomme ainsi, je...

— Mais non, mais non, si cela te fait plaisir de m'appeler Vanie. Après tout, je dis bien Manou...

— Il n'y a que papa qui ne possède pas de surnom ; il est vrai que son prénom est déjà assez court, sais-tu qu'il signifie Jacques en français ?

Au souvenir de son mari, Vanessa baissa la tête.

— Qu'as-tu donc, tout à coup ? Mon Dieu... Excuse-moi, je n'ai pas réfléchi. Viens. Allons prendre notre petit déjeuner, tu ne vas pas te mettre à sangloter à chaque fois que je prononcerais son prénom ? Si cela te fait vraiment mal au cœur de partir, je ne vois qu'une seule solution : te battre jusqu'à ton dernier souffle pour rester !

— Me battre ? Non. Si j'étais sa femme, je veux dire vraiment sa femme, dans tous les sens du mot, ce serait différent. J'aurai au moins des... des arguments valables.

— Des arguments valables ? Veux-tu que je lui en fournisse, moi, des arguments valables. J'ai besoin de toi. Lorsque maman était encore là, c'est à elle que je me confiais, quand elle a disparu, j'étais désespérée, je venais de perdre ma seule confidente. l'unique, ce n'est pas à papa que je pourrais raconter tout ce que j'ai pû lui dire, il n'aurait jamais compris. Quant à Sophie, n'en parlons pas, nous ne sommes pas de la même génération. Toi, tu me comprends, nous nous entendons bien, non ?

— Oui, je crois...

— Tu m'as toujours écoutée avec patience... comme maman !

— Tu ne dois pas penser qu'à toi, il y a ton père. Si tu l'aimes, tu dois aussi penser à lui, à son bonheur... et si son bonheur justement est de ne plus s'encombrer de ma présence, il est sans doute préférable que je m'en aille.

— Tu dis « noir » et ensuite tu dis « blanc » !

— Pardon ?

— J'avoue que je ne te suis pas. Tu veux partir ou rester ?

— Mais je voudrais rester ! Mais je veux également que ton père soit heureux.

— Quel imbroglio. Vous êtes impossibles !

— Peut-être... Pressons-nous, la matinée va vite passer, et je dois trouver une chambre avant midi, je n'ai pas envie de traîner ma valise tout cet après-midi.

— Oh Vanessa, je ne peux pas croire, Non ! Je ne supporterais pas que tu partes, dit la jeune fille en haussant la voix.

— Ma chérie. Allons, tu n'es plus une enfant. Tu ne vas pas te mettre à pleurer à ton tour ? Lorsque tu auras avalé ton petit déjeuner, ça ira mieux, tu verras.

O surprise ! Lorsqu'elles entrèrent dans la cuisine, Jaime était là, beurrant ses tartines de pain.

— Bonjour papa, dit Manuela en l'embrassant, qu'est-ce qui t'arrive ? Tu es toujours habillé à cette heure-ci d'habitude ?

— Je sais, je suis en retard. J'ai mal dormi cette nuit, et ce matin je n'ai pas entendu la sonnerie du réveil.

— C'est le remords qui vous a rongé, sans doute ? ne pût s'empêcher de remarquer Vanessa.

— Oh non, intervint Manuela, vous n'allez pas recommencer ? Si c'est ça le mariage, je resterais sûrement célibataire. Justement, tiens ! A propos de mariage ! Pourquoi vous êtes-vous mariés tous les deux, je n'ai pas très bien compris. Puisque vous faites chambre à part... C'est à toi papa, que je pose la question, Vanie n'a pas voulu me répondre.

— Vanie ? Ah bon ! C'est nouveau ça ? Depuis quand l'appelles-tu ainsi ?

— Depuis quelques minutes seulement, tu n'aimes pas ?

— Si, si, c'est charmant, répondit-il. Que disais-tu ?

— Pourquoi Vanie et toi, vous êtes-vous mariés ? répéta la jeune fille.

— C'était un pacte entre elle et moi !

— Quel pacte ? demanda-t-elle encore.

— Tu tiens vraiment à le savoir ? Après tout, pourquoi pas ! Eh bien, c'était à cause de toi, pour une fois que cela te concerne, je peux bien te le dire.

— A cause de moi ? Que veux-tu dire ?

— C'est le seul moyen que Vanessa avait pour empêcher ta noyade.

— Comment ? Je ne saisis pas très bien.

— Elle t'avait bien dit qu'elle m'avait parlé et que j'avais décidé de l'épouser, n'est-ce pas ?

— Oui oui, je m'en souviens, et alors ?

— Alors ? Mais elle avait menti, je ne lui avais rien promis du tout ! et encore moins le mariage !

— Je comprends. Je ne savais pas si je devais la croire, mais elle semblait si sûre d'elle, que j'ai cru tout ce qu'elle m'a dit ce jour-là, ce n'était donc pas vrai ? Tu as sacrifié ta liberté pour me sauver, Vanessa ? J'avais raison lorsque j'ai dit que je ne méritais pas ton amitié, tu as été trop bonne pour moi !

— Je ne regrette pas ce que j'ai fait Manuela, même si ton père ne m'approuve pas, même s'il me le reproche maintenant, je ne regrette plus rien et tu sais bien pourquoi.

— Papa ne te reproche pas de m'avoir sauvé la vie Vanie !

— Je sais, il me reproche d'encombrer la sienne !

— Vanessa...

— Oh, ne dites rien Jaime. Ce sont bien vos paroles.

— Je comprends que tu ne regrettes rien, mais moi, je suis heureuse Vanessa, heureuse d'être vivante, et toi, tu es malheureuse, et ça parce que papa ne cesse de te faire des reproches, au lieu de... de...

— Au lieu de... demanda celui-ci.

— Rien.

— Bon. Je ne suis déjà pas en avance, je vais m'habiller, j'ai beaucoup de visites ce matin.

Les deux jeunes filles prirent leurs petits déjeuners, puis allèrent se préparer. Manuela pour aller à ses cours, et Vanessa... on ne sait où. Cette dernière alla chercher sa maigre valise et la porta au salon.

— Tu vas donc me laisser seule ? constata Manuela.

— Tu n'es plus seule. Tu as ton père et puis Sophie aussi.

Celle-ci justement, venait d'entrer au salon.

— Madame Vanessa, dit-elle émue puisque au courant de tout, c'est injuste de vous voir partir, la maison va de nouveau être triste sans vous.

— Je vous donnerais de mes nouvelles de temps en temps ma bonne Sophie. Allons, souriez un peu, je n'irai pas au bout du monde, je vous le promets.

— Oh ! je l'espère bien, mais reviendrez-vous ?

— Cela ne dépend pas de moi Sophie, vous le savez bien.

— Sophie, dit Manuela tout bas, tu ne sais pas la dernière ? Vanessa est amoureuse de papa !

— Oh madame, ma pauvre madame, comme c'est injuste, et... il ne le sait pas ?

— Non. De toutes façons, même s'il le savait, cela ne changerait absolument rien Sophie.

— Peut-être. Ce n'est pas sûr, lui répondit-elle.

Jaime entra à ce moment-là.

— Je te dépose au lycée ? J'ai un malade pas très loin.

— Non, merci papa.

— Ah bien. C'est clair et net. Je vois que tu as choisi ton camp !

— Mais non, qu'est-ce que tu imagines ? Ecoute papa, je n'ai de préférence ni pour l'un, ni pour l'autre, je vous aime beaucoup tous les deux, tu es mon père et... je te connais depuis plus longtemps que Vanessa, mais il me serait très pénible d'avoir à choisir. Je... je ne peux m'imaginer, ou plutôt je ne vous imaginais pas l'un sans l'autre, un jour.

On aurait entendu une mouche voler. Qui allait reprendre la parole après ce plaidoyer.

— Alors ? Que décides-tu ? As-tu changé d'avis ?

— Non papa, je préfère marcher, d'ailleurs je dois voir Frédéric, tout à l'heure.

— Bon, très bien, alors à midi.

— ... Papa !

— Oui ?

— Tu... tu n'embrasses pas Vanessa, aujourd'hui ?

— Je devrais, selon toi ?

— Tu en as bien l'habitude, non ?

— Une de celles que je n'aurais jamais dû prendre. Mais si tu y tiens, dit-il en déposant un baiser sur le front de sa femme.

Puis il embrassa sa fille et sortit.

— C'est fini, je ne le verrais plus, dit Vanessa en éclatant en sanglots.

— Prends ta valise, et suis-moi Vanessa !

— Où m'emmènes-tu Manou ?

— Je vais voir Frédéric, je le lui ai promis. Pendant que je serais avec lui, tu iras voir son père.

— Que vais-je lui dire, mon Dieu !

— Nous en avons déjà parlé. Tu lui dis tout, absolument tout. Viens, n'aie pas peur.

Vanessa prit sa valise, puis se tourna vers Sophie.

— Au revoir Sophie. Prenez soin d'eux, je vous en prie, lui-dit-elle.

— Au revoir madame Vanessa, ne pleurez pas, lui dit celle-ci essuyant elle-même une larme ; à midi, lorsqu'il se rendra compte qu'il manque une personne à table, il le regrettera et il remuera ciel et terre pour vous retrouver, allez... Gardez l'espoir, je suis sûre que bientôt vous serez de nouveau parmi nous.

— Oh, je l'espère Sophie, je l'espère. A bientôt.

— A bientôt madame.

— Oh ma bonne Sophie, je vous en prie, laissez tomber le « madame ». Faites-moi plaisir...

— Oui madame, euh, oui Vanessa.

Les jeunes femmes embrassèrent leur bonne Sophie et sortirent. La maison de la famille Roberts se trouvait à quelques pas de celles des Friedberg, mais de l'autre côté de l'avenue. Les Roberts étaient des gens très sympathiques et très unis. Allan était avocat depuis une douzaine d'années, et sa femme Elisabeth, Lise pour ses amis, s'occupait de son foyer ; ils s'étaient mariés vingt-et-un ans plus tôt, et étaient venus s'installer à La Rochelle, tout près des Friedberg, avec lesquels ils avaient très vite fait connaissance. L'aîné de leurs enfants, Frédéric, et la cadette Eve, avaient été les seuls compagnons de jeux de Manuela, lorsque celle-ci était encore enfant ; ils s'entendaient bien tous les trois, puis les années avaient passé, et ils étaient toujours ensemble, mais Manuela n'était plus pour Frédéric, on le devinait, la petite compagne de jeux d'autrefois, un lien plus fort le rapprochait d'elle aujourd'hui. Un jour, peut-être...

Manuela pressa le bouton de la sonnette ; Lise vint leur ouvrir, souriante.

— Bonjour ! On vient faire sa petite visite matinale à son tendre ami, dit-elle en s'adressant à Manuela, rougissante. Bonjour Vanessa, comment vas-tu ? Entrez donc.

Elisabeth et Vanessa étaient très vite devenues amies ; elles avaient les mêmes goûts. Lise était aussi blonde qu'elle, et de la même taille.

— Je... Lise... Je vais mal, très mal, répondit Vanessa.

— Très mal, c'est vrai je te trouve un peu pâlotte. Toi, tu as pleuré ! ne dis pas le contraire, cela se voit. Tiens, mais qu'est-ce que tu fais avec cette valise, qu'y-a-t-il ma chérie, dis-moi, je suis ton amie.

— Je vous laisse, dit Manuela. Frédéric est levé ?

— Bien sûr, tu le trouveras certainement au salon. Raconte-moi ce qui ne va pas Vanessa.

— C'est Jaime, dit celle-ci, les yeux humides.

— Qu'a donc fait notre bourreau des cœurs ? Viens, allons dans la bibliothèque, nous pourrons mieux parler. Veux-tu un café ?

— Non merci, tu es gentille, je viens juste de prendre mon

petit déjeuner. Cela ne va pas du tout entre lui et moi en ce moment.

— Vous vous êtes querellés ?

— Querellés. Si ce n'était que cela. Non, malheureusement. C'est pire. Il m'a chassée, le plus simplement du monde.

— Chassée ? Tu plaisantes !

— Non Lise. Il m'a vraiment chassée, hier soir.

— Ah, je comprends, la valise...

— J'y ai mis tout ce que je possède, je vais partir.

— Pour où ?

— Je ne sais pas. Je vais essayer de me trouver une chambre dans le centre ville.

— Une chambre d'hôtel ?

— Non. Mais si je ne trouve rien avant ce soir, je serais bien obligée d'en arriver là, en attendant... Tu sais, je crois que Jaime va demander le divorce. Crois-tu que ton mari accepterait de me conseiller...

— Bien sûr, tu as bien fait de penser à lui. Ne bouge pas, je vais l'appeler.

Elisabeth Roberts ouvrit la porte, et sortit dans le couloir pour héler son mari.

— Allan !

— Oui, chérie.

— Viens un moment dans la bibliothèque s'il te plaît, nous avons besoin de toi !

— J'arrive, cria-t-il. Manuela vient de nous raconter brièvement, dit-il à sa femme lorsqu'il fût plus près, comment est-elle ?

— Viens, tu verras, lui répondit-elle, tout bas.

— Vanessa... Bonjour, dis-moi ce qui ne va pas. Manou m'a exposé les faits à l'instant. Un léger désaccord, sans plus, n'est-ce pas ?

— Bonjour Allan. J'ai besoin de toi, pas seulement en tant qu'ami, mais surtout en tant qu'avocat.

— C'est donc si grave ? Je t'écoute.

Et Vanessa leur fit le triste récit des derniers événements, en entrant un peu plus dans les détails.

— C'est incompréhensible, dit Allan, jamais il n'a fait une

chose aussi monstrueuse ! Faut-il que tu aies profondément blessé son amour-propre. Sa fierté. Quel manque de tact, je ne l'aurai jamais cru capable de cela.

— Il me déteste, remarqua Vanessa.

— Oh, je ne crois pas Vanessa, je ne crois pas...

— Si, j'en suis certaine, il me reproche de lui avoir caché la vérité. Moi... je l'ai fait pour lui, et puis d'ailleurs Mireille s'est adressée à moi, et non à lui. Je l'ai déçu. Il ne me le pardonnera jamais...

— Allons, ne pleure pas, je suis sûre qu'il regrette déjà son geste, remarqua Lise.

— Vanessa, questionna l'avocat, a-t-il fait allusion...

— A quoi Allan ?

— A-t-il parlé de... de divorce ?

— Oui ! Non ! Enfin... je crois que j'en ai parlé la première. Il a dit qu'il regrettait notre mariage, et je lui ai demandé s'il voulait divorcer. Il a répondu qu'il devait y réfléchir. Pour lui il y avait plus important à faire !

— Et l'important est ? questionna Lise.

— De retrouver le meurtrier de Mireille, a-t-il dit.

— C'est l'affaire de la police. Mais sauver son ménage, c'est son affaire à lui, et à toi, bien sûr, c'est cela qui est le plus important à mon avis, remarqua Allan.

— Pas pour lui, avoua Vanessa.

— Et toi, qu'en penses-tu ? demanda Lise.

— ... ...

— Si tu souhaites reprendre ta place auprès des tiens, il faut d'abord que tu le veuilles aussi, sinon...

— Mais je le veux Lise, je le veux ! cria Vanessa.

— Calme-toi ma chérie !

— Oh Lise, je sens que je l'ai perdu. Que j'ai tout perdu. Je ne veux pas, je ne veux pas le perdre.

— Bon sang, mais pourquoi as-tu parlé divorce la première, c'était la dernière chose à faire. Tu lui as mis cette idée en tête, il n'y songeait peut-être pas, lui !

— Allan, j'étais en colère, j'ai dit ce qui me passait par la tête, sans plus réfléchir.

— Allan chéri, laisse Vanessa respirer un peu, je vais lui montrer sa chambre. Vous reprendrez cette discussion plus tard.

— Bien sûr ma chérie. Je vais aller en ville acheter des cigarettes, à tout à l'heure.

— Lise, je ne vais pas rester ici.

— Mais si, tu y seras très bien.

— Bien sûr Lise, je le sais, mais je vais vous déranger, et je ne veux surtout pas...

— Tss-Tss... Voyons, tu sais bien que la chambre d'amis est inoccupée ?

...

— Merci Lise, vous êtes gentils tous les deux !

— On peut bien se rendre service de temps en temps, non ?

— Tu es chic Lise. Allan est en congés et je...

— Chut ! Pour lui, un service à rendre à une amie, ce n'est pas un travail. Installe-toi, je te laisse. Je vais voir si les enfants ont besoin de quelque chose. Ah ! Tiens, vous voilà. J'allais justement vous voir.

— Bonjour Vanessa, dit le jeune homme en l'embrassant.

— Bonjour Frédéric, tu vas bien ?

— Très bien merci, je vous dis bonjour et au revoir, car je dois sortir... le travail !

— Tu me conduis jusqu'à la place d'armes Frédéric ? lui demanda Manou.

— Bien sûr. Tu es prête ?

— Oui, allons-y. Au revoir vous deux, dit-elle en regardant Lise et Vanessa.

— Au revoir, répondirent-elles ensemble. Ne t'inquiète pas pour moi, ajouta Vanessa, Lise m'a offert l'hospitalité pour quelques jours.

— Je m'en doutais. Vous êtes chic madame Roberts ! Au revoir et merci pour elle.

— Ils forment un beau couple, tu ne trouves pas ? demanda Elisabeth.

— Oui en effet. Frédéric est très amoureux. Il m'arrive d'envier les jeunes un peu parfois.

— Mon Dieu ! Quel âge as-tu donc ? Allons Vanessa, cela s'arrangera, tu verras ! Quant à la jeunesse, je pourrai moi-même t'envier. C'est vrai : Frédéric est amoureux, mais Manuela est très jeune, elle n'a pas encore compris, et lui est bien trop timide pour lui faire comprendre.

Huit jours passèrent. Chaque matin Vanessa interrogeait Manuela sur le comportement de son père.

— A-t-il parlé de moi ? Qu'a-t-il dit ?

— Il n'a pas parlé de toi Vanie, d'ailleurs, il ne parle plus du tout, même pas à Sophie, et encore moins à moi. Je suis sûre qu'il mijote quelque chose !

— Qu'est-ce qui te fait penser celà ?

— Je n'ai pas cours aujourd'hui, eh bien tout à l'heure, il est sorti et je l'ai suivi. Oui, je sais, ce n'est pas très joli. Tu me croiras si tu veux, mais devine où il se rendait ?

— Ma foi, je ne vois pas.

— Au commissariat.

— Au commissariat ? Pour l'enquête peut-être. Que trouves-tu de bizarre à cela ? Ah, je vois ! Personne ne l'avait convoqué, il y est allé de son plein gré. Tu crois qu'il en sait beaucoup plus sur cette affaire et qu'il n'a rien voulu nous dire à nous ? Et qu'il raconte ce qu'il sait au commissaire en ce moment ?

— Oui, c'est ce que j'ai pensé.

— Il a sans doute appris quelque chose d'important ces jours-ci et il va prévenir la police, le commissaire l'en avait prié. Au moindre indice...

— Oui, mais qu'a-t-il appris ?

— Là, je n'en sais pas plus que toi !

— Je pourrais peut-être le lui demander ?

— Tu es folle. Ne fais pas cela, il pensera tout de suite que tu le surveilles, non je te l'interdis. D'ailleurs, ce n'est pas bien ce que tu as fait... Je crois que je vais aller rendre visite au commissaire moi aussi.

— Tu penses qu'il va te dire...

— Pourquoi pas ? Il croit probablement que je suis au courant et il parlera sans crainte.

— C'est un risque à courir. Oh ! j'y pense, il a sans doute été lui dire que tu as quitté la maison et il te fait rechercher ?

— Crois-tu qu'il aurait été se vanter de m'avoir jetée dehors ?

Non, c'est autre chose. N'a-t-il pas reçu de visites ou d'appels téléphoniques ?

— Non, je ne pense pas. A moins qu'il ait rencontré une personne du dehors. Ou alors il s'est souvenu d'un détail très important.

— Oui, c'est bien possible. Je vais quand même aller voir le commissaire, il a peut-être déjà retrouvé l'assassin, qui sait ?

— Tu as raison, je peux y aller avec toi ? demanda Manuela.

— ...

— Je t'en prie, insista-t-elle.

— Bon d'accord viens, mais tu ne diras pas au commissaire que ton père et moi sommes brouillés ?

— Non. D'ailleurs je ne dirai rien du tout, tu parleras pour moi.

— Pourquoi ?

— Je suis capable de dire ce qu'il ne faut pas, je ne tourne jamais ma langue dans ma bouche avant de parler, alors...

— D'accord, dit Vanessa en riant, je parlerai pour toi. Puis, devenant soudain sérieuse : Manou, réponds-moi franchement veux-tu ? Avais-tu revu madame Fontant avant sa mort ?

— Non Vanessa, je te le jure.

— Merci.

— Pourquoi cette question ?

— Comme çà... pour rien. Oh ! ne crois pas que je t'accuse, non, loin de moi cette pensée. Viens, allons-y.

— Tout de suite ? interrogea Manuela.

— Bien sûr.

— Mais... papa y est en ce moment, remarqua-t-elle.

— Manou, cela fait trois quarts d'heure que nous bavardons, ton père est certainement de retour à la maison, viens, dépêche-toi.

Dix minutes plus tard, elles arrivaient place de Verdun, il y avait foule ce matin, les gens se pressaient pour faire leur marché. C'était la bousculade sous les arcades ; elles se frayèrent péniblement un passage parmi cette troupe humaine et montèrent les quelques marches de l'hôtel de police. Elles se présentèrent au premier bureau et demandèrent à parler au commissaire Dartois.

— Premier étage, dernier bureau sur votre gauche, au fond du couloir, leur répondit-on.

— Merci beaucoup, dit Vanessa.

Elles se dirigèrent dans la direction indiquée et s'arrêtèrent à la dernière porte où était inscrit : commissaire H. Dartois. Ce fut Manuela qui frappa.

— Entrez. Tiens... Vous! Décidément j'aurai vu toute la famille ce matin. Bonjour mesdames, asseyez-vous je vous en prie.

— Bonjour monsieur le commissaire, répondirent-elles.

— Asseyez-vous... Asseyez-vous. Qu'y a-t-il pour votre service ?

— Merci. Rassurez-vous, il n'est rien arrivé d'extraordinaire, je voulais seulement savoir si vous, vous aviez du nouveau au sujet du meurtre, demanda Vanessa.

Le commissaire la fixa, visiblement étonné.

— Il n'est rien arrivé d'extraordinaire dites-vous ? Vous n'êtes pas au courant ? Vous ne savez vraiment pas ?

— Mais... quoi donc ? Que devrions-nous savoir commissaire ? Vous m'inquiétez.

— Eh bien. Mais nous avons retrouvé l'assassin !

— Vous avez retrouvé... Qui est-ce ? Un fou... Un déséquilibré ?

— Je ne pense pas. A première vue, il est parfaitement normal, vous devez le savoir mieux que quiconque madame Friedberg !

— Je ne comprends pas. Que voulez-vous dire ?

— Un homme. Trente-huit ans. Blond, il est venu il y a à peine une heure se constituer prisonnier, il a d'ailleurs signé ses aveux, dit-il d'un ton ironique.

— Vous voulez dire...

— Oui madame, votre mari !

— C'est impossible. Non, je n'y crois pas.

— Tenez, lisez, dit le commissaire en tendant à Vanessa une feuille dactylographiée.

Elle lut et n'en crut pas ses yeux, c'était bien là, au bas de la page la signature de Jaime.

— C'est faux ! dit-elle, c'est entièrement faux, il ne peut avoir fait une chose pareille, c'est affreux.

— En effet madame, c'est affreux. Ceci dit, je n'ai pas cru un mot de son histoire. Trop de... détails. Il semblait réciter une leçon !

— Commissaire, dit Manuela qui n'avait pas encore ouvert la bouche, papa n'a pu faire un geste pareil, il sauve des vies humaines, c'est son métier, sa vie, vous croyez qu'il aurait pû tuer. C'est impossible.

— Ce n'est pas sous prétexte que votre père est médecin qu'il faut tout de suite l'innocenter mademoiselle ; c'est un homme comme les autres. Mais je vous répète que je ne l'ai pas cru ; mon devoir aurait été de l'arrêter sur le champ, mais si l'on réfléchit bien, il peut nous conduire au véritable assassin.

— Excusez-moi. Mais c'est mon père, je le connais bien, c'est un être merveilleux.

— Madame Freidberg, je vous conseillerai vivement de parler à votre mari, je pense qu'il vous dira à vous ce qu'il n'a pas voulu me dire à moi !

— Par exemple ?

— Par exemple ! Eh bien, si c'est lui le meurtrier, pourquoi m'a-t-il menti lorsque je lui ai demandé s'il avait vu la victime avant sa mort, n'est-ce pas ce que vous-même avait fait ?

— Je le reconnais commissaire. Vous avez raison, je vais aller lui parler tout de suite. Au revoir monsieur le commissaire, et merci beaucoup.

— Au revoir commissaire, répéta Manuela.

— Mesdames... Je souhaite que vous ayez plus de chance que moi ! De toute manière l'enquête continue, j'ai donné ordre à mes inspecteurs de retrouver l'ex-mari de la défunte, je vous signale en passant que l'enterrement aura lieu dans deux jours, c'est-à-dire lundi, à quinze heures au cimetière de Saint-Eloi.

De nouveau dans la rue, Manuela remarqua :

— Pourquoi nous a-t-il dit ça ? Il ne pense tout de même pas que nous allons y assister..

— Moi j'irai, affirma Vanessa.

— Comment ? Mais tu es folle, pourquoi irais-tu ? Pour la pleurer ?

— Non. Pour voir les personnes qui seront présentes.

— Brrr ! L'assassin y sera peut-être.

— Justement. Je suis certaine que le commissaire Dartois lui-même y assistera.

— Oui sûrement. En attendant que fait-on ?

— Mais on va à la maison bien entendu, je veux dire... chez toi, voir ton père.

— C'est aussi ta maison Vanie. Et... que vas-tu lui dire ? Comment vas-tu t'y prendre pour aborder le sujet qui nous intéresse. Il se doutera bien que si tu viens le voir, c'est pour une bonne raison ; il ne croira pas un seul instant que c'est pour ses beaux yeux. Pour toi bien sûr c'est aussi pour cela, mais il ne le sait pas.

— Manuela !

— Quoi ? C'est faux ? Allez, explique ce que tu comptes faire.

— Ne t'inquiète donc pas. Je trouverais bien une entrée en matière.

— Oh ! j'en suis certaine, je vois ça d'ici : « Bonjour Jaime, comment allez-vous ? Dieu que vous avez maigri, je suis heureuse de vous revoir, etc., etc. N'est-ce pas ?

— Je t'en prie, ne te moque pas. C'est vrai qu'il a maigri ?

— Oui. En dix jours c'est incroyable ce qu'il a pu maigrir.

— Pourquoi ne me l'as-tu pas dit ?

— Tu ne me l'avais pas demandé. Et puis, tu te serais tout de suite inquiétée.

— Certainement. Maintenant je suis inquiète.

Il y eut un silence, puis :

— Vanie ? Tu ne m'en veux pas, dis ?

— Non... Non ma chérie, pas du tout, je te comprends. Nous arrivons, tu viens avec moi ?

— Bien sûr. Lorsqu'il verra que je suis avec toi, il mettra sa colère de côté.

— Hum !

— Mais si, après, je vous laisserai seuls.

— Merci Manou, tu es une vraie mère pour moi, dit Vanessa en riant.

— Assez plaisanté, qui entre la première ?

— Cela a-t-il une importance ? interrogea Vanessa.

— Non, je ne pense pas, répondit Manuela, alors j'entre d'abord, on verra bien !

Elles entrèrent sans faire de bruit, Manuela enleva son manteau et l'accrocha au porte-manteau, elles passèrent devant le bureau de Jaime, celui-ci était vide ; elles s'arrêtèrent à la porte de la cuisine. Sophie leur tournait le dos, elle rangeait les bols du petit déjeuner dans un placard, quand elle vit Vanessa, elle poussa un cri de surprise.

— Mon Dieu, vous êtes revenue ? Oh Vanessa ! Que je suis contente, venez, entrez, je vais vous faire un bol de chocolat comme vous l'aimez.

— Merci Sophie, je ne dis pas non, répondit Vanessa, très émue.

— Enlevez votre manteau, il fait chaud ici, lui conseilla Sophie.

— Jaime est-il là ?

— Oui, au salon, il doit lire son journal, je ne sais pas ce qui se passe, mais quelque chose le tracasse depuis ce matin, remarqua Sophie.

— Je m'en doute, déclara Vanessa, je suis venue pour cela !

— Pour quoi ?

— Sophie, intervint Manuela, papa est allé au commissariat se constituer prisonnier, il a signé des aveux prouvant qu'il est bel et bien l'assassin de madame Fontant.

— Ce n'est pas possible... Jaime, tuer.... Non, c'est hors de question !

— Nous n'en avons pas cru un seul mot. La police non plus d'ailleurs, c'est pour cela que je veux lui parler, dit Vanessa.

— Venez, allons le trouver tout de suite, je vous ferai votre chocolat plus tard, annonça Sophie, vous resterez bien un peu pour me tenir compagnie ?

— Cela dépendra des circonstances, on verra.

— Voulez-vous que je lui parle d'abord ? demanda Sophie.

— Me parler de quoi Mamie ? Qu'est-ce que c'est que ce remue-ménage d'aussi bonne heure ? questionna Jaime apparaissant soudain dans l'encadrement de la porte. Puis voyant sa femme :

— Vous, Vanessa ! dit-il, très pâle.

— Oui Jaime, c'est bien moi ; pardonnez-moi d'avoir ainsi forcé votre porte, mais il fallait que je vous parle.

— Je croyais que nous nous étions déjà tout dit.

— Ne commencez pas à sortir vos griffes, je suis venue en amie et non pas pour vous chercher querelle.

— Bon, bon, très bien. Je vous reçois donc en amie. Allons

dans le salon, voulez-vous ? Dois-je recevoir toute la délégation ? demanda-t-il en regardant Sophie et Manuela.

— Non, il n'y a que ta femme qui veuille te parler, remarqua cette dernière, je vais aider Mamie à préparer le repas de midi, déclara-t-elle encore, non sans faire un clin d'œil dans la direction de Vanessa. Celui-ci ne passa d'ailleurs pas inaperçu.

— Je vois, dit son père, vous avez étudié ça à l'avance, bravo !

Ils entrèrent dans le salon et Jaime referma la porte derrière lui. Il alla à la fenêtre et observa le trafic de la rue. « Comme il a maigri », remarqua Vanessa. Il semblait gêné. La jeune femme le regardait allumer nerveusement une cigarette.

— Je... Je vous écoute, dit-il.

— Voilà... Jaime... Je... Je viens de voir le commissaire Dartois, et il m'a dit que... que vous...

— Que je suis un assassin !

— Oui.

— Et alors ?

— Alors ce n'est pas vrai. Vous avez menti.

— Non !

— Si. Je le sais, vous essayez de couvrir quelqu'un. Savez-vous ce que coûte un faux témoignage ?

— Je le sais.

— Vous le savez ? Et vous préférez aller en prison à la place d'un autre ?

— C'est cela..

— Donc vous ne niez pas ? Vous avouez avoir menti.

— Puisqu'on ne peut rien vous cacher ! Vous avez le don de deviner tout. Avez-vous également deviné qui était l'assassin ?

— Arrêtez donc de jouer au héros. Qu'allez-vous faire à présent ?

— ...

— Il faut dire la vérité à la police. Jaime...

— Non. Non, je ne peux pas... dit-il très pâle.

— Pourquoi ? De quoi, de qui avez-vous peur ? Jaime. Pour une fois ayez confiance en moi. Je voudrais tant pouvoir vous aider.

— Vous ne pouvez rien, merci.

— Mais enfin, il doit bien y avoir une solution. Si vous vouliez me...

— Je ne peux rien vous dire. N'insistez pas, je vous en prie.

— C'est absurde. A deux nous serions plus forts pour...

— Vanessa, pour l'amour du ciel, ne compliquez pas les choses.

— Est-ce que si vous parliez cela pourrait nuire à quelqu'un ?

— ...

— Oui ?

— Oui !

— A qui ? A moi ?

— N... Non.

— Vous hésitez, donc c'est possible ?

— C'est possible, mais ce n'est pas surtout à vous...

— Alors à qui ?

— A ma fille, c'est tout ce que je puis vous dire.

— Manuela, mon Dieu, elle est en danger ?

— Oui.

— Jaime, vous savez qui est l'assassin. Répondez-moi, vous le savez, n'est-ce pas ?

— Inutile de me questionner davantage, je vous en ai déjà trop dit.

— Vous le savez. Et si vous le dénoncez il ferait du mal à Manuela, je ne me trompe pas Jaime ?

— Assez. Cela suffit. C'est pire qu'un interrogatoire de police.

— Je vous demande pardon encore une fois Jaime. Je crois toujours pouvoir vous aider et je ne vous fais que du mal. Pardon.

Vanessa se dirigea vers la porte.

— Au revoir Jaime. Je... Je vais à la cuisine. Sophie m'a promis un bol de chocolat chaud. Jaime ? Si vous aviez besoin de quoi que ce soit. N'hésitez pas à m'appeler. Je suis chez Allan et Lisbeth... oui, ils m'ont offert l'hospitalité, je n'ai pas eu le temps de refuser ! Vous le ferez n'est-ce pas ? Promettez-moi. C'est mon devoir de vous venir en aide, ne suis-je pas votre femme ?

— Je vous le promets Vanessa, merci beaucoup. Je... Je n'ose pas profiter de votre bonté. Comment pouvez-vous supporter ma mauvaise humeur. Je me suis montré si dur envers vous... aujourd'hui je m'en rends compte, c'est dans un de ces excès de colère que... que je vous ai chassée. Je vous en demande pardon.

— Vous m'avez fait très mal ce jour-là Jaime.

— Pardonnez-moi.

— ... Un jour, peut-être.

— Pourquoi pas maintenant ? murmura-t-il.

— Cela ne dépend pas de moi Jaime.

Déjà sa main se posait sur la poignée de la porte.

— Vanessa. Attendez !

— Au revoir Jaime.

— Non, attendez, ne partez pas encore.

— Mais je suis déjà partie Jaime, vous le savez bien.

— Alors revenez, revenez. Manuela aura besoin de vous !

— Manuela ? Seulement Manuela ?

— ...

— Adieu Jaime ! dit-elle cette fois en ouvrant la porte.

— Non Vanessa, non. Pas adieu. Je vous en supplie, ne partez pas ainsi.

Il lui prit la main et referma vivement la porte ; il s'y adossa, lui coupant ainsi toute retraite.

— Vanessa, je vous supplie de revenir, Je... J'ai besoin de vous ! cria-t-il.

— Ah ! Ceci change tout. Merci. Ce sont les paroles que j'attendais de vous. Je vous promets de revenir.

— Tout de suite ?

— ...

— Je vous le demande, à genoux. Vous aviez raison Vanessa, je... je regrette tout, tout ce que j'ai pu faire ou dire.

— ...

— Oh, parlez-moi. Mais dites quelque chose, je vous en prie.

— Je vais, je vais chercher ma valise, dit-elle simplement.

— Vanessa, dit-il en l'attirant à lui, Vanessa, mon petit, merci. Oh ! merci, vous me soulagez...

Il posa un baiser sur son front.

— Allez. Demandez à Manou de vous aider pour aller prendre vos affaires et revenez vite. Je vous expliquerai. Bien que j'ai promis de ne parler à personne, mais si nous sommes deux à veiller sur elle, et puis je crois que je vous dois bien cela, ne serait-ce que pour obtenir votre pardon, allez.

Elle dut faire un effort pour ne pas lui sauter au cou tellement elle se sentait heureuse.

— Je... Vous êtes à moitié pardonné, avoua-t-elle.

— Merci. Vanessa, je... Je ne vous l'ai encore jamais dit mais vous êtes ravissante.

— Moi ?, Oh... non, je...

— J'ai une folle envie de vous embrasser, murmura-t-il en joignant le geste à la parole.

Lorsqu'il se détacha d'elle, elle eût soudain très froid comme si on venait de lui enlever une part d'elle-même. C'était seulement ses bras qu'elle ne sentait plus sur ses épaules, ses yeux rencontrèrent ceux de son mari.

— Allez... dit-il tendrement en lui caressant la joue.

Vanessa eût soudain la joue en feu, le froid qui l'avait envahie quelques secondes plus tôt disparut aussi vite qu'il était venu. Comprenant soudain ce qu'il venait de murmurer, elle s'enfuit vers la cuisine chercher Manuela.

— Manou, viens vite avec moi.

— Eh doucement, qu'est-ce qu'il y a ? Le feu ?

— Non, mais viens avec moi quand même, supplia Vanessa.

— Mais enfin, explique-toi. Où veux-tu m'emmener ?

— Chez Frédéric, prendre mes affaires.

— Non ! C'est vrai ? Tout s'arrange alors ? C'est merveilleux, qu'as-tu fait à papa ?

— Je... Oh rien, je l'avais prévenu.

— Prévenu. De quoi donc ?

— Te souviens-tu du jour où je lui ai dit que le mot remords existait ?

— Remords. N'est-ce pas plutôt regret...

— Tu vois une différence ? interrogea Vanessa.

— Oui ! Les regrets, c'est avant. Après on a des remords !

— Ah ! Si tu veux. Quoi qu'il en soit il me demande de revenir. Il dit avoir besoin de moi !

— Oh ! Alors là, c'est de la sorcellerie. .Ou bien, tu lui as fait du charme... hum ?

— Manuela !

— Ne te défends pas, tu as rougi. Sais-tu que tu es très jolie ?

— Tu ne vas pas t'y mettre aussi, supplia Vanessa.

— Ah, parce que papa... Splendide ! Allons vite chercher ta valise avant qu'il ne change d'avis, remarqua Manuela.

— Tu as raison, viens.

En un peu plus de temps qu'il ne faut pour le dire, elles étaient de retour. Oui, un peu plus de temps, car il avait fallu expliquer à Lise et à Allan la nouvelle situation. Ils furent bien sûr ravis que cela finisse bien, Allan surtout, qui n'avait pas eu besoin d'intervenir.

Déjà Manuela interrogeait Vanessa.

— Papa a besoin de toi pourquoi, Vanie ? Parce qu'il t'aime, il te l'a dit ?

— Parce qu'il m'aime ? Je ne crois pas ! Sincèrement si c'est pour cela, je ne me suis doutée de rien. Je pencherais plus pour le fait que désormais tu ne te sentiras plus seule.

— C'est bien vrai çà, remarqua la jeune fille. Que je suis heureuse ! Va vite ranger tes affaires, je vais annoncer la bonne nouvelle à Sophie.

— Manou mon petit, ce que tu me dis là est merveilleux, s'exclama celle-ci. Tu sais ma chérie, que je me sens rajeunir parmi toute cette jeunesse. Elle me plait bien Vanessa, c'est une si gentille petite bonne femme. Jaime a de la chance de l'avoir épousée, elle est tout à fait charmante, et dire qu'il ne s'en rend pas compte.

— Ce que tu dis là n'est pas si sûr. Il s'est passé quelque chose. Il vient de lui avouer qu'il avait besoin d'elle. Seulement j'ignore le sens des mots.

— Tiens donc, il s'est passé quelque chose ? Si l'on pouvait savoir quoi.

— Mamie, Vanessa est revenue, c'est ce qui compte. Pour le reste, je crois que çà les regarde, nous ne devons pas intervenir, ni toi, ni moi.

— Peut-être. Oh ! si j'étais lui, tiens ! Tu aurais déjà un petit frère !

— Eh là ! Tu vas vite Sophie.

— Quoi quoi, après un an de mariage, j'avais déjà deux enfants, moi !

— Oui ma bonne Sophie, des jumelles. Je sais, ne parle plus de cela, tu sais bien que tu te fais mal. Elle ne sont plus, oublie Mamie, seize ans ont passé depuis.

— Bien sûr ma chérie. Seize ans ont passé et je suis seule. Je hais les avions. Toutes ces catastrophes aériennes.

— Allons, sèche tes larmes Mamie, nous sommes tes enfants, nous sommes près de toi. Tu n'es pas seule, ce n'est pas vrai. Souris-moi un peu. Voilà Vanessa. Ciel ! il est déjà midi, que le temps passe vite, dit-elle en consultant sa montre.

— Tu as rendez-vous ? lui demanda Vanessa, la croisant dans le couloir.

— Oui. Avec une émission à la télévision, répondit-elle.

— Où est ton père ?

— Devant !

— Tu pourrais être un peu plus précise. Devant quoi ?

— Vanessa, réveille-toi, tu dors. Devant quoi ? Devant la télévision, puisqu'on en parlait. Tu rêves ma fille, redescends un peu sur terre.

— Oui maman. Excuse-moi ma chérie, mais j'ai du mal à croire que je suis de retour... ici.

— Je te comprends. Moi, je m'aperçois que je ne connaissais pas encore mon père, pas sous ce jour en tout cas. Tu as sûrement un don. Je te laisse, je vais rater mon émission.

— Dis à ton père que je veux lui parler, tu seras gentille, je serais à la bibliothèque.

— D'accord.

En réalité, c'était plutôt son mari qui avait à lui parler. Elle se dirigea vers la bibliothèque, entra et s'assit dans un fauteuil, mais elle se releva aussitôt car Jaime entrait déjà. Qu'allait-elle apprendre ? Il vint vers elle, calmement, pas un trait de son visage ne bougeait.

— Vous m'avez demandé Vanessa ?

— Oui Jaime. Vous aviez à me parler je crois, autant le faire tout de suite, Manou est devant son émission préférée et Sophie met le couvert, nous avons donc quelques minutes. Je suis assez impatiente de savoir ce qui menace la vie de Manou... et la mienne.

— Vanessa... Il est bien entendu que ce que je vais vous dire devra rester entre nous.

Vanessa eut peur, peur d'entendre ce qu'il allait dire.

— Ma petite Vanie, commença-t-il d'un ton paternel, lui donnant inconsciemment son surnom, j'irai droit au but, je connais en effet l'assassin de Mireille.

— Pourquoi dans ce cas, n'avez-vous rien dit à la police ?

— C'était bien mon intention, j'ai hésité je l'avoue au début, à cause de son... Non Vanessa, je ne pourrai jamais tout vous dire. C'est trop me demander. Je ne peux surtout pas vous dire son nom. Il a deviné que je voulais le dénoncer, alors il m'a menacé de vous faire du mal à toutes les deux, c'est pour cela que je n'en ai rien fait.

— C'est un fou ? Un malade ?

— Non. C'est un garçon très sain d'esprit.

— Un garçon ? Vous voulez dire qu'il est très jeune ?

— Oui, très jeune.

— De l'âge de Manuela ?

— Un an de plus peut-être.

— Dix-neuf ans, c'est insensé. Criminel à cet âge. Il n'a plus ses parents, ou bien ils ne s'occupent pas assez de lui.

— Il n'a plus ses parents, ses vrais parents. Mais il n'est pas seul, c'est son beau-père qui l'élève.

— Son beau-père ?

— Oui, le second mari de sa mère. C'est une longue histoire.

— Vous semblez bien le connaître ?

— En effet, je la connais. Elle est triste, très triste.

— Vous ne... vous ne voulez pas me la raconter ?

— Non. je ne peux pas. Ce serait courir un trop grand risque.

— Comme celui de me perdre ? demanda-t-elle, timidement.

— Oui, vous ou ma fille.

— Oh moi, pour ce que je représente !

— Taisez-vous. Vous êtes... ma femme. Vous êtes ma seule famille avec Manuela. Pardonnez-moi si je ne le montre pas assez, mais j'ai beaucoup d'affection pour vous.

— Merci, j'avoue ne pas avoir remarqué, c'est récent ?

— Je vous en prie Vanessa. Il m'est arrivé souvent de parler sèchement, voire dûrement à des personnes, cela ne veut pas dire spécialement que je les déteste !

— Bien sûr. Il faut bien vous connaître pour vous comprendre. Jaime... Que va-t-il se passer ? Que dois-je faire ?

— Veiller sur Manuela.

— Précisément.

— Eh bien, ne pas la quitter des yeux.

— Alors, c'est à Frédéric qu'il faut demander cela.

— Non. Il ne faut pas le mêler à cette affaire.

— Mais enfin Jaime, que dira Manuela si elle me voit toujours derrière elle ? L'accompagner à ses cours, la suivre lorsqu'elle va voir ses amies, elle finira par me détester !

— Faites en sorte qu'elle ne vous voit pas.

— Difficile, vous ne croyez pas ?

— Il faut essayer, je ne veux qu'en aucun cas elle reste seule, cela signifierait pour elle un danger, un danger de mort.

— Vous m'effrayez. Ne serais-je pas aussi en danger ?

— Si. Faites attention à vous. Je vous en supplie. Si quelque chose vous paraissait suspecte, n'hésitez pas. Téléphonez ici.

— Mais vous n'y serez pas toujours.

— Sophie saura où me joindre, ou sinon... mais en dernier recours, appelez le commissaire Dartois.

— Entendu. Je ferai de mon mieux, c'est promis Jaime.

— Merci Vanessa, vous m'ôtez un grand poids. Veillez bien sur elle, je vous la confie. Pensez aussi à vous, ne courez pas trop de risques... J'aurai de beaucoup préféré veiller moi-même sur vous deux, mais hélas, c'est tout à fait impossible. Entre le cabinet et l'hôpital...

— Nous ne faisons pas le poids, je comprends...

— Cessez de dire des idioties. On croirait que je vous conduis à l'abattoir. Dieu sait que je ne souhaite pas qu'il vous arrive du mal à toutes les deux. Mais cela vous ne pouvez pas le comprendre.

— Sans aucun doute, je vous connais si mal. Le commissaire nous a confié que l'enterrement de madame Fontant aurait lieu lundi.

— Je sais. Il me l'a également confié.

— J'ai l'intention d'y assister, annonça calmement Vanessa.

— Il n'en est pas question, vous n'irez pas là-bas !

— Et pourquoi ? interrogea-t-elle.

— Je n'irai pas. Et vous n'irez pas non plus, c'est bien trop risqué ; vous resterez ici. Nous resterons tous ici.

— Mais Manuela à ses cours. En ce moment elle ne peut pas se permettre de les sécher !

— Vous la conduirez et vous rentrerez directement, et vous ne ressortirez sous aucun prétexte !

— Sauf pour aller la chercher, évidemment.

— Evidemment.

— C'est ridicule. Je ne serais pas plus en danger au cimetière qu'en pleine rue, bien au contraire !

— Vous n'irez pas, ce n'est pas votre place, c'est tout ! dit-il soudain en colère. Qu'iriez-vous y faire enfin, elle ne vous était rien.

— Et à vous ?

— Ce qui veut dire ?

— Rien. Excusez-moi. Je regrette Jaime, ma décision est prise, j'irai à l'enterrement.

— Non ! ordonna-t-il.

— Eh bien, j'ai pris la résolution de vous désobéir !

— Et Manuela ?

— Elle sera à ses cours, donc en sécurité, ne vous inquiétez pas, j'irai l'attendre à la sortie du lycée.

— Pourquoi bon sang, tenez-vous tant à y assister ?

— Mais enfin, pourquoi tenez-vous donc tant à ce que je n'y aille pas ? cria-t-elle soudain, elle-même en colère.

— Très bien. Je ne discute pas, allez-y. Allez donc vous faire tuer si cela vous chante. Je vous aurai prévenue, qu'avez-vous donc dans la tête ? Réfléchissez un peu si vous en êtes capable ! J'en doute !

— Pourquoi ne pas l'avoir dénoncé à la police quand il en était encore temps, dit Vanessa hors d'elle. Vous saviez certainement et vous le savez encore où il se cache. Tout serait fini maintenant. Mais non ! Vous vous accusez, vous brouillez les pistes. Nous sommes tous en danger par votre faute, vous entendez, par votre faute. Je vous hais, vous êtes un lâche, c'est tout ce que vous êtes, un... Ah !

Elle ne put terminer sa phrase, la gifle qu'elle reçut fut donnée avec tant de force qu'elle vacilla et tomba sur le tapis. Jaime la regardait, stupéfait par le geste qu'il venait de faire.

« Ce n'est pas vrai, je ne l'ai pas frappée, je n'ai pas pu faire ça... Mon Dieu pardonnez-moi, je ne voulais pas ! »

— Jaime, dit-elle en sanglotant, vous m'avez frappée ?

— Vanessa... Je...

— Vous m'avez frappée, répéta-t-elle en se relevant.

— Vanessa, mon petit, pardon. Je ne sais pas ce qui m'a pris, je ne voulais pas. Vanessa, je ne... Je ne suis pas un lâche. Vous n'avez pas compris.

Il avançait vers elle les bras tendus.

— Ne m'approchez pas, lui cria-t-elle.

Il se figea, blême, ne sachant plus que dire.

— Je... Pardonnez-moi Vanessa, je n'avais pas l'intention de... de vous faire du mal. Je... Je n'aime pas que l'on me désobéisse. Demandez à Manuela.

— Je ne suis pas Manuela !

Tout en lui parlant il tenta à nouveau d'avancer dans sa direction.

— Ne me touchez pas. Laissez-moi. vous êtes un monstre ! lui cria-t-elle encore.

Il tendit la main pour lui prendre le bras. mais elle lui échappa et s'enfuit. Il courut après elle, mais elle s'enferma à clé dans sa chambre.

— Vanessa... Vanessa ne m'en veuillez pas ! supplia-t-il à travers la porte. Je suis brutal, pardonnez-moi.

— Laissez-moi, répondit-elle, jamais je ne pourrais vous comprendre et vous pardonner.

— Vous ne voulez plus m'aider ? se risqua-t-il.

— Ai-je dit cela, je vous ai promis de protéger Manuela et je tiendrais ma promesse.

— Merci. Je vous en prie. Venez, je... Ne restez pas enfermée.

— ...

— Papa ? Que se passe-t-il ? interrogea Manuela qui sortait du salon.

— Rien.

— Vous en faites pourtant du bruit !

— Allons déjeuner. Vanessa ? Vous venez ? demanda-t-il à sa jeune femme.

— Je ne bougerai pas d'ici !

— Vous êtes une tête de mule !

— Papa. Ce n'est pas possible, ça recommence, il n'y a plus un instant de tranquillité dans cette maison. Que lui as-tu fait encore ? Des reproches, toujours des reproches, n'est-ce pas ?

Il ne répondit pas et partit à la cuisine. Manuela voulut ouvrir la porte de la chambre, mais n'y parvint pas.

— Vanie, tu t'es enfermée. Qu'est-ce qu'il y a ? Ouvre-moi.

— Va déjeuner ma chérie, ne t'occupe pas de moi.

— Tu ne manges pas ?

— Non, je n'ai pas faim.

— Bon. Comme tu veux.

Vanessa ne sortit de sa chambre que lorsqu'elle sut que la maison était vide ; elle entendait son mari parler à un de ses patients dans le cabinet médical. La jeune femme se dirigea vers le salon, puis, réflexion faite, alla dans la cuisine et ouvrit la porte du réfrigérateur sans bruit. Elle avait faim tout à coup. Elle prit de la viande froide, du ketchup et du pain et s'installa devant la télévision où elle resta tout l'après-midi.

Pendant le week-end, le couple ne s'adressa la parole que pour se dire bonjour ou bonsoir ; Manuela essayait bien d'animer la conversation, mais sans succès, jusqu'au jour où ils reçurent la visite du commissaire, L'enquête avançait semble-t-il plus rapidement qu'on ne le pensait, ce qui rassura Vanessa ; plus tôt pour elle serait le mieux, elle avait hâte de voir se terminer cette affaire et connaître enfin le nom de l'assassin, et aussi, pensa-t-elle, obtenir de son mari un peu plus... disons d'affection, de compréhension.

Comment aurait-elle pû deviner ce que son mari pensait à cet instant précis, comment aurait-elle pû se douter qu'il souhaitait justement ce qu'elle souhaitait elle-même ? Si elle avait pû lire en lui... et lui en elle. Chacun croit être détesté par l'autre alors que la réalité est bien différente. Il suffirait d'un mot, d'un geste peut-être, pour changer le cours d'une vie, de leur vie. Sentait-elle le regard de son mari sur elle ? Toujours est-il qu'elle se retourna ; leurs regards se croisèrent un instant, mais ce fut plus fort qu'elle, comme une coupable, elle baissa la tête.

CHAPITRE V

Lundi — 14 heures — Manuela accepta sans trop poser de questions, que Vanessa l'accompagne en voiture ; comme cette dernière avait des achats à faire tout près du lycée avant de se rendre au cimetière, Manuela ne fit pas d'objection. Après s'être assurée que la jeune fille était en sécurité Vanessa fit quelques emplettes, il était quinze heures moins quelques minutes lorsqu'elle arriva en vue du cimetière ; le corbillard était devant elle, suivi de quelques voitures, en regardant dans son rétroviseur Vanessa remarqua derrière elle une autre voiture ; celle-ci lui semblait familière, elle en distinguait mal le conducteur, ce ne fut que lorsque chacun descendit de son véhicule, qu'elle reconnut le commissaire Dartois ; machinalement la jeune femme poussa un soupir de soulagement, se sentant mieux soudain. Aurait-elle poussé ce soupir si elle avait sû que sa vie allait être bouleversée dans quelques minutes ? Il y avait très peu de personnes. Vanessa n'en reconnut aucune. Si... là-bas près du cercueil, n'était-ce pas cette femme qui habitait près de chez elle, que faisait-elle là ? Et Vanessa se souvint brusquement qu'un jour le commissaire lui avait dit que cette femme faisait le ménage chez Mireille, mais oui, c'était bien elle !

— Qui est donc cet homme à côté de l'employé des pompes funèbres ? demanda Vanessa au commissaire.

Il pouvait avoir une quarantaine d'années, pas très grand, moins élégant que Jaime, et assez maigre de visage.

— C'est David Fontant, l'ex-mari de la défunte.

— Vous l'avez retrouvé ?

— Oui, mais son interrogatoire n'a rien donné !

— Il fait pitié ce pauvre homme... remarqua la jeune femme.

— En effet oui, c'est une vraie loque depuis qu'elle est morte, il s'est mis à boire plus que de raison.

— Il devait vraiment beaucoup l'aimer.

— Oui il l'aimait, mais il ne recevait rien en échange de cet amour. Il a passé à côté du bonheur...

— N'avait-il pas été déjà marié une première fois ?

— Si. Avec une divorcée qui avait déjà un fils Alexandre. Elle est morte, l'enfant avait onze ans ; celle-ci aussi il l'aimait, mais elle lui rendait bien son amour.

— De quoi est-elle morte ?

— D'un cancer je ne sais plus très bien où. Elle a, paraît-il, beaucoup souffert. Son mari s'est occupé seul de son fils pendant quelques années, puis il s'est remarié avec Mireille, vous savez la suite.

— Le voilà de nouveau seul ?

— Alexandre est toujours avec lui, c'est un enfant qui adore son beau-père, mais qui ne s'entendait pas très bien avec sa... belle-mère ; il est vrai qu'elle s'en est totalement désintéressée, alors que lui l'a tout de même élevé pendant trois ou quatre ans seul. Alexandre n'a d'ailleurs jamais caché à sa belle-mère son inimitié, il n'est pas venu à son enterrement aujourd'hui et celà ne m'étonne guère.

« Ou ai-je entendu cette phrase se demanda Vanessa. Son beau-père qui l'a élevé. N'est-ce pas cette même phrase que Jaime avait prononcée en parlant de l'assassin ? »

Vanessa frissonna. Le commissaire Dartois qui avait l'œil sur tout le monde le remarqua.

— Vous avez froid madame Friedberg ? demanda-t-il.

— Pardon. Qu'avez-vous dit commissaire ?

— Vous frissonnez. Est-ce de froid ou de peur ?

— Oh, non. Non, ce n'est rien.

— Venez, c'est fini... et je ne suis pas plus avancé, je pensais trouver un indice en venant ici, mais malheureusement j'ai perdu mon temps.

— Commissaire ?...

— Oui...

— Non, rien. Excusez-moi. Au revoir commissaire.

— Au revoir madame. « Etrange, se dit-il, que voulait-elle me dire, cette femme m'intrigue, elle sait beaucoup plus de choses qu'elle n'en dit c'est certain ; il faudra que j'aille l'interroger plus longuement demain. »

Il monta dans son véhicule et s'éloigna. Vanessa s'installa au volant de sa propre automobile et mit le contact ; elle s'apprêtait à démarrer lorsqu'elle entendit un froissement dans son dos, elle se retourna brusquement mais pas assez vite, une large main s'abattit sur sa bouche, elle sentit une étrange odeur, puis sombra dans l'inconscience.

La première chose que la jeune femme vit en ouvrant les yeux, fut une porte. Où donc se trouvait-elle ? Elle regarda autour d'elle et constata qu'elle était étendue sur un lit qui n'était pas le sien, dans une chambre qui n'était pas la sienne ; à droite, une commode, une chaise, puis à gauche une autre chaise et une armoire. Vanessa se leva, mais dût se rasseoir tant sa tête lui faisait mal. Elle fit une seconde tentative, la douleur se dissipait peu à peu ; elle alla droit à la porte et actionna la poignée, en vain, la porte était fermée de l'extérieur. Comment sortir d'ici... la fenêtre. Elle en ouvrit une et se trouva sur un balcon fleuri de géraniums ; face à elle des H.L.M., elle fut prise de vertiges et dût se reculer. A quel étage était-elle : sixième, septième... Dieu que c'était haut, son ravisseur avait tout prévu. Il n'y avait plus qu'à attendre qu'on vienne la délivrer. La jeune femme consulta sa montre... dix-sept heures trente. Manuela ! La jeune fille devait être sortie du lycée... et si l'assassin était allé l'attendre, et si... non ! elle ne voulait pas penser au pire. Manou devait être rentrée à la maison.

« Oh Jaime ! pardon, mille fois pardon ; j'aurai dû vous écouter, se lamenta-t-elle. Avec ta manie de ne vouloir en faire qu'à ta tête, tu vois où cela te mène, idiote que tu es, pauvre fille sans cervelle, ton mari avait raison, tu n'en as pas un brin, se dit-elle. »

Sa colère passée, elle inspecta le contenu des meubles. Des draps... des chemises d'homme, rien indiquant l'endroit de sa détention. Toutes ces H.L.M., près de La Rochelle, il y avait Mireuil... Villeneuve-les-Salines, ou à la rigueur Aytré, vu l'heure, elle ne pouvait être qu'à quelques kilomètres du centre-ville. Elle s'immobilisa ; une porte venait de claquer dans l'appartement, celle de l'entrée sûrement, quelqu'un arrivait. Vanessa entendit nettement des pas s'approcher et s'immobiliser devant sa porte. La jeune femme tremblait de tous ses membres. La clé tourna dans la serrure et la porte s'ouvrit.

— Tiens, je vois que l'on est réveillé, dit l'inconnu qui lui faisait face.

Un jeune homme d'une vingtaine d'années se trouvait devant elle, très élégant, pas du tout le genre voyou... ni kidnappeur, mais quelqu'un en qui on pourrait avoir confiance, et bel homme par dessus le marché.

— Qui êtes-vous ? Et que me voulez-vous ? questionna Vanessa.

— Qui je suis ? Ah, ah ! c'est la meilleure... allons... à d'autres. Ne me faites pas croire que vous l'ignorez !

— Mais si !

— Oh ! me serais-je trompé ? Votre mari ne vous a rien dit sur moi ?

— Comment voulez-vous que je sache si mon mari m'a parlé de vous, si vous ne me dites pas votre nom !

— Vous voulez jouer au plus malin, sans doute ?

— Pas du tout.

— Et vous ne voyez pas qui je pourrais être ?

— Je n'ai pas le cœur à jouer aux devinettes. Mais je crois savoir qui vous êtes, d'après ce que m'a dit le commissaire tout à l'heure, au cimetière. Vous devez être... Alexandre !

— Exact... Vous êtes bien sûre que c'est le commissaire qui vous a renseignée ?

— Certaine, il m'a même fait remarquer que vous n'étiez pas présent à l'enterrement.

— Je ne l'ai pas tuée pour ensuite aller pleurer sur sa tombe. Mais vous avez pu vous rendre compte que je n'étais pas loin.

— C'est vous qui l'avez tuée ? C'est donc vous ?

— Quoi ! Vous ne l'aviez pas encore compris ?

— J'espérais m'être trompée. Je n'osais pas le croire. Pourquoi m'avoir enlevée ?

— J'avais prévenu votre mari que s'il me dénonçait à la police, ou s'il vous parlait, je ne donnerai pas cher de votre peau et de celle de sa fille, surtout de sa fille.

— Pourquoi ?

— Mais parce qu'il l'adore.

— Et pas moi ?

— Vous ? Eh bien ! Disons qu'il vous aime peut-être, mais au point de vous adorer, il y a une grande marge.

— Comment savez-vous cela ?

— Mireille me l'avait dit avant de crever.

— Pourquoi n'est-ce pas Manuela que vous avez enlevée ?

— Vous étiez toujours derrière elle. Tant pis pour vous.

— Vous m'espionnez ?

— Oui. Et vous n'avez rien remarqué, tellement vous étiez occupée à surveiller Manuela.

— Comment pouvais-je supposer. Je ne vous connaissais pas ; j'aurai très bien pû vous voir sans pour cela trouver votre présence suspecte.

— C'est une toute autre raison qui m'a poussé à vous enlever vous. Mais j'ai l'impression d'avoir commis une petite erreur !

— Petite ? Vous trouvez. Et qu'elle est-elle, cette raison ?

— Vous empêcher de parler.

— De parler ? De quoi ?

— Mais de moi, êtes vous sûre que votre mari ne vous a rien dit sur moi que vous aimeriez répéter à la police ? Je vous ai observé au cimetière.

— Si mon mari m'avait dit quoi que ce soit, vous seriez certainement derrière les barreaux en ce moment, mentit-elle.

— Donc je me suis trompé !

— J'en ai bien l'impression. Vous allez me laisser partir ?

— Absolument pas, c'est trop tard. Et puis, votre compagnie me plaît !

— Je ne partage pas votre enthousiasme, fit remarquer Vanessa.

— Bof ! Au fil des semaines vous changerez d'avis.

— Des semaines ? Vous êtes fou. Je ne vais pas rester enfermée tout ce temps dans cette chambre.

— Mais vous pouvez disposer de tout l'appartement. Vous êtes libre !

— Libre ? Drôle de liberté...

— Navré. Je n'ai rien d'autre à vous offrir, vous vous en contenterez. Je vous signale que le téléphone a été coupé..

— Je n'en attendais pas moins de vous.

— Si vous ne faites pas l'idiote, il ne vous arrivera rien... de bien méchant. J'ai une course à faire, je n'en ai que pour dix minutes. Je vous conseille de rester tranquille jusqu'à mon retour.

— Allez-vous prévenir mon mari ou essayer de le faire chanter ?

— Ni l'un ni l'autre, on en reparlera plus tard, beaucoup plus tard.

— Mais, il va s'inquiéter.

— J'y compte bien !

— Il ira prévenir la police !

— Pensez-vous ! Non... il sait ce qu'il risque de perdre en dehors de vous !

— Manuela !

— Oui, Manuela.

— Où est-elle ? demanda Vanessa soudain inquiète.

— Chez vous, je suppose.

— Vous ne lui avez rien fait ?

— Pas que je sache. Bon, je file, prenez soin de l'appartement, c'est celui d'un copain...

— Il va venir ?

— Non ma belle, malheureusement pas aujourd'hui... demain peut-être. Il est au courant de votre présence ici !

— C'est votre complice.

— Non, il ne sait pas que j'ai tué ma belle-mère.

— Que sait-il alors ? interrogea Vanessa.

— Que ma maîtresse me préfère à son mari et qu'elle me suivrait au bout du monde.

— Je ne suis pas votre maîtresse !

— On en reparlera...

Il sortit de l'appartement et ferma la porte d'entrée à clé. La jeune fille en profita pour visiter les pièces. Elle fut surprise de trouver des boucles d'oreilles sur la table du salon, son copain devait être marié ! Elle fut plus surprise encore lorsqu'elle vit sur un meuble la photographie de deux hommes, l'un d'eux attira son attention.

— Philippe, s'exclama-t-elle. Est-ce lui qui habite ici ?

Pour en avoir la preuve, elle fouilla dans tous les tiroirs et trouva des objets qui lui étaient familiers ; il n'y avait plus aucun doute, c'était bien l'appartement de Philippe Morel, un de ses anciens « flirts », elle se sentit gênée de se trouver chez lui, il y avait bien longtemps qu'elle ne l'avait vu : combien d'années ?

La clé tourna dans la serrure, la porte d'entrée venait de s'ouvrir. Son ravisseur avait mis moins longtemps que prévu. Vanessa referma vite les tiroirs, alla s'asseoir dans un fauteuil, prit une revue et fit semblant de lire son contenu. Lorsqu'il fût tout près d'elle, Vanessa sursauta malgré elle.

— Je constate que l'on a été sage, tout est en ordre.

— Qui habite ici ? demanda-t-elle voulant en avoir le cœur net.

— Je vous l'ai dit : un ami. Avez-vous peur que l'on nous dérange ?

— Peur ? Non, au contraire, j'aimerai avoir un peu de compagnie.

— Aujourd'hui vous n'aurez que la mienne, mais demain mon copain se fera un plaisir de bavarder avec vous !

— Sur cette photo lequel est-ce ?

— Celui de gauche, comment le trouvez-vous ? s'enquit Alexandre.

— Bel homme, sympathique, beaucoup d'argent, mais trop coureur de jupons, répondit-elle un peu trop vite.

— Vous en parlez comme si vous le connaissiez. Comment savez-vous cela ?

— Je n'en sais rien. Simple déduction, mentit-elle avec assurance, la plupart des hommes se sachant beaux sont coureurs de jupons.. Il est possible que je le connaisse. Comment se nomme-t-il ?

— Il ne m'a pas autorisé à vous dévoiler son nom !

— Ni son prénom ?

— C'est beaucoup moins important ; son prénom est Philippe, mais il y en a des tonnes en France.

— Bien sûr, admit-elle, toute souriante.

— N'essayez pas d'user de votre charme sur moi pour obtenir quoi que ce soit, vous perdriez votre temps.

— Qu'entendez-vous donc par quoi que ce soit ?

— Des renseignements sur mon copain ou sur le lieu où nous sommes, pour... pour le reste, je déciderais moi-même le moment voulu.

— Et si je refuse ?

— Mais non, vous ne refuserez pas.

Vanessa préféra changer de conversation.

— Puis-je regarder la télévision ?

— Faites comme chez vous.

— Chez moi j'ai le droit d'aller me promener où je veux quand je veux !

Plus un mot ne fût échangé jusqu'à l'heure du dîner.

— Regardez dans le réfrigérateur. Prenez de la nourriture et faites-nous à manger.

La jeune fille s'exécuta ; elle prit de la viande et ouvrit une boîte de conserves. Elle fut étonnée de voir le jeune homme dresser le couvert.

— C'est prêt ! annonça-t-elle.

— Très bien, mettons-nous à table. Cela sent rudement bon, espérons que cela soit aussi délicieux.

— Si ça vous plaît pas, vous n'avez qu'à aller au restaurant.

— Hum... C'est fameux, bravo.

— Tout le monde sait ouvrir une boîte de conserves. Il n'y a là aucun miracle.

— Le steack est à point, comme je l'aime, bravo.

— Merci, s'entendit-elle répondre.

— Pour ce soir, je vous laisse la chambre, je dormirais sur le canapé du salon...

— Et demain ?

— On verra avec Philippe. Il voudra certainement son lit, depuis quelques mois il a sa nana attitrée.

— Vous n'avez pas peur que je lui raconte la vérité ?

— Je ne vous le conseille pas, vous oubliez que vous avez un mari... et une belle-fille et je sais que vous avez beaucoup d'affection pour eux, du moins pour elle.

— Je vous déteste. Ne croyez pas que vous allez me garder longtemps ici, à la première occasion, je ne sais pas comment, mais je partirai !

— A pied ?

— Pourquoi pas.

— Vous ne savez même pas où nous sommes.

— Je le saurai. J'ai une langue pour demander mon chemin.

— Bonne chance, ricana-t-il.

— Riez, riez bien, profitez-en, dans quelques jours vous n'aurez plus l'occasion de le faire.

Elle se leva d'un bond et courut dans la chambre ; la clé était encore à l'extérieur, elle s'en saisit, entra dans la pièce et referma d'un coup la porte qu'elle verrouilla. La jeune fille entendit les pas précipités de l'homme s'arrêter devant sa porte.

— Ouvrez tout de suite, ordonna-t-il.

— N'y comptez pas.

— Bon. Très bien pour ce soir, je m'avoue vaincu. Dormez bien, dit-il en s'éloignant..

Vanessa s'étendit sur le lit et réfléchit. « Il faut que je sorte d'ici, que je tente quelque chose, mais quoi ? Demain Philippe sera là, peut-être obtiendrais-je son aide, ce soir je ne peux rien faire. Jaime... oh Jaime, que ne donnerais-je pour être près de lui en ce moment ! Vingt heures trente, il doit s'inquiéter, pauvre chéri ».

Jaime s'inquiétait en effet, il faisait les cent pas dans la maison.

— Cette fois je vais le voir, dit-il décidé.

— Qui ? demanda Manuela.

— Cela me regarde...

— Quelle que soit la personne que tu veux voir, attends encore un peu, elle a peut-être été retardée par une panne.

— Non, elle devrait être là. Admettons qu'elle soit partie du cimetière vers seize heures au plus tard, qu'elle ait fait quelques courses ensuite, une heure suffit, cela fait dix-sept heures même en flânant un peu, disons dix-sept heures trente. Il y a trois heures qu'elle serait rendue. Non ! il lui est arrivé quelque chose...

— Il faut prévenir la police.

— Es-tu folle ? Si elle a été enlevée, ses ravisseurs pourraient l'exécuter !

— Papa ! cria Manuela en pâlissant.

— Pardonne-moi de te parler franchement, mais on peut tout envisager.

— Qui pourrait lui vouloir du mal ?

— ... Manou, ma chérie, il y a beaucoup de choses que tu ignores ! Non. Ne me demande rien, je ne peux rien te dire.

— Ces choses... elle les connaît ?

— Elle en connaît un peu, mais c'est suffisant pour...

Il s'interrompit, la sonnette d'entrée venait de retentir.

— Qui cela peut-il être ? s'interrogea Jaime.

— Sûrement pas Vanie, elle a sa clé.

— Va ouvrir. Non, laisse. j'y vais.

— Docteur Friedberg. je sais qu'il est tard. mais je devais venir...

— Commissaire... Entrez, je vous en prie.

— Merci. Bonsoir mademoiselle.

— Bonsoir monsieur le commissaire, auriez-vous du nouveau ?

— Docteur, où est votre femme ?

— Vous vouliez la voir ? Je suis désolé, elle est sortie.

— A cette heure-ci... étrange, vous ne trouvez pas ? A-t-elle l'habitude de sortir si tard ?

— Cela lui arrive lorsqu'elle va rendre visite à ses amies.

— Non, ne me mentez pas, c'est inutile, où est-elle ?

— Mais enfin, en quoi cela vous regarde-t-il ?

Le commissaire ignora la question et poursuivit :

— A quelle heure est-elle sortie ?

— Je n'en sais rien. Je ne la surveille pas tout de même, elle est libre de faire ce qu'elle veut.

— Bien sûr, bien sûr, mais vous n'avez aucune idée de l'endroit où elle se trouve ?

— Non !

— Hum... Elle serait, d'après vous chez une amie ?

— Certainement.

— Une ou un ?

— Qu'insinuez-vous ? demanda Jaime.

— Puisque vous ne la surveillez pas, vous ne pouvez pas savoir qui elle fréquente, remarqua le commissaire.

— Qu'essayez-vous de me faire croire ?

— Ecoutez docteur Friedberg, si je suis ici ce n'est pas par pur hasard. J'ai reçu un coup de téléphone à mon bureau tout à l'heure, mes hommes m'ont aussitôt contacté à mon domicile. Une voix d'homme disait ceci : Demandez à ce cher docteur Friedberg pourquoi sa femme veut le plaquer ?

— Quoi. Comment osez-vous ?

— Je ne fais que répéter ce qui m'a été dit... et ce n'est pas tout, je continue : Demandez-lui aussi pourquoi elle ne rentrera pas de sitôt ?

— Mais...

— Alors, je vous le demande : Pourquoi votre femme ne rentrerait-elle pas ce soir ?

— Si je pouvais le savoir, murmura Jaime visiblement accablé.

— Mais vous ne le savez pas, affirma le commissaire, impitoyablement.

— Non, j'ignore où elle se trouve en ce moment.

— Quand est-elle partie ?

— Elle est allée conduire ma fille au lycée à quatorze heures, puis elle devait se rendre au cimetière à quinze heures, entre temps elle avait quelques courses à faire.

— Votre femme était au cimetière, je lui ai parlé. Elle montait dans sa voiture quand moi-même je m'éloignais dans la mienne. N'est-elle pas revenue ici ?

— Je ne l'ai pas vue. Attendez... Manou, va dire à Mamie de venir, s'il te plaît.

— Oui papa.

Ils attendirent tous les trois la venue de la gouvernante.

— Tu m'as demandée Jaime. Bonsoir commissaire.

— Madame.

— Tu voulais savoir si ta femme était revenue ici après sa visite au cimetière, demanda-t-elle en appuyant sur les mots.

— Oui, est-elle venue, Mamie ? questionna Manuela.

— Non, je l'aurai entendue !

— Elle ne t'a rien dit avant de partir ? demanda Jaime.

— Avant de partir ?... conduire Manuela tu veux dire ? Non, elle m'a dit simplement « à tout à l'heure » puis elle est sortie.

— Merci Sophie, lui dit Jaime.

— Commissaire, il faut la retrouver. Elle est si fragile cette petite bonne femme. Si elle est vraiment dans l'impossibilité de rentrer et de nous prévenir, je suis sûr qu'elle s'inquiète pour nous !

— Elle s'inquiète ? Cela m'étonnerait qu'elle pense à vous dans les bras de son amant, fit remarquer le commissaire.

— Son amant ? C'est donc bien cela. La petite garce ! maugréa Jaime.

— Je t'interdis de l'insulter Jaime. Je ne sais pas ce qui te pousse à croire cela, mais je peux te dire, et Manuela aussi peut le dire que tu te trompes. Vanessa se confie beaucoup à nous...

— Tu crois qu'elle t'aurait avoué : « Sophie, j'ai un amant ! »

— Elle n'a jamais eu à me dire cela, c'est de la pure invention que cette histoire. Oh, si je ne me retenais pas, je t'en dirais des choses... des choses qu'elle m'a avouées ; sûrement pas celles que tu crois.

— Sophie, nous lui avons promis, remarqua Manuela..

— Je sais, je ne la trahirai pas. Pauvre aveugle que tu es. Après tout... si elle avait un amant, tu n'aurais que ce que tu mérites.

— Explique-toi Mamie, lui demanda Jaime.

— Non. Je n'ai rien à t'expliquer. Tu n'es plus un gosse. Pauvre petite. Dieu seul sait où elle est !

— Pauvre petite ! Mais tu la plains, Sophie.

— Oui Jaime je la plains d'avoir épousé un homme comme toi, sans cœur, égoïste, qui ne lève même pas le petit doigt pour la retrouver.

— Ah ! Et où veux-tu que je la cherche, dis-moi ?

— ...

— Tu vois. Toi-même tu n'en sais rien. Quand le commissaire est arrivé, j'étais prêt à sortir pour la chercher.

— C'est vrai mamie, papa allait sortir, c'est moi qui l'ai retenu, je pensais que Vanessa serait là d'une minute à l'autre.

— Je croyais que tu ne savais pas où la chercher ? interrogea Sophie.

— Où comptiez-vous donc aller la chercher ? renchérit le commissaire.

— Je... Je n'avais pas de but précis. Mais j'ai pensé...

— Quoi donc ? insista le commissaire.

— C'est long à expliquer.

— Nous avons tout le temps de vous écouter, si cela doit nous permettre d'y voir un peu plus clair, assura le commissaire.

— Je... J'avais l'intention d'aller voir chez David. David Fontant.

— Tiens ! Pourquoi chez lui docteur ?

— A cause de... Parce qu'il y a son fils ! s'exclama Jaime.

— Je ne vois toujours pas. Expliquez-vous mieux. Voulez-vous dire qu'entre ce jeune homme et votre femme...

— Non ! Non. Je n'en sais rien !

— Alors, que vouliez-vous dire à la fin ? Parlez !

— Oh, comme si c'était facile, avoua Jaime.

— Je vais faire de mon mieux pour vous aider ; allez-y, racontez.

— C'est certainement lui qui vous a contacté. Je ne comprends d'ailleurs pas pourquoi, il m'avait bien conseillé de ne pas prévenir la police, alors pourquoi l'a-t-il fait lui-même ?

— Nous ignorons qui a appelé et d'où.

— Bien sûr. Seulement moi je le sais. Du moins je sais qui a téléphoné, d'où cela je l'ignore.

— Racontez, répéta le commissaire.

— Voilà. Je... Je sais qui est l'assassin de Mireille Fontant, avoua Jaime.

— Qui est-ce ? intervint aussitôt le commissaire.

— Ecoutez commissaire, je veux bien parler, mais ne m'interrompez pas sans arrêt, pour moi, il m'importe plus de retrouver ma femme que de savoir qui est l'assassin de madame Fontant.

— Excusez-moi docteur, je vous en prie, continuez.

— Quelques jours après le meurtre, je suis allé chez David, pour essayer de le réconforter ; lorsque je suis arrivé, il était complètement abattu et saoul ; sur le moment j'ai pensé que c'était la mort de sa femme qui le mettait dans cet état, mais ce qu'il m'a dit m'a stupéfait. Alexandre venait de lui avouer son crime !

— Son fils ?

— Oui commissaire, J'ai été aussi étonné que vous en ce moment. J'avoue que je ne l'ai pas cru, mais Alexandre était dans sa chambre, et il venait d'entendre notre conversation. Ils m'ont demandé de les aider. Que pouvais-je faire monsieur le commissaire ? Je n'avais pas du tout envie de me rendre complice d'un meurtre ; je... je n'ai pas refusé brutalement, je leur ai seulement promis de réfléchir. Mais Alexandre a bien compris que je ne serais jamais de leur côté, alors il m'a menacé. Sur le moment je pensais qu'il plaisantait, mais il m'a vite fait changer d'avis : « N'allez pas répéter cela à la police, m'a-t-il dit, sinon il pourrait arriver malheur à vous et à votre famille ». Son père a essayé de le raisonner en lui disant que nos familles étaient amies, mais il a rétorqué :

— Les amis, je m'en méfie, ce ne sont pas les meilleurs.

— A ce moment-là j'ai eu pitié de David et finalement je... j'étais décidé à me taire, à faire celui qui ne savait rien comme si eux ne m'avaient rien dit. Malheureusement la confiance qu'Alexandre avait en moi était assez limitée, alors il m'a proposé d'inverser les rôles, j'ai eu beau protester, il a trouvé grand nombre d'arguments m'empêchant de refuser. Après, vous savez la suite commissaire, je me suis constitué prisonnier et vous ne m'avez pas cru, n'est-ce pas ?

— En effet, j'ai tout de suite compris que vous vouliez protéger quelqu'un... et j'avoue avoir songé à votre femme, elle paraissait savoir beaucoup de choses, mais ne voulait rien dire.

— Mais parce qu'elle ne savait rien !

— Ne sait-elle donc pas qu'Alexandre est le meurtrier ? demanda le commissaire apparemment inquiet.

— Non. Il m'avait interdit de dire la vérité même à ma famille, sous peine de représailles, seulement...

— Seulement, docteur Friedberg ?

— Eh bien, il s'est passé beaucoup de choses ici. Des choses personnelles qui ont quelque peu bouleversé notre train de vie et petit à petit, j'essayais de faire comprendre à ma femme...

Elle voulait m'aider... Je l'ai mise un peu sur la voie, sans pour cela lui dire le nom de l'assassin, je lui ai seulement donné son signalement, pour le cas où elle se trouverait un jour devant lui, si elle le rencontrait...

— Où aurait-elle pû le rencontrer ? demanda Manuela.

— En ville. Je lui avais demandé de prendre soin de toi, tu ne t'en ai peut-être pas aperçue, mais Vanessa te suit partout depuis pas mal de jours !

— Alors ça, c'est la meilleure ! Je ne m'en suis pas rendue compte, mais vraiment pas. Mais pourquoi ? interrogea la jeune fille.

— Alexandre aurait pû te faire mal. J'en avais déjà trop dit à Vanessa.

— Tu penses que c'est lui qui l'a enlevée, demanda Sophie.

— Je ne peux l'affirmer. Que doit-on faire commissaire ? Que peut-on faire ?

— Allons toujours chez lui ; je doute qu'il y soit. Essayons quand même !

— Je vais avec vous ! affirma Manuela.

Son père l'arrêta.

— Non ma chérie, dit-il, il faut que tu restes ici... Si elle revenait... Il faut que tu restes, tu comprends ?

— Oui papa, Va, ramène-là, je t'en prie.

Les deux hommes s'en allèrent. Manuela s'effondra dans les bras de la servante.

— Ma petite fille, ne pleure pas, ton père la retrouvera et la ramènera. Tu verras, le bonheur règnera bientôt ici. Si si, je te le dis. Cette épreuve va enfin ouvrir les yeux à ton père, crois-moi ; j'ai l'impression qu'il tient beaucoup à Vanessa. Tout de même, je crois que je l'avais mal jugé. Allez, va te coucher. Oh ciel, mais nous n'avons pas dîné, tout cela m'a troublée. Il faut que je mette ce plat au four quelques minutes.

— Sophie, tu attendras papa ?

— Oui, je l'attendrais, ne t'inquiète pas, viens manger.

Après le dîner, Manuela voulut à tout prix rester au salon pour attendre son père avec Sophie ; elles regardèrent un film à la télévision pour que le temps leur paraisse moins long, mais il y avait déjà quelques minutes que celui-ci était terminé et personne n'était rentré. Manuela abandonna de mauvaise grâce et alla se coucher sur les conseils de Sophie. Demeurée seule, cette dernière débrancha la télévision et prit un catalogue, mais le silence était tellement insoutenable qu'elle alluma le poste de radio. Il était vingt-deux heures trente ; à vingt-trois heures n'y tenant plus, elle se leva et regarda à travers une vitre. Rien. Le noir absolu. Elles n'avaient pas voulu fermer les volets pour montrer à la jeune femme qu'on l'attendait ; plusieurs lumières étaient allumées dans la maison. Sophie retourna s'asseoir et sentit désespérément ses paupières s'alourdir, le sommeil commençait à la gagner, elle savait qu'elle ne tiendrait pas longtemps, pourtant elle reprit son catalogue. Moins d'un quart d'heure plus tard, le livre tombait à ses pieds, Sophie venait de s'endormir.

— Mamie, Mamie ! Il est tard... Tu m'entends ?

Un sursaut.

— Hein. Oh Jaime ! Quelle heure est-il ?

— Minuit passé.

— Tu... Tu es seul ? demanda-t-elle en regardant derrière lui.

— ... Tu vas avoir froid ici, va plutôt te coucher.

— Réponds-moi, n'essaie pas de me détourner de ma question !

— Je... je suis seul, oui.

— Mon Dieu, vous ne l'avez pas trouvée ?

— Non, aucune trace.

— Pauvre petite.

— Mamie, tu la connais bien. Je veux dire mieux que moi. Dis-moi ce que tu penses...

— D'elle ? Sous quel point de vue ?

— Enfin... Dans l'ensemble quoi ! Tu as bien une opinion ?

— Je n'ai rien à dire d'elle.

— Mais si, fais un effort, pour moi Sophie !

— Ecoute-moi bien mon petit Jaime, si tu veux me faire avouer que ta femme a un amant, je te dis tout de suite que je n'en sais rien. Absolument rien. Je ne crois pas à cette histoire ; pourtant, je pense en effet bien la connaître ta femme, et je crois pouvoir affirmer sans me tromper qu'elle n'est pas partie rejoindre un homme, ce n'est pas son genre. Non, pas après ce qu'elle nous a dit !

— Qu'a-t-elle dit ?

— Tss ! Je n'ai pas le droit de trahir la confiance qu'elle a en moi, elle nous a fait promettre à Manou et à moi-même de ne pas dévoiler son secret.

— Même à moi, son mari ?

— Précisément, encore moins à toi.

— Mais enfin, pourquoi ?

— Cela la regarde. Je suis sûre qu'elle préférerait t'en parler elle-même. Jaime, il y aura bientôt un an que vous êtes mariés tous les deux. Bientôt un an, et tu ne sais rien d'elle, qu'as-tu fait pour la connaître, pour la comprendre ? Rien, absolument rien ! C'est une année de gâchée, de perdue et une année de moins à vivre. Comprends-tu cela ?

— Inutile d'élever la voix, tu vas réveiller la petite, j'ai très bien compris, je sais. J'ai mes torts, mais elle, elle en...

— Ah, je t'en prie, ce n'est parce qu'elle est absente qu'il faut que tu lui trouves des défauts. Soit dit en passant, elle en a bien moins que toi !

— Sophie !...

— C'est la pure vérité.

— Comment oses-tu mamie ?

— J'ose... J'ose... Avoue que la vérité te froisse !

— Je vais me coucher, cela vaut mieux.

— Je le pense aussi, je finirai par te dire des sottises. Sur ce, je ne te souhaiterai même pas une bonne nuit.

— Tu sais très bien que je ne pourrai pas dormir.

— Oui et j'en suis ravie. Profites-en pour réfléchir un peu.

Jaime s'éloigna en haussant les épaules. Dans son dos, Sophie se prit à sourire.

CHAPITRE VI

Vanessa se tournait et se retournait dans son lit, n'arrivant pas à trouver le sommeil ; pourtant, Dieu sait combien elle était fatiguée de tout. Il n'y avait plus aucun bruit dans la pièce à côté, Alexandre dormait. Fallait-il attendre demain ou tenter la fuite maintenant. Oui, mais... S'il avait le sommeil léger, elle risquait de le réveiller, et avancer à tâtons dans le noir n'arrangerait pas les choses, elle se sentait de plus en plus prise au piège, pourtant elle devait essayer, jouer le tout pour le tout !

Elle se leva et passa les brides des chaussures qu'elle venait de ramasser, à son poignet. Les bras tendus devant elle, elle avança lentement, un mètre, deux, trois, ses doigts touchèrent bientôt la porte, elle chercha la serrure, la clé, là, elle la touchait « pourvu qu'elle ne grince pas », se dit-elle... Elle ne grinça pas. Elle l'ouvrit, mais s'arrêta net « et si... et s'il ne dormait pas, s'il faisait semblant, justement pour la piéger, lui laisserait-il le temps de regagner la chambre ou bien... Non, non, il faut qu'il dorme ! » pensa-t-elle. Courageusement, elle passa la porte, elle ne distinguait rien ; comment savoir si Alexandre était couché sur le canapé. Quatre ou cinq mètres seulement la séparaient de l'entrée. Réussirait-elle à l'atteindre. Oui, oui, il le fallait ! A mesure qu'elle avançait, elle percevait une respiration régulière, il était là... tout près. Si près qu'il pourrait presque entendre les battements de son cœur. Encore un mètre, un seul, elle le franchit, toucha la porte d'entrée, et là aussi chercha l'emplacement de la clé. Rien... Rien ? Ce n'était pas possible. La clé n'était pas à sa place. La lumière jaillit soudain.

— Est-ce cela que vous cherchez ? interrogea le jeune homme en lui montrant l'objet convoité.

— Oui précisément. Laissez-moi partir, je vous en prie, supplia-t-elle.

— Il n'en est pas question du tout. Que deviendrais-je sans mon petit cordon bleu ! Allons, allons, retournez vous coucher avant qu'il ne me vienne d'autres idées...

— Il fait trop chaud. Je... Je ne peux pas dormir, avoua-t-elle.

— Je peux vous tenir compagnie, si vous voulez ? A moins qu'elle ne vous plaise pas...

— Je préfèrerai de beaucoup celle d'un somnifère.

— C'est mauvais ce genre de drogues.

— C'est possible.

— Néanmoins, je vais être gentil... aujourd'hui !

Il prit un tube dans un tiroir et le lui tendit, mais il marqua un temps d'arrêt, ouvrit le tube, et en sortit un seul comprimé qu'il lui donna.

— Merci, lui dit-elle, vous êtes très généreux.

— N'est-ce pas ? Désolé, mais je n'aime pas prendre de risques.

— Je ne vois pas du tout de quels risques vous voulez parler !

— Oh, mais si, vous êtes très intelligente !

— Bonne nuit, dit-elle, ne voulant pas trop s'attarder dans le salon. De nouveau, elle se renferma à double tour.

« Ouf, j'ai eu chaud. Malheureusement, c'est raté pour aujourd'hui. Mon Dieu, j'ai oublié de prendre un verre d'eau, se dit-elle en se souvenant du cachet. »

— Alexandre ? appela-t-elle.

— Hum... Venant de votre bouche, ce prénom... Je le trouve charmant tout d'un coup ! Vous avez donc enfin besoin de moi ?

— Non, d'un verre d'eau seulement. Je suis navrée de vous décevoir.

— Bof ! Il va falloir que je m'habitue. Je vous le prépare tout de suite.

Elle préféra sortir de la chambre, non sans avoir « oublié » le cachet sur la table de chevet.

— Tenez, lui dit-il en lui tendant le verre, vous pouvez le prendre ici, vous ne me dérangez pas.

— Je l'ai laissé sur la table de chevet.

— Vous êtes maligne, remarqua-t-il.

— Je fais de mon mieux, croyez-moi.

— Je vois. J'en ai amadoué d'autres que vous, vous savez !

— Je n'en doute pas, vu votre grand âge. Vous êtes très autoritaire, vous faites peur, vous ne l'ignorez pas ?

— Cessez de vous moquer de moi, ma patience à des limites.

— Bon, très bien, ne vous énervez pas, je plaisantais, bonne nuit.

— C'est ça, faites de beaux rêves.

— Merci. Vous de même, dit Vanessa en refermant à nouveau la porte à clé.

Elle posa le verre à côté du comprimé sur la table de chevet, puis s'allongea sur le lit.

— Mme Friedberg ? entendit-elle derrière la porte, si vous voulez un pyjama, prenez un de ceux qui sont dans l'armoire.

— Merci, j'allais justement vous en demander la permission, mentit-elle, vous croyez que votre ami sera content si je défais son lit et que je couche dedans ?

— Je ne pense pas qu'il en serait mécontent, mais il aurait certainement préféré y être aussi. Je le connais bien !

Vanessa mit un pyjama et se coucha sans songer à prendre son somnifère. Finalement, épuisée, elle ne tarda pas à s'endormir.

De son côté, Jaime au contraire, ne pouvait trouver le sommeil, il était couché, la lampe de chevet allumée, il réfléchissait.

« David ne sait rien. Il avait l'air sincère, ou alors il joue bien la comédie. D'après ce qu'il a confié au commissaire, il n'aurait pas vu Alexandre depuis plusieurs jours. Où peut être ce gosse ? Ce criminel ! Oh si jamais il ose toucher à un seul cheveu de Vanessa, je l'étrangle ! en admettant bien sûr que ce soit lui qui ait fait le coup. Et si... Et si l'appel téléphonique reçu au commissariat disait la vérité, si vraiment elle voyait un autre homme ? Non, non, pas elle ! Sophie a mille fois raison, je ne sais rien d'elle, jamais je ne lui ai posé la moindre question sur elle, sur sa vie. Avais-je le droit de lui faire confiance ? Je ne sais plus quoi penser. Je l'aime... malgré tout. Mais elle ? Par moments, je ne sais plus... J'ai l'impression qu'elle a un peu d'affection pour moi, et parfois on dirait qu'elle me déteste. Bien sûr, je lui ai souvent fait du mal sans le vouloir ; c'est de ma faute sans doute, mais pourquoi me tient-elle tête ? J'ai horreur de cela. Mon Dieu, s'il lui arrivait malheur, je ne me le pardonnerais jamais. Je ne trouverais le repos que lorsqu'elle sera revenue ! »

La lumière cette nuit-là brûla jusqu'au petit matin. Matin même où Vanessa fut réveillée par des bruits de voix provenant du salon, elle se leva précipitamment et plaqua son oreille contre la porte. Une voix de femme !

« Curieux, se dit-elle ». Puis elle pensa à Philippe et à son amie du moment.

« Ce sont certainement eux ! Si je pouvais obtenir leur aide ! »

Au moment où elle s'apprêtait à appeler Alexandre, la poignée de la porte tourna.

— Comment se fait-il que cette porte soit fermée à clé, fit la voix de Philippe, y aurait-il quelqu'un dans la chambre ?

— Mais oui, tu sais bien, je te l'ai dit, c'est une amie ! répondit Alexandre.

— Intime ?

— Très... J'y tiens beaucoup !

— Pourquoi diable s'est-elle enfermée à clé ?

— Oh ! Ce n'est rien, nous avons eu une petite dispute hier soir ; elle boude... J'ai dû coucher sur le divan.

— Elle est belle ? interrogea la voix féminine.

— Très belle, répondit Alexandre. Aurais-tu déjà peur, Anne, qu'elle te fauche Philippe ?

— Qui sait. Peut-être bien, répondit Anne. Peut-on la voir cette charmante créature ? Comment s'appelle-t-elle ?

— La charmante créature, comme tu dis, se prénomme Vanessa.

— Vanessa ? Elle a bien un nom de famille ? demanda Philippe.

— Friedberg, fit Alexandre avec réticence.

— Friedberg ? Ce n'est pas un nom français, remarqua son ami.

— Non. Mais elle est pourtant Française, Friedberg est son nom de femme, son nom de jeune fille, je l'ignore, dit Alexandre d'un air évasif.

— Bigre ! Tu prends les femmes des autres à présent ? demanda Anne.

— Hé, elle n'est pas la femme de n'importe qui !

— Fichtre ! Aurait-elle épousé une célébrité ?

— Célébrité, célébrité... non pas exactement, mais son mari est très connu...

— Dans quel monde ? questionna Anne, simplement.

— Hum ! Tu es bien curieuse ce soir ! fit remarquer Alexandre.

— J'aime bien savoir si mes rivales sont de bonne famille !

— Tu la considères déjà comme une rivale ? Comme ça... Sans l'avoir vue une seule fois, dit Philippe.

— Je te connais trop mon cher Philippe, pour savoir que tu apprécies beaucoup les jolies femmes ! répondit sa compagne.

— Peut-être n'est-elle pas aussi belle que le prétend Alexandre ? Quel âge a-t-elle ?

— Entre vingt et vingt-cinq...

— Tu n'es pas fixé, remarqua Anne.

— Eh bien, je la connais depuis peu, et elle ne parle pas beaucoup ! Je... Je vais l'appeler... Vanessa ?

— Oui, répondit celle-ci timidement.

— Venez. Mes amis aimeraient faire votre connaissance. Cessez de bouder, et venez parmi nous, décréta-t-il, crâneur.

— Je m'habille et j'arrive, fit Vanessa de plus en plus timidement.

— Ce doit être vraiment quelqu'un d'important son mari, pour que tu vouvoies sa femme, remarqua Philippe.

— Je te dis que je la connais depuis très peu de temps.

— Hum ! Avoue plutôt que tu ne l'as amenée ici que hier soir ? insinua Anne.

— Oui là, tu es contente maintenant ?

— Tu ne vas guère vite en besogne, remarqua à son tour Philippe.

— Hé... Elle ne fait rien pour me faciliter la tâche, c'est une vraie tigresse, et fûtée avec ça.

— Je vais finir par croire... Ne me dis pas que tu l'as amenée ici de force ?

— Presque, avoua-t-il.

— Ah, je n'aime pas cela du tout. Surtout pas ici. Non, je n'aime pas tellement çà Alex, et en plus si son mari est connu. Je ne veux pas d'histoires !

— Ne te fais donc pas de bile.

— J'espère que tu sais ce que tu fais ? Je ne veux pas avoir de démêlés avec la police, sache-le tout de suite.

C'est l'instant que choisit Vanessa pour faire son entrée.

« Va-t-il faire celui qui ne me connaît pas », se dit-elle.

Elle attendit un geste, une parole, mais rien ne vint. Il ne pouvait pas ne pas la reconnaître. Elle n'avait pas changé à ce point en l'espace de trois ou quatre ans... Il l'avait reconnue, elle s'en rendit compte à son air ébahi, pourtant il dit seulement :

— Madame...

Alexandre fit les présentations.

— Vanessa Friedberg... Philippe mon copain, et son amie Anne.

— Ravi de vous connaître, madame.

— Enchantée, fit Anne à son tour.

— Bonjour, dit seulement Vanessa.

— J'espère que vous vous plaisez ici. Ce n'est pas un palace, dit Philippe.

— C'est un très bel appartement, je m'y plairais certainement si...

— Si ?

— ... Non rien, répondit-elle.

Elle allait dire : « Si je pouvais sortir de temps en temps, si je n'étais pas toujours enfermée entre ces quatre murs, prisonnière, si... si je pouvais recevoir des amis, mais ce n'était pas dans le règlement établi par Alexandre. Celui-ci d'ailleurs, ne tenait pas à ce qu'elle parlât, aussi coupa-t-il net la conversation.

— Que faites-vous ce matin les amoureux ? demanda-t-il à ses amis.

— Nous n'avons rien décidé encore, répondit Anne. Tu as des projets toi, Alex ?

— Non, aucun.

— Moi j'en ai, fit remarquer Vanessa. Je n'ai pas à les exposer, Alexandre les connaît déjà !

— Alexandre oui, mais pas nous ! fit remarquer Philippe.

— Cela ne vous concerne pas, coupa Alexandre, sèchement.

— Pardon, cela me concerne moi, fit remarquer Philippe. Je suis ici chez moi. Je ne sais pas ce qui se passe exactement. Je ne sais pas non plus les projets de... Vanessa, mais si tu tiens vraiment à ce que je te prête mon appartement de temps en temps, j'aimerai quand même être au courant des trafics qui s'y font !

— Des trafics ! Les grands mots, tout de suite ! s'exclame Alexandre. La vérité c'est qu'elle veut me laisser tomber et rentrer chez elle, et moi, eh bien, je ne suis pas d'accord voilà tout. Tu appelles ça des trafics ?

— Elle a sans doute des raisons de vouloir rentrer chez elle ? Cela la regarde. Elle est mariée, non ? interrogea Philippe.

— Bof ! Son mari la déteste... et puis il est vieux !

— Tandis que toi, tu sors tout juste du berceau, ricana Anne.

— Ferme-la, tu veux !

— Oh, je ne voulais pas te vexer Alex !

— Je pense que c'est déjà fait, répondit Vanessa. Les gosses sont toujours très susceptibles vous savez.

— Suffit. Vous aussi, fermez-la ! murmura-t-il.

— Non ! Non, il n'est pas question que je me taise. Je...

— Attention à ce que vous allez dire, riposta Alexandre.

— Je vous déteste, vous êtes un monstre. Je veux rentrer chez moi, tout de suite. Où est ma voiture ? interrogea la jeune femme...

— Vous croyez peut-être que je vais être assez fou pour vous le dire ?

— Alex, mais c'est de la séquestration. Tu n'as pas le droit de faire cela, conseilla Anne.

— ... Je sais mieux que toi ce que j'ai à faire. Elle ne sortira pas d'ici !

— Je n'ose pas croire que tu aurais amené cette personne ici contre son gré, Alex ! Tu as enlevé cette femme ? demanda Anne.

— Oui, il m'a enlevée parce que je sais trop de choses sur lui, répondit Vanessa, avant qu'Alexandre ne puisse ouvrir la bouche.

— Tiens, tiens ! Quelles choses ? demanda Philippe visiblement intéressé.

— Elles ne sont pas très jolies à raconter, vous savez.

— Fermez-la ! fit Alexandre.

— Il y a trop longtemps que je la ferme justement ! J'ai envie de l'ouvrir pour une fois que j'ai la parole. Il se dit votre ami, mais il n'a cessé de vous mentir depuis votre arrivée. Si vous saviez ce que moi je sais je ne crois pas que vous lui garderiez longtemps votre amitié ! C'est un monstre !

— Fermez là, répéta Alexandre.

— Un voyou, reprit Vanessa sans prendre garde à la menace, oui, un voyou, je suis même trop bonne, il y a un mot qui qualifierait mieux ce genre d'homme, c'est...

— Je vous ai dit de la fermer, fit-il pour la énième fois en la secouant par un bras.

— Lâchez-moi. Vous me faites mal, cria Vanessa en grimaçant de douleur.

— Alors, un conseil. Bouclez-la ou je pourrai serrer plus fort et puis vous semblez oublier votre chère petite famille.

— Je vous interdis de...

— C'est la meilleure! Tu veux m'interdire... quoi donc ? D'aller lui rendre visite ? J'ai toujours été bien accueilli.

— Vous le seriez moins aujourd'hui, riposta Vanessa.

— Il aurait tort. C'est vrai, j'ai baissé un peu dans son estime ! Mais...

— Mais ?

— Personne, et lui moins que personne ne pourrait me faire du mal puisque tu es là, il n'oserait pas, il sait que je te tiens !

— Qu'est-ce qui vous permet de croire qu'il ne vous tuerait pas puisqu'il me déteste ?

— Je ne saisis pas très bien.

— Si, comme vous semblez le croire, mon mari ne voulait plus me revoir, et si vous, vous allez là-bas, qu'est-ce qui l'empêcherait de vous tuer ? Pas moi je pense, non ?

— Hé, tu es intelligente ma mignonne, sans toi, je serais déjà mort !

— Vous oubliez le commissaire Dartois !

— Que vient-il faire là-dedans ?

— Comment, que vient-il faire ? Vous semblez oublier qu'il mène toujours son enquête au sujet du....

— Inutile de continuer, j'ai très bien compris !

— Qu'as-tu fait Alex ? Aurais-tu commis un vol. Un hold-up ? demanda Anne.

— Décidément, tu poses trop de questions, toi.

— Ma pauvre Anne. Vous sous-estimez votre ami. Le vol c'est l'affaire des débutants. Lui, c'est un crack. Du moins il le croit ; non, lui il vise bien plus haut... Et même dans le dos !

— Sale garce, cria Alexandre en la souffletant. Tu vas regretter ces paroles.

— Assez Alex, intervint Philippe, laisse-la. Je ne te permettrai pas de...

— Tu as peur ? Tu as peur que je lui esquinte son beau visage de Madone et que je te laisse les miettes, mon vieux Philippe ?

— Je t'interdis de frapper cette femme. Tu entends ? Laisse-la tranquille !

— Elle te plaît, cette salope, hein ? Mais tu ne l'auras pas vieux, elle est à moi et je la garde. T'approche pas ou tu vas t'en mordre les doigts !

— Tu crois peut-être me faire peur, fous le camp.

— Philippe, supplia Anne.

— Ne crains rien chérie, il va partir. Enferme-toi dans la chambre avec Vanessa.

— Mais toi.

— Ne t'en fais pas, tout ira bien. Va...

— Oui. Venez Vanessa. Je t'en prie, Philippe, fais attention à toi !

— N'aie pas peur. Je vais lui donner une leçon à ce petit morveux.

— Reste où tu es Anne. Ne t'approche pas, conseilla Alexandre. Je n'ai rien contre toi, je ne voudrais pas te faire du mal. Toi, reste derrière moi, dit-il à Vanessa.

Le jeune homme fourragea dans sa poche et sortit un couteau. Vanessa frissonna en entendant le déclic du cran d'arrêt ; la lame jaillit ; devant les yeux de la jeune femme les images défilèrent tout à coup : elle vit la lame d'acier briller, le bras de l'homme se lever et s'abattre de toutes ses forces dans le dos de Mireille. Vanessa vit ensuite le bras de l'assassin retomber le long de son corps, tandis que le cadavre de sa victime s'étalait sur le sol, le couteau planté entre les épaules.

Pour l'instant, Alexandre menaçait Philippe de la même arme ; ce dernier reculait malgré lui, vaincu par la détermination de son adversaire.

— Tu as peur, vieux ? T'as raison, je ne plaisante pas.

— Ne fais pas l'imbécile, ça va te servir à quoi ?

— A garder la môme. Si tu fais un seul geste...

— Alexandre, supplia Vanessa, Alexandre, je vous en prie, laissez-les tranquilles, ils ne vous ont rien fait. Ils vous hébergent, et pour les en remercier vous leur mettez un couteau sous le nez.

— N'essaie pas de m'apitoyer, la belle. Reste bien sage. D'ailleurs tu ne comprends rien. Tu ne vois pas qu'il a jeté son dévolu sur toi. Qu'il essaie de te prendre à moi !

— Je ne suis pas à vous, et je ne le serais jamais !

— On dit çà au début. Tu changeras d'avis !

— Jamais, répéta-t-elle. Au nom du ciel rangez ce couteau, vous savez bien qu'ils ne vous feront rien, n'est-ce pas Philippe ?

— Bien sûr ! D'ailleurs il est bien plus fort que moi, avoua ce dernier, ce qui semblait totalement faux, Alexandre ne paraissait vraiment pas à ses côtés ; mais il avait compris le message de Vanessa : elle cherchait le moyen de le calmer.

— Vous avez peur, espèces de mauviettes ! Vous reculez, vous tremblez, regarde-les ma belle, fit-il à l'intention de Vanessa, ils vont bientôt se mettre à pleurer, à supplier, c'est touchant, tu ne trouves pas ?

— Pas du tout, répondit Vanessa, vous vous rendez ridicule vous-même avec vos paroles cyniques !

— Je suis ridicule, moi ? et eux alors ? regarde-les, mais regarde-les donc, ne sont-ils pas grotesques eux aussi ?

— Aucune comparaison. Ils ont des réactions tout à fait normales !

— Pas moi ? Dis tout de suite que je suis fou !

— Exactement.

— Répète un peu pour voir !

— Oui vous êtes fou, lança-t-elle, exaspérée, complètement fou ! Puis elle réalisa tout à coup la gravité de ses paroles ; ce n'est certes pas de cette façon qu'elle le calmerait.

— Je retire ce que j'ai dit Alexandre. Je ne pensais pas un seul mot de tout cela. Je vous demande pardon.

— Ah ! J'aime mieux ça, sinon je vous aurai montré à tous que je ne suis pas si fou que vous le prétendez. Bon, maintenant assez ri, passons aux choses sérieuses. Que vais-je donc faire de vous trois, tout le problème est là !

— Quel problème ? Je n'en vois pas moi, constata Philippe. Tu vas partir tout de suite et nous ficher la paix. Si c'était un problème pour toi, je l'ai résolu !

— Tu crois cela ? Tu penses et vous pensez tous vous en tirer ? Non mes petits agneaux ! On pourrait faire une ballade...

— Tous les quatre ?

— Tu te fous de moi, vieux.

— Aurais-tu peur Alex ? Pourtant c'est toi qui as le couteau entre les mains.

— Ferme-la ça vaudrait mieux. Tu vas venir avec moi. Nous allons laisser les mômes faire la cuisine, la matinée a vite passée, il est presque midi trente.

— Où allons-nous ?

— Pas de question, tu verras bien.

— Je n'ai pas l'intention de me laisser faire, je te préviens.

— Moi non plus, je n'en ai pas l'intention, allez... avance !

— Si je refuse ?

— Veux-tu que je fasse une entaille dans ta belle petite peau ?

— Salaud ! Tu vas voir...

— Philippe, non ! Non, fais ce qu'il te demande, je t'en prie...

— Suis les conseils de ta petite Anne, elle est très raisonnable, tu sais !

— Tu me paieras ça !

— Quand tu voudras. Allez avance.

Les deux hommes sortirent ; la clé tourna dans la serrure. Entre les deux femmes ce fut soudain le silence. Qui, de l'une ou de l'autre, allait le rompre ?

— Anne, Anne, où sommes-nous ? questionna la première, Vanessa.

— A Mireuil.

— ... Mais où ?

— Bâtiment J, porte C, dixième étage, avenue du Luxembourg. Vous vous sentez mieux ?

— Oui. J'aime bien savoir où je suis. J'avais pensé à Mireuil, mais je n'étais pas certaine, tous ces immeubles se ressemblent. Anne, où pensez-vous qu'il ait emmené Philippe ?

— Ce serait plutôt à vous de me le dire.

— Mais je n'en sais rien. Où a-t-il pû le conduire. Chez des amis peut-être ?

— Aucune idée ! Il vous intéresse ?

— Qui donc ?

— Allons, ne faites pas l'innocente. Philippe, évidemment !

— Ne soyez pas jalouse de moi Anne.

— Pourquoi ? Parce que vous êtes mariée. Qu'est-ce que cela prouve ?

— J'aime mon mari. Je l'aime infiniment Anne.

— Vous avez des enfants ?

— Mon mari a une fille d'un premier mariage, elle a dix-huit ans.

— Votre mari est donc vieux, comme nous l'a dit Alex ?

— Non. Il a trente-huit ans.

— Vous êtes heureuse ?

— ...

— Je vois !

— Non. Vous ne pouvez pas comprendre. S'il n'y avait pas eu Alexandre et tout ce qui a suivi, tout aurait été différent. Oh ! je ne vais pas tout vous raconter, ce serait beaucoup trop long. C'est bien avant notre mariage que tout a commencé d'ailleurs. Au retour de Mireille exactement ! Vous en avez certainement entendu parler par Alexandre ?

— De Mireille ? Bien sûr ! Quelle chipie !

— Oui. Elle a persécuté la famille Friedberg pendant des années.

— Cette femme ne m'a jamais plu. Je l'ai vu deux ou trois

fois seulement et elle m'a semblé... comment dire, mauvaise, cruelle, voire même exécrable. Je ne connais pas son mari, mais je le plains, elle ne doit pas être facile à vivre !

— Elle est morte !

— Quoi ! Vous parlez de Mireille ?

— Oui. Alexandre. Alexandre l'a tuée ! D'un coup de couteau.

— Mon Dieu ! Je comprends maintenant vos paroles de ce matin. Dans le dos ? c'est cela ? Et il vous a enlevée parce que vous l'aviez découvert.

— Non, je n'en savais rien du tout. Par contre mon mari est au courant. Il a cru que mon mari m'avait tout raconté.

— Je comprends...

— Nous devrions faire la cuisine, ils pourraient revenir d'un instant à l'autre et rien n'est encore prêt.

— Il y a longtemps qu'il vous garde ici ?

— Seulement depuis hier après-midi. Mon mari doit s'inquiéter, si au moins je pouvais le rassurer.

— Le téléphone.

— Il est coupé bien entendu. Vous voulez bien me passer le beurre qui est au réfrigérateur, s'il vous plaît ?

— ... Voilà.

— Merci..

— Je vais dresser la table ! J'installe tout cela au salon ?

— Oui merci. Il y a longtemps que vous connaissez Philippe ?

— Près de trois ans.

— Vous l'aimez ?

— Oui.

— Quel âge avez-vous ?

— Vingt-sept ans et lui trente.

— Oui, je sais. Enfin je veux dire. C'est l'âge que je lui donnais.

— Non, c'est faux. Vous connaissez Philippe, affirma Anne.

— Anne, je... Comment l'avez-vous deviné ?

— Je le pressentais. Il a été surpris de vous voir, je l'ai bien remarqué.

— Anne, je vous le répète, ne soyez pas jalouse de moi. Je le connais, c'est vrai. Je l'ai aimé, c'est également vrai, ou du moins je le croyais, mais il y a plusieurs années, c'est loin, très loin. Depuis il s'est passé beaucoup de choses. J'ai rencontré mon mari et plus rien n'a compté pour moi, je vous le jure.

— Et lui ? Croyez-vous qu'il vous ait oubliée ?

— S'il vous aime, c'est qu'il m'a oubliée !

— Je n'étais déjà pas très sûre de son amour pour moi... et maintenant, depuis qu'il vous a revue, je n'en suis plus sûre du tout...

— Il vous aime. J'en suis certaine Anne, affirma Vanessa.

— ...

— Anne, il ne faut à aucun prix qu'Alexandre sache que je connais Philippe, il pourrait faire d'autres bêtises.

— Oui, bien sûr, vous avez raison, mais...

— Je vous en prie.

— D'accord, je vous fais confiance ; j'espère ne pas avoir à le regretter !

— Merci Anne. Je sais que Philippe se taira.

— S'il avait dû parler, il l'aurait déjà fait.

— Oui. Que faisons-nous maintenant ? interrogea Vanessa.

— Nous attendons. Que pouvons-nous faire de plus ?

— Rien, en effet. A moins que...

— A moins que ?

— Non rien, c'est insensé. Et trop simple.

— Quoi donc ? Dites toujours. On ne sait jamais, cela peut marcher. Dites, je vous en prie. Si seulement nous avions fait faire un double de cette clé pour moi. Malheureusement seul Alex en possède un. Philippe et moi travaillons dans le même bureau, nous avons donc les mêmes horaires et comme nous faisons coïncider nos vacances cela ne pose aucun problème. Alors, votre idée ?

— Eh bien, en allant sur le balcon. Si les voisins sont chez eux, nous pouvons peut-être lancer quelque chose contre la baie vitrée du salon, ou crier, s'ils nous entendent, ils sortiront bien.

— Qui sait, pourquoi pas. Cela ne coûte rien d'essayer.

Aussitôt elles se ruèrent sur le balcon. Anne s'empara en passant près d'un meuble de ce qu'elle pût y trouver et rejoignit Vanessa qui se tenait appuyée à la balustrade, prête à crier.

Elle avait un peu le vertige, mais essayait de ne pas regarder sous elle. Elles se mirent à appeler « au secours » à pleins poumons ; Anne lança ce qu'elle tenait à la main contre le montant de la porte-fenêtre des voisins : elle ne pouvait mieux viser, vu l'angle de tir et le fait que le balcon se trouvait sur la droite et séparé par un mur ; elle ne pouvait d'ailleurs se servir que de son bras gauche. Elles soufflèrent un peu, recommencèrent leur manœuvre plusieurs fois de suite, puis écoutèrent. Rien... Pourtant de l'autre côté, leur parvenait de la musique pop. Bien sûr, comment les mélomanes pouvaient-ils les entendre avec tout ce bruit, c'était impossible ; elles voulurent faire une nouvelle tentative, mais Anne vit arriver la voiture de Philippe.

— Vite Vanessa. Vite, la cuisine n'est pas préparée.

— Mon Dieu. Dépêchons-nous, sinon il va comprendre.

Cinq minutes plus tard, les deux hommes entraient ; tout était prêt.

— Avez-vous été sages mes mignonnes ? questionna Alexandre.

— Que t'importe, répondit Anne, sèchement. Tu n'as plus qu'à mettre les pieds sous la table, cela ne te suffit pas ?

— Qu'avez-vous fait au dehors, demanda prudemment Vanessa.

— Pose pas de questions, ça vaudra mieux. Fais-toi un peu oublier.

— Si vous en avez assez de moi, je peux partir.

— Tu serais trop contente, mijote encore un peu, tu n'es pas à point. Et vous, qu'avez-vous mijoté ? Je veux dire, comme petits plats ? Cela sent bon.

— Pourquoi donc ne suis-je pas à point ? Pour votre plaisir personnel, sans doute.

— Cela te chiffonne. Il doit s'en passer des choses dans ta petite cervelle de moineau.

— En effet. Pas dans la vôtre ? Que manigancez-vous encore ? Où êtes-vous allés ? Chez moi ? Vous avez vu mon mari ?

— Calmez-vous Vanessa, lui dit Philippe.

— Je veux savoir. Vous, vous savez. Alors dites-moi, je vous en supplie.

— Il n'a rien à dire ma jolie. Il tient à sa petite Anne.

— Je vous déteste. Vous êtes un monstre. Un ignoble individu, un...

— Ah, ah ! Attention à ce que tu vas dire, cela pourrait te coûter cher. Passons à table.

— Je vous hais !

— Tu te répètes. Il me semble avoir déjà entendu ça... mais je t'ai dit que tu changerais d'avis !

— Jamais. Vous entendez, jamais.

— Moi vivant, tu ne toucheras pas à cette femme, affirma Philippe.

— Attention Anne, ton petit ami s'engage sur une mauvaise pente, il va te tromper !

— Tais-toi, tu n'es qu'un misérable. J'ai entière confiance en lui.

— Vraiment ? Bravo, et en elle ? Tu as aussi confiance ?

— ...

— Alors ?

— Elle est mariée.

— Ah oui ? Tu sais, j'en ai connu des femmes qui étaient mariées, cela ne les empêchait pas de venir me rejoindre !

— Elle aime son mari et ne le trompera jamais, elle me l'a dit !

— Et tu l'as crue ? Alors tu as confiance. Eh bien tu as raison ! Elle ne trompera pas son mari avec Philippe, mais avec moi, si...

— Je ne vous cèderai jamais.

— Alors j'emploierai la force !

— Tu ne la toucheras pas, tu entends. Ose l'approcher et je te casse la figure, espèce de salaud.

— Ferme la morveux. Tu dis ça, mais regarde-toi, tu trembles dans ton froc, espèce de lâche... Minable !

— C'est toi qui a l'air minable, mon pauvre Alex. Tu parles beaucoup pour masquer ta peur. Je plains ton pauvre père.

— Mon père ? Il y a longtemps que je n'en ai plus.

— Si tu en as un. Selon la loi. Et je sais que tu l'aimes énormément...

— Et alors ?

— Tu devrais penser un peu à lui, sais-tu ce qu'il se dit en ce moment ? J'ai un assassin pour fils. Voilà ce qu'il se dit.

— Non. Il ne pense pas à ça. C'est maintenant qu'il va être

heureux, je l'ai débarrassé de cette vieille chipie qui se croyait toute puissante, c'est maintenant qu'il va pouvoir dire ce qu'il a envie de dire, sans qu'une sale bonne femme lui coupe sans arrêt la parole. Je ne regrette pas ce que j'ai fait. Je le referais s'il le fallait. Une salope de moins sur terre, vous le saviez vous que c'était une salope, une moins que rien ? Vous le saviez ? dit-il en s'adressant à Vanessa et la vouvoyant, elle tournait autour de votre mari depuis pas mal de temps ; elle vous faisait même chanter. Osez dire que ce n'est pas vrai.

— Pourquoi mentirais-je ? Tout le monde le sait, même la police. Elle m'a interrogée à ce sujet ; ce n'était pas une raison pour la tuer, c'était un être humain comme vous et moi, et la loi interdit de faire justice soi-même.

— Un être humain ? J'ai vu comment elle faisait souffrir mon pauvre père. Humain ! Bof, inhumain, vous voulez dire. Quant à faire justice soi-même, laissez-moi rire, vous la défendez ? Alors qu'elle était décidée à tuer de ses mains votre mari et sa fille, si vous ne lui donniez pas ce qu'elle demandait. C'est humain, ça ?

— Et nous garder enfermés ici, pendant des jours et des jours contre notre gré, vous trouvez cela humain peut-être ? J'en ai assez. De vous, de cet appartement, je ne peux plus vous supporter, vos histoires de famille, j'en ai jusque-là, vous entendez, jusque-là, cria Vanessa, en mettant la paume de sa main au-dessus de sa tête, vous ai-je fait du mal, moi ? Et eux, vos amis dites-vous ? Drôles de façons de traiter des amis. Vous êtes stupide. Ridicule, tout à fait ridicule. Grotesque, insensé !

— Vanessa, calmez-vous, je vous en prie.

— Je n'en peux plus Philippe, je n'ai plus de forces, je veux sortir d'ici et rentrer chez moi avant de devenir complètement folle, et je sens que cela ne saurait tarder !

— Mais non. Ce qu'il vous faut c'est un changement d'air, déclara ironiquement Alexandre, la bouche pleine, j'ai ce qu'il vous faut. Ici c'est parfait. Vous verrez, c'est une question d'habitude.

— Vous êtes complètement fou. A quoi croyez-vous que cela va vous mener ces trois kidnappings, lui demanda Vanessa.

— Un seul kidnapping. Vous oubliez que Philippe et Anne sont chez eux de leur plein gré, je ne suis pas allé les chercher.

— Vous avez réponse à tout. Disons donc ces trois séquestrations.

— Eh bien, je ne sais pas encore, mais je n'ai rien à y perdre.

— Si... la vie, remarqua Anne.

— Pas avec vous en otages !

— Mais après ?

— Je ne vous lâcherai que lorsque je serais en sécurité.

— Où penses-tu être en sécurité ? interrogea Philippe.

— J'ai déjà étudié la question, ne t'inquiète pas pour moi vieux, d'ici deux semaines je serais à l'abri.

— Nous nous moquons bien tous les trois de ce qui peut vous arriver, lui dit Vanessa.

— Alors tant pis pour moi,, répondit-il. Fameux ce repas. Encore plus délicieux qu'hier. J'aurai bien tort de ne pas vous garder. Vous comme cuisinières et Philippe comme chauffeur, vous m'offrez une vie de roi.

— Pour deux semaines seulement, que ferez-vous de nous après ?

— On verra ma jolie.

CHAPITRE VII

Pendant ce temps, à la villa des Friedberg, on attendait, on se rongeait les sangs. Les jours passaient inlassablement et se ressemblaient tous... ce calme... ce silence insupportable. Deux semaines, un peu plus de deux semaines que l'on était sans nouvelles de Vanessa. La police piétinait. Jaime se posait encore des questions : fugue, enlèvement...

— A quoi penses-tu papa ?

— A rien ma chérie, répondit-il, trop vite.

— Papa chéri, je ne te reconnais plus, comme tu as changé. Si, si, tu as changé en quelques jours, tu n'acceptes presque plus de rendez-vous, tu passes les urgences à tes confrères, tu négliges même l'hôpital et cette affreuse barbe que tu laisses pousser. Papa, papa, tu es malheureux ?

— ...

— Oh, dis quelque chose, si cela pouvait te soulager. Je t'en prie, ne reste pas comme ça des heures entières à regarder par la fenêtre sans dire un seul mot, papa, par pitié... tu te fais mal.

— Tu ne peux pas comprendre Manou...

— Oh si, maintenant j'ai compris et ce n'est pas toi que je devrais plaindre, mais Vanessa que tu as entourée d'indifférence pendant plus d'un an, c'est maintenant que tu te rends compte qu'elle te manque ?

— Tais-toi.

— Pardonne-moi, mais moi, j'ai envie de te dire tout ce que j'ai sur le cœur depuis un an.

— Vraiment ? Eh bien, je n'ai pas envie de t'écouter, ce ne sont pas tes affaires, elles ne te concernent pas.

— Bien sûr, c'est toujours la même chose, je ne suis qu'un bébé, je n'ai qu'à me taire.

— Exactement. Et ce n'est pas toi qui vas me dicter ma conduite.

— Je pourrais peut-être, moi qui ne suis plus un bébé, du moins je le pense, intervint Sophie.

— Ah non, ne recommence pas, je vous connais toi et tes leçons de morale. Je n'en ai que faire, tu entends.

— Evidemment je ne suis pas sourde, mais tu vas écouter ce que j'ai à dire.

— Que non !

— Que si ! De force s'il le faut, mais tu vas m'entendre.

— Je t'interdis.

— Quoi donc ? Moi, je t'interdis d'ouvrir la bouche, tu es têtu. Je le sais ; depuis le temps que je m'occupe de toi, mais je suis plus têtue encore. Alors écoute, monstre d'égoïsme.

— Ne m'insulte pas.

— La vérité te froisse. Je n'ai pourtant pas fini. Je commence à peine. Oui, monstre d'égoïsme, sans cœur, mari indigne et j'en passe... Pauvre petite, je souhaite de tout cœur qu'on la retrouve saine et sauve, mais pour toi, je voudrais qu'on ne la retrouve que dans un an pour voir dans quel état tu serais, oui je voudrais que tu souffres. Autant qu'elle a souffert.

— Elle a souffert, elle ?

— Tais-toi pauvre aveugle. Bourreau. Avoir vécu en étrangers pendant un an, alors que...

— Ah non, tu vas trop loin, je ne pense pas que tu aies ton mot à dire sur un sujet qui ne regarde que moi.

— Que toi ? Egoïste. Et elle ? A-t-elle eu son mot à dire, hein. Il me semble qu'elle en avait le droit.

— Le droit ! Quel droit ?

— Mais écoutez-le, quel droit. Il demande quel droit ! Ce n'était pas ta femme, par hasard ?

— Nous n'avons pas fait un mariage d'amour.
— Tu parles pour toi, je suppose ?
— Je parle pour nous deux, tu le sais très bien.
— C'est bien ce que je disais, tu n'es qu'un pauvre aveugle et je suis sûre que tu n'as pas encore compris.
— Mais enfin Sophie, compris quoi, je ne sais pas ce que tu veux dire !
— Bien sûr que non ; tu n'as jamais su, et ça approche de la quarantaine et ça ne sait toujours pas. Mon Dieu, que les hommes peuvent être idiots. Ils ne sont pas capables de reconnaître quoi que ce soit !
— Qu'y a-t-il à reconnaître ? Ah je vois !
— Non, pas possible !
— Tu cherches à insinuer qu'elle m'a épousée par amour ?
— Je n'insinue rien, je sais, c'est tout.
— Elle t'a fait ses confidences, c'est vrai !
— Oui justement, Manuela aussi peut te le dire ! N'est-ce pas ma chérie ?
— C'est vrai papa. Elle nous a fait promettre de nous taire, mais je ne pense pas qu'elle nous en voudrait si nous parlons maintenant ; elle nous a avoué qu'elle t'aimait depuis longtemps.
— Elle... elle m'a épousé par amour ?
— Oui papa, tu as bien compris, et c'est vrai, elle a été si malheureuse lorsque tu l'as chassée ; pourquoi as-tu été si méchant envers elle, tu la détestes tant que cela ?
— Vanessa ? Mon Dieu, je ne l'ai jamais détestée, bien au contraire. De jour en jour je l'aimais davantage, mais je la croyais si loin de moi.
— Et elle était pourtant tout près ; il te suffisait de dire un mot. Je vous observais quelquefois et on aurait dit qu'elle attendait ce mot, je la sentais prête à se jeter à ton cou si tu le prononçais.
— Et je ne l'ai jamais dit !
— Jamais.
— Cela aurait pû tout changer, Sophie ?
— Oui Jaime, tout...
— Pourquoi n'est-elle pas auprès de moi en ce moment ?
— Jaime...

— Oui je sais. Mais je la voudrais là, tout de suite, pour me jeter à ses pieds, lui demander pardon, j'ai été si odieux. Maintenant seulement je comprends qu'elle n'est pas partie pour un autre que moi. Oui, à présent je suis certain qu'il l'a enlevée ; le jour de sa disparition le commissaire et moi sommes allés chez lui, mais nous ne l'avons pas trouvée. Il l'a emmenée ailleurs. Mais où ?

— Ce sale gosse. Qui aurait crû ? remarqua Sophie.

— Oh Dieu, pourvu qu'il ne lui fasse pas de mal, supplia Jaime.

— Tu l'aimes donc tant que ça papa ?

— Plus que ça, ma chérie, beaucoup plus que ça.

— Plus que tu n'as aimé maman ?

— Autant que j'ai aimé ta mère Manou, mais peut-être d'une manière différente. Vanessa est très jeune, tu sais.

— Que faut-il faire, on ne peut tout de même pas rester là à ne rien tenter.

— Ma pauvre Mamie, cela fait deux semaines que l'on ne peut rien faire, que voudrais-tu donc tenter ?

— Je ne sais pas. Peut-être pourrait-on reprendre au point de départ ; à l'instant où tu as été chez Alex... en vain puisqu'il était parti ; mais c'est ce qu'il a fait après être parti de chez lui. C'est de cet instant qu'il faut retrouver sa trace et suivre celle-ci jusqu'à Vanessa.

— Nous savons qu'elle s'est rendue au cimetière comme convenu. C'est ici que l'on perd la piste. Il a dû l'enlever lorsqu'elle rentrait. Donc, entre le cimetière et ici... Je ne me rappelle plus très bien ce que nous a dit le commissaire, mais il semble qu'il soit parti du cimetière avant elle.

— Oui, c'est cela papa, elle montait dans sa voiture lorsque lui, a démarré, il n'a donc pû voir ce qui s'est passé ensuite, Alex a dû intervenir à ce moment-là. A la sortie du cimetière.

— Mais non, cela ne va pas. Alexandre n'a pas assisté à l'enterrement, le commissaire me l'a dit. Il ne pouvait donc pas...

— Il était peut-être caché dans un buisson où personne ne pouvait le voir !

— Admettons Mamie, mais comment a-t-il pu y arriver sans être vu par la police ?

— Mais justement. Dès que tout le monde a eu le dos tourné, il en a profité pour se glisser près de la voiture par exemple, et là, il a attendu l'arrivée de Vanessa.

— Possible. Alors c'est de cet endroit qu'il faut chercher. Il n'a certainement pas été chez lui depuis ce jour-là, il se serait fait remarquer s'il a emprunté notre voiture.

— Il n'a pas de permis !

— Raison de plus. Ou alors il n'a pas froid aux yeux ! Mon Dieu, là... dehors...

— Qu'y a-t-il papa ?

— Mais c'est elle. C'est la voiture, notre voiture !

— Où cela Jaime ?

— Là, Mamie. Aux feux. C'est bien elle, regarde l'antenne.

— Mais oui papa ! Vanessa... je la vois, elle s'est retournée, elle regarde par ici, Alex est à ses côtés. Il y a quelqu'un d'autre devant, on voit mal d'ici. Que fais-tu papa ?

— J'appelle Dartois. Il faut quand même avoir du culot pour passer devant la maison, comme cela. S'il croit que je vais le laisser en faire à sa guise, il se trompe.

— Mais tu avais dit que...

— Il faut les suivre, tu comprends ? Il faut les rattraper avant qu'ils ne sortent de la ville, après, il sera trop tard. Bon sang ! Vont-ils se décider à décrocher. Ah ! Allo ?... Le commissaire Dartois je vous prie, pour le docteur Friedberg, c'est très urgent mademoiselle. Oui... Merci. Allo ? commissaire Dartois ? Bonjour commissaire, ici le docteur Friedberg, je viens à l'instant de voir passer ma voiture, avec ma femme à l'intérieur...

— ...

— Oui, ma voiture.

— ...

— Non, je n'ai pas eu de visions, je vous en prie, il faut les suivre. Ils sont quatre, ma fille a vu mon épouse à l'arrière aux côtés d'Alexandre.

— ...

— Je pense qu'ils vont sortir de la ville.

— ...

— Je vous en prie, prenez-moi au passage. Je vais avec vous.

— ...

— Si, commissaire par pitié. Cela ne vous prendra pas plus d'une seconde, je serais sur le trottoir à vous attendre. Comprenez-moi, il y a ma femme. Nous perdons un temps précieux à discuter, je vous attends. Oh merci beaucoup. Je serais prêt. Il arrive avec ses hommes, je vais avec eux. Soyez sages, enfermez-vous, n'ouvrez à personne. Va me chercher ma trousse Sophie, je peux en avoir besoin.

— Oh papa !

— N'aie pas peur ma petite fille.

— Sois prudent Jaime. Tiens... ta trousse.

— Merci. Ne vous inquiétez pas. Il ne m'arrivera rien. Et ce soir elle sera là elle aussi, parmi nous. Je vous le promets !

— Mon petit papa chéri, tu sais, je t'aime.

— Je sais Manuela, à tout à l'heure.

Le commissaire et ses hommes ne tardèrent pas, ils firent monter Jaime, et s'éloignèrent.

— Vers quelle sortie de ville se sont-ils dirigés docteur ?

— Je ne puis vous le dire. De la maison nous ne voyons que les feux tricolores de gauche, et avec peine les véhicules de droite, juste l'arrière, c'est tout.

— Lorsqu'ils se sont arrêtés aux feux de droite, donc vous avez pu apercevoir leurs feux arrières de stop ? Avez-vous également remarqué s'ils se servaient des clignotants ?

— Il n'y avait aucun signal de direction, j'en suis certain.

— Ils ont dû filer vers le Mail, constata le commissaire, je vais dire à mes hommes de prendre par la gauche, ils arriveront peut-être plus rapidement au port que nous, avec la circulation qu'il y a aujourd'hui, nous n'avons pas beaucoup de chances vous savez docteur ?

— Oui, je sais. Il faut essayer.

— Bien sûr...

Il baissa sa vitre, esquissa un geste de son bras gauche, et parla aux hommes occupant la voiture qui arrivaient à leur hauteur.

— Vous prenez cette avenue, et vous vous dirigez de l'autre côté du Mail, plus près du port ou des environs, les premiers arrivés préviennent les autres.

— Avec ces embouteillages patron, nous allons les manquer.

— Ce n'est pas certain. Après tout, ils y sont aussi dans les embouteillages. C'est calme de votre côté, vous avez des chances de mettre la main dessus avant nous. allez... roulez. Docteur, avez-vous une idée sur l'identité des trois autres ?

— Non. A part Alexandre, bien sûr !

— Oui, bien sûr !

— Pour l'enlèvement, j'avais des doutes depuis le jour où vous êtes venu me voir en me demandant où se trouvait ma femme ; mais j'en suis sûr depuis seulement quelques heures, et puis ma fille l'a reconnu dans le véhicule tout à l'heure. Quant aux autres, je ne vois pas de qui il peut s'agir. En ce qui concerne le meurtre, je savais depuis longtemps que c'était lui, mais comme je vous l'ai déjà dit, il menaçait de tuer ma femme et ma fille...

— Mais votre épouse n'est pas au courant.

— Non. Je venais juste de lui dire, du moins de lui faire comprendre, je le lui ai décrit sommairement, sans le nommer ; elle ne l'a jamais vu et je doute qu'elle ait fait le moindre rapprochement.

— Allo... Allo patron ? Nous venons de les apercevoir un peu après le Mail, ils vont droit au port. Où êtes-vous ? A vous.

— Legrand ? Nous en sommes plutôt loin que près. En plein embouteillage. Essayez de les coincer sans nous. Soyez vigilants. A vous.

— D'accord, compris patron, nous allons faire pour le mieux. A vous.

— Ne comptez pas sur nous avant cinq bonnes minutes. Terminé. Je ne comprends pas pourquoi il a enlevé votre femme. D'après vous docteur ?

— Je l'ignore, vraiment. Je ne sais pas ce qui a pu se passer dans la tête de ce gosse.

— Quand je pense que j'ai soupçonné votre femme de meurtre, elle était tellement énigmatique. Au cimetière, elle a voulu me dire quelque chose, je l'ai sentie hésitante, mais elle s'est tue. Et vous qui êtes venu vous constituer prisonnier !

— C'est Alexandre qui m'y avait obligé et puis....

— ... Et puis, vous ne vouliez plus que les soupçons pèsent sur votre femme. J'avais pensé que ce n'était que pour cette raison. J'avoue que jamais je n'aurai soupçonné ce gamin.

Il leur fallut beaucoup plus de temps escompté pour arriver aux abords du Mail et davantage pour le descendre.

— Patron, regardez, fit le chauffeur, on dirait qu'il y a du grabuge !

— Bon sang. Essaie de te mettre le plus près possible. Ce sont mes hommes. Ils y sont arrivés avant nous. C'est bien votre voiture ? Bon Dieu ! Ça s'est mal passé, jura le commissaire.

— Vanessa. Il l'a tuée ce salaud, dit Jaime en saisissant sa trousse.

— Allons docteur, du calme. Je crois que l'on va avoir besoin de vous.

En effet, il y avait trois corps allongés sur la chaussée, et un gendarme qui se tenait le bras gauche. Trois corps, dont un était celui de Vanessa, les deux autres étaient Alexandre et Philippe ; Anne était penchée sur ce dernier et sanglotait.

Jaime se précipita vers Vanessa en même temps qu'un autre homme qu'on devinait médecin par sa trousse.

— S'il vous plaît, fit l'homme, laissez le passage. Monsieur, ne la touchez pas. Ah, c'est toi Friedberg. Excuse-moi, je te la laisse.

— Merci Taylor. C'est ma femme, tu comprends.

— Ah bon. Je passais par là. Désolé vieux. Les ambulances vont arriver. J'ai appelé moi-même avec ma radio de bord. Je m'occupe des autres.

— Est-ce grave, docteur ? interrogea le commissaire.

— Je ne crois pas commissaire, la balle est passée sous la clavicule, elle n'est qu'évanouie.

— Un de mes hommes a été touché au bras, rien de grave, ils n'ont pas eu le temps de nous contacter avec l'action qu'il y avait. L'autre femme n'a rien, elle l'a échappé belle, c'était son tour, mon gars a été plus rapide que le môme.

— Et lui ?

— On ne peut plus rien pour lui.

— Et l'autre homme ?

— Hum ! Votre confrère n'a pas l'air d'être très optimiste. La balle s'est logée près du cœur.

— Un complice ?

— La femme n'est pas en état de parler. C'est sûrement son

mari, elle ne le quitte pas d'un pouce. S'il vous plaît, messieurs-dames, écartez-vous, laissez passer les brancards. Bon. Legrand ? Rassemblez les hommes, nous partons. Embarquez la femme, on va l'interroger.

— Je veux bien patron, mais elle refuse de faire un pas.

— Il nous la faut pourtant, certifia le commissaire Dartois.

— Attendez commissaire. Je vais lui parler, dit Jaime..

Il s'approcha doucement d'Anne pour ne pas l'effrayer.

— ... Madame ?

— Ne me touchez pas, hurla-t-elle.

— Je suis médecin, n'ayez pas peur, personne ne vous fera de mal, essayez de comprendre. Le commissaire doit vous interroger, il y a eu meurtre, vous seule, êtes en état de parler...

— Philippe, il l'a tué.

— Voyons, ayez confiance, il va sûrement s'en tirer, ce n'est peut-être pas si grave qu'on le pense. Ma femme aussi a été blessée, ce n'est pas grave du tout. Allons, séchez vos larmes.

— Votre femme ? Vanessa ? Vous êtes le docteur Friedberg ? Oh ! Je vous en prie, laissez-moi aller à l'hôpital avec vous. Dites au commissaire que je promets d'aller au commissariat après. Je vous en prie docteur. Nous ne sommes pas ses complices.

Le commissaire, bon prince, accepta même de laisser à Anne jusqu'au lendemain matin. Jaime pour cela dût promettre de ne pas la quitter d'une semelle, de veiller sur elle.

Arrivé à l'hôpital, il téléphona sans plus tarder chez lui.

— Sophie ? C'est moi. Avez-vous été sages ?

— ...

— Quelqu'un est-il venu ?

— ...

— Bon très bien. Tu n'as qu'à le rappeler pour lui dire que cela ne m'intéresse pas pour le moment, je le rappellerais plus tard.

— ...

— Non Sophie. Pardonnez-moi toutes les deux de ne pouvoir tenir ma promesse, vraiment, je ne puis la ramener ce soir...

— ...

— Mais non, je vais bien !

— ...

— D'où je téléphone ? De l'hôpital. Mais ne t'inquiète pas.

— ...

— Oui, elle est blessée, mais elle va s'en tirer, je te le jure, elle a perdu beaucoup de sang, il faut qu'elle reprenne des forces. C'est l'affaire de quelques jours.

— ...

— Non. pas demain. j'interdis les visites, elle est trop faible.

— ...

— Il est mort. Il a blessé trois personnes avant d'être abattu par un policier.

— ...

— Bien sûr Sophie, c'est malheureux. Allez, sois plus gaie maintenant. le cauchemar est fini. Je vous ramènerai Vanessa dès qu'elle ira mieux.

— ...

— Moi aussi, je lui fais une grosse bise. Passe-moi là donc. Manou ma chérie, qu'y a-t-il, tu t'ennuies sans moi ?

— ...

— Petite sotte. Ne pleure pas. Nous allons rentrer bientôt. Sois gentille ma puce, tu regardes sur mon carnet, les quelques rendez-vous que j'ai pris, tu les annules jusqu'à... voyons, quel jour sommes-nous ? Vendredi, alors disons jusqu'à mercredi prochain. D'accord ? Tu es un amour. Allez, je t'embrasse, je passerai demain en fin d'après-midi. Envoie les urgences chez Peyrat. Au revoir.

Il veilla sa femme toute la nuit, la fièvre ne la quittait pas, elle avait bougé et ouvert les yeux mais ne l'avait pas reconnu. Il en fut un peu chagriné, mais c'était normal avec les calmants qu'il lui avait administrés. Elle était enfin là, près de lui, mais ne pouvait entendre tout ce qu'il avait envie de lui dire pourtant. Il avait fait installé Anne pour la nuit dans le lit à côté de Vanessa, pendant que l'on opérait Philippe. Il lui avait fait prendre des soporifiques, et elle s'était aussitôt endormie, apaisée.

Vanessa est calme à présent, le jour se lève. Jaime se trouve encore près d'elle ; il lui tient toujours la main, la caresse. La fatigue commence à lui faire baisser les paupières ; il a passé la nuit à faire la navette entre la chambre de Philippe et celle des deux femmes. Philippe repose après plusieurs heures en salle d'opération.

— Docteur Friedberg ?

Jaime se redressa d'un bond, surpris par la voix d'Anne qui s'était réveillée.

— Bonjour. Comment vous sentez-vous ce matin ? demanda-t-il tout bas pour ne pas réveiller Vanessa.

— Bien, merci.

— Avez-vous faim ? Je vais dire à l'infirmière de vous apporter votre petit déjeuner.

— Merci beaucoup. Docteur ? Comment va Philippe ? Etes-vous allé le voir ?

— Ne vous inquiétez surtout pas. Je suis allé le voir, en effet, plusieurs fois cette nuit, il va apparemment bien, l'opération semble avoir réussi. Il faut attendre maintenant.

— Bien sûr. Quand pourrais-je le voir ?

— Hum. Les visites ne sont pas autorisées. Mais pour vous, je vais voir ce que je peux faire. C'est mon confrère, le docteur Taylor qui s'occupe de lui, c'est son malade. Il a parfaitement le droit de refuser.

— Je comprends. Je vous remercie de bien vouloir essayer, docteur.

— Vous devez aller au commissariat ce matin.

— Je n'ai pas oublié docteur, soyez sans crainte j'irai, je m'en voudrais de vous faire avoir quelque ennui.

— Vraiment ?

— Docteur ! Je sais ce que vous pensez. Vous pensez que je suis pour quelque chose dans tout ce qui est arrivé ; que Philippe et moi nous sommes des kidnappeurs, n'est-ce pas ?

— Mettez-vous à ma place, je ne vous connais pas...

— Je m'appelle Anne... et mon ami Philippe. Nous étions des amis d'Alexandre, nous avions fait connaissance dans une boîte des environs il y a un peu plus d'un an, il avait pris l'habitude de venir nous voir dans notre appartement, quelquefois il y restait la nuit. Jusqu'au jour où Philippe et moi sommes partis pour une semaine, en lui laissant les clés. A notre retour nous l'avons trouvé en compagnie d'une femme. A force de parler nous avons fini par comprendre qu'il la séquestrée, il l'avait enlevée. Cette femme... c'était Vanessa. Pour ne pas qu'on le dénonce à la police, il nous gardait enfermés à double tour... dans notre appartement. Il fallait lui obéir, sinon il nous aurait tous tués.

— Il va falloir répéter cela au commissaire, affirma Jaime.

— Je le ferai. Vous comprenez maintenant ? Vanessa est devenue mon amie, nous ne lui avons fait aucun mal Philippe et moi, je vous le jure.

— Je vous crois. Je vais prévenir l'infirmière pour votre petit déjeuner. Pendant que vous vous restaurerez, j'irai voir Taylor pour votre demande. Ne partez pas avant d'avoir eu une réponse.

Puis il sonna l'infirmière.

— Je comprends pourquoi Vanessa vous aime, vous êtes infiniment bon.

— Elle... elle vous a dit qu'elle m'aimait ? interrogea Jaime, surpris.

— Plusieurs fois, oui. Vous l'ignoriez ?

— C'est une longue histoire...

— Je sais. Je la connais. Vanessa et moi avons beaucoup parlé pendant ces deux semaines. Elle m'a tout raconté.

— Une chose que vous ignorez cependant, c'est que je l'aime aussi.

— Mais alors. Oh docteur, comme elle va être heureuse, c'est merveilleux, si elle pouvait vous entendre, elle m'a si souvent dit : « il me déteste, n'a aucune confiance en moi », si elle avait pu deviner...

— Et moi donc. Enfin, je crois que cela va s'arranger. Allez, à plus tard, prenez votre temps, le commissaire peut bien patienter encore un peu.

L'infirmière arriva peu après, avec un plateau chargé de croissants et de café au lait tout fumant.. Un quart d'heure après, Anne avait tout englouti. Maintenant elle attendait une réponse ; elle fit un brin de toilette, sans trop de bruit pour ne pas réveiller sa compagne de chambre, puis commença à se vêtir, elle enfilait son manteau lorsque Vanessa bougea.

— Anne. Mais où sommes-nous ? Aïe !

— Doucement, restez couchée. Il ne faut pas bouger, vous avez été blessée...

— Ah oui, je m'en souviens, vous n'avez rien ? Et Philippe ? Je... je l'ai vu tomber.

— Je n'ai rien. Philippe, c'est plus grave, mais ils ont extrait la balle, il va s'en sortir, m'ont-ils affirmé.

— Où sommes-nous ?

— A Saint Louis.

— Mon mari a-t-il été prévenu ?

— Il est arrivé sur les lieux avec la police, il a constaté ce qui s'est passé.

— Comment cela sur les lieux ? Qui l'a prévenu ?

— Je n'en sais rien. Vous avez été blessée, vous vous êtes évanouie au moment même où votre mari arrivait avec le commissaire, il vous a soignée, je veux dire sur place, et puis il est monté dans l'ambulance avec vous ; il vous a veillée toute la nuit.

— Il... Il était là !

— Comme je vous le dis. Et il va revenir. Bientôt.

— Oh non, trancha Vanessa.

— Pourquoi oh non ? Vous n'appréhendez tout de même pas son arrivée ?

— Qu'est-ce que je vais lui dire ?

— Je ne pense pas qu'il vous laissera parler.

— Pourquoi ?

— Parce que j'ai eu l'impression qu'il avait pas mal de choses à vous dire d'abord.

— Comment le savez-vous ? Vous lui avez parlé ?

— Oui, je lui ai parlé. Il y a à peine quarante minutes, il était assis là, affirma Anne en montrant une chaise de son index.

— Comment est-il ? Il va bien.

— Tss, tss ! Calmez-vous, vous le verrez bien tout à l'heure... Hum ! il est bel homme, vous devez faire bon nombre d'envieuses. Quoique sans collier il doit être encore mieux, cela le vieillit.

— Quel collier ?

— Eh bien... son collier de barbe.

— Mon Dieu, je ne vais pas le reconnaître.

— Mais si, on reconnaît toujours ceux qu'on aime.
— Anne, que vous a-t-il dit sur moi ?
— Qu'il vous aimait.
— Comment ?
— Mais oui. Vous êtes aussi aveugle l'un que l'autre.
— Vous plaisantez ?
— Pas du tout. Et en plus, il sait que vous l'aimez.
— Vous le lui avez dit Anne ?
— Oui. Mais il m'a semblé déjà le savoir.
— Vous partiez ?
— Je dois me rendre au commissariat ; le commissaire veut m'interroger. J'attends votre mari, il doit venir me prévenir du jour où je pourrai voir Philippe.
— Il va vraiment venir ?
— Mais oui, je me tue à vous le dire. Tenez, j'entends la porte du couloir.
Des pas, puis la porte de la chambre s'ouvrit à son tour, livrant passage à Jaime.
— Vous n'avez pas perdu de temps, fit-il tout bas, je vois que vous êtes déjà prête à partir.
— Oui. Avez-vous vu le docteur Taylor ? questionna Anne à voix haute.
— Chut. Ne la réveillez pas. Oh, mais... Vous êtes réveillée Vanessa.
— Bonjour Jaime...
— Bonjour, vous vous sentez comment ?
— Pas très brillante je l'avoue, mais cela va aller. Anne a raison, le collier ne vous va pas, remarqua la jeune femme.
— Anne ? Oh, excusez-moi, je ne vous ai pas répondu.
— Non docteur. Vous ne m'avez pas répondu. Mais vous êtes tout excusé, fit remarquer Anne, souriante.
— Merci... Je... Je n'ai pu obtenir que demain matin.
— Je vous remercie beaucoup docteur. C'est très bien, je viendrais donc demain, j'espère que le commissaire me le permettra.
— Il ne va pas vous mettre en prison tout de même. Vous n'y êtes strictement pour rien. Pourquoi ne m'interroge-t-il pas d'abord ?
— Calmez-vous Vanessa. Il ne me tuera pas.

— Jaime, je ne veux pas que Philippe et Anne aient des ennuis quels qu'ils soient, ils ne m'ont rien fait, ce sont des victimes eux aussi.

— Je sais. Ne craignez rien. Il ne leur fera pas de mal.

— Bon, eh bien, j'y vais. Merci pour tout docteur. Je reviendrais vous voir Vanessa. Si votre médecin me le permets.

— J'y compte bien Anne.

— Bien sûr, confirma Jaime, vous pouvez...

La porte se referma sur Anne.

— Je... Je suis heureuse de vous voir Jaime.

— Vous dites cela pour me faire plaisir ?

— Pas du tout. Je suis sincère avec vous. Vous allez bien ?

— Très bien, merci.

— Pourtant je vous trouve plutôt maigre, et cette barbe, vraiment cela ne vous va pas. Qui donc vous a conseillé de la laisser pousser ?

— Personne. Je... Je n'avais plus le goût de me raser.

— Quelle idée. Pourquoi donc ?

— Vous le savez bien.

— Je sais quoi ? Expliquez-vous.

— Je me faisais du souci.

— Pour moi ?

— Les heures passaient et je ne vous voyais pas arriver. Puis, ensuite, les jours et les jours, cela devenait intenable. Je n'avais plus goût à rien.

— C'est... C'est ma faute. Je n'aurai pas dû vous désobéir. Qu'avez-vous imaginé, ne me voyant pas rentrer ?

— J'avoue... Vanessa... J'avoue avoir pensé que vous aviez un amant.

— Jaime ! Oh, vous avez vraiment pensé cela ?

— Pardonnez-moi...

— Comment avez-vous pu !

— Pardon Vanessa, pardon. Le commissaire est venu ensuite avec un message de quelqu'un qui lui avait téléphoné, ce message disait à peu près ceci : « Demandez au docteur Friedberg, pourquoi sa femme ne rentrera pas et pourquoi elle préfère la compagnie de son amant à celle de son mari ».

— C'était Alexandre ?

— Certainement !
— C'était le soir même de mon... de ma disparition ?
— Oui, oui...
— C'est bien lui alors. Je me souviens que ce soir-là il m'a enfermée puis il est sorti... pour aller chercher soi-disant des cigarettes.
— Où vous gardait-il ?
— A Mireuil.
— Mireuil, mais c'est tout près.
— Eh oui...
— Vous étiez si près. Moi qui vous croyait à des milles d'ici...
— J'ai eu peur Jaime, lorsque je me suis éveillée, dans cette chambre, sur ce lit, tout tournait, j'avais mal à la tête, elle ne m'avait jamais semblée aussi lourde ; j'ai voulu mettre un pied par terre et je n'ai pas pu ; j'ai dû attendre un bon moment avant de me lever.
— Chloroforme.
— Oui. Alors je me suis souvenue... le cimetière... la voiture...
— C'est dans la voiture qu'il vous a attaquée ?
— Oui, il était à l'arrière, bien caché Je ne l'ai pas vu. Je me suis assise en toute confiance. C'est alors que j'ai senti une main sur ma bouche, ou du moins un morceau de coton imbibé de chloroforme. Je n'ai pas eu le temps de réagir, encore moins de me débattre. Après, plus rien, je me suis retrouvée sur ce lit toute habillée.
— Le salaud !
— Il est arrivé peu de temps après. J'ai entendu le bruit de la porte d'entrée, puis des pas qui se rapprochaient de la chambre, je retenais mon souffle, je ne sais pas pourquoi. Il savait très bien que j'étais là. La clé a tourné, la porte s'est ouverte et c'est à ce moment là que j'ai compris.
— Quoi donc ?
— Ce que vous m'aviez dit : « Un garçon très jeune... son beau-père qui l'a élevé », et j'ai eu peur, très peur, ensuite.
— Ensuite ?
— Je... Je ne sais plus. Je suis passée de la chambre au salon sans vraiment m'en rendre compte, comme dans un brouillard. Il m'a parlé je ne sais plus de quoi, puis il s'est approché de

moi, d'un pas, puis de deux, plus il avançait et plus je reculais. Il m'a dit : « Nous sommes seuls pour quelques jours, on va faire de belles choses ensemble », enfin quelque chose dans ce genre. Tu seras à moi, je t'aurai, si ce n'est pas ce soir, ce sera un autre jour ».

— Le salaud. Vanessa ? Il... il n'a tout de même pas osé... vous manquer de respect ?

— Anne et Philippe sont arrivés à temps...

— Le soir même ?

— N... non, le lendemain. Le premier soir, j'ai réussi à prendre la clé et à m'enfermer dans la chambre ; ce n'est que le lendemain, lorsqu'ils sont arrivés que je suis sortie, il a essayé de me faire passer pour sa maîtresse... mais Philippe et Anne ont très vite compris ce qui se passait, et ils m'ont défendue. Après, Alexandre les a menacés à leur tour, et tout occupé avec eux il ne s'est plus soucié de moi, du moins très peu.

— Vraiment Vanessa ?

— Vraiment quoi, Jaime ?

— La porte de cette chambre ne s'est pas ouverte de la nuit ? Me le jurez-vous ?

— Jaime ! Oh évidemment ! Qu'est-ce que vous croyez ?

— Je veux savoir Vanessa. Jurez-moi que vous n'avez pas ouvert la porte. Qu'il n'est pas entré dans cette chambre !

— Jaime, je vous jure qu'il n'est pas entré dans la chambre. Je vous répète que je l'avais verrouillée, la porte. Enfin Jaime, qu'est-ce qui vous fait croire que...

— Jurez-le moi !

— ...

— J'attends.

— Jaime... Je... Je ne peux pas. Je ne peux pas jurer que la porte ne s'est pas ouverte. Mais ce n'est pas ce que vous croyez !

— Vous étiez sa maîtresse, vous l'avez été.

— Non Jaime. Non, pas cela. Non, je vous le jure. J'ai ouvert la porte, c'est vrai, mais il n'est pas entré. C'est moi qui suis sortie... à tâtons, dans le noir. Je suis allée vers la porte d'entrée, j'ai cherché la clé, elle n'y était pas, à ce moment, la lumière a jailli, Alexandre m'a regardée et il m'a dit en me montrant la clé qu'il tenait à la main : « C'est elle que vous cherchez ? », il a voulu m'attraper, m'a barré la porte de la chambre... alors j'ai cherché quelque chose pour l'éloigner de cette porte. Je lui ai dit que j'avais mal à la tête, que je ne pouvais pas dormir et je lui ai demandé des somnifères. J'ai prié pour que ceux-ci soient dans la salle de bains.

— Il a eu le temps de prendre la clé que vous aviez laissée sur la porte de la chambre !

— Non, elle était dans ma main.

— Il est allé chercher ce que vous lui demandiez ?

— Il m'a d'abord dit d'y aller moi-même, puis il s'est ravisé, je n'ai pas compris pourquoi. Il a eu peur de quelque chose, il y est allé lui-même. J'en ai profité pour me rapprocher de la porte ; lorsqu'il est revenu, il m'a tendu le tube, mais a hésité et finalement m'a sorti un seul comprimé en me disant : « On ne sait jamais ce qu'une femme a dans la tête », j'ai pris le comprimé et me suis renfermée à nouveau dans la chambre.

— Vous aviez l'intention de prendre ce comprimé ? Vous l'avez pris ?

— Je lui ai demandé un verre d'eau pour lui faire croire que je pouvais vraiment pas dormir et que j'allais le prendre, il m'a apporté le verre d'eau, mais je n'ai touché à rien, pas par peur, non, seulement j'ai posé le verre et le comprimé sur la table de chevet et puis je n'y ai plus pensé. Je n'avais qu'une idée en tête, fuir, et non lui faire du charme, comme vous le prétendez !

— Vanessa, je n'ai pas voulu...

— M'insulter ? Si, vous m'insultez. Je ne sais pas pour qui vous me prenez, mais à vos yeux, je ne parais pas être une personne très recommandable. Je suis vraiment touchée par la confiance que vous avez en moi !

— Vanessa. Vraiment, je vous demande pardon.

— Vous n'allez pas passer votre vie à me demander pardon !

— Comprenez-moi ! Du moins, essayez de me comprendre. Je vous connais si mal.

— Je m'en rends compte. Mais vous, il vous a fallu plus d'un an.

— Je n'ai jamais été bien bavard. Et je déteste poser des questions.

— Vraiment. J'aurais plutôt crû le contraire. Voilà près d'une heure que vous me harcelez.

— Soit. Je ne vous demanderais plus rien. D'ailleurs, il faut que je rentre. J'ai des consultations.

— Egoïste et en plus menteur. Je croyais que vous n'aviez plus goût à rien.

— Je ne vous ai pas demandé de me juger !

— Cela vous froisse que je vous traite d'égoïste ?

— Le suis-je vraiment ?

— Oui ! Hum un peu...

— Vous m'avez épousé comme je suis...

— En effet. Je ne vous reproche pas ce que vous êtes. Je constatais seulement.

— Très bien. Je crois que je vais partir, je finirais par vous dire de vilaines choses.

— Par exemple ?

— Oh ! ne me poussez pas à bout. Vous n'aurez pas le dernier mot avec moi, je suis têtu, vous savez ?

— Alors je m'incline. Je n'ai plus envie de me battre avec vous Jaime. Je suis fatiguée.

— Rassurez-vous, je vous laisse vous reposer.

— Vous rentrez chez... à la maison ? Vous voudrez bien embrasser Manuela et Sophie pour moi.

— Bien sûr, quelle question. Si je ne leur avais pas interdit les visites, elles seraient déjà là.

— Vous avez interdit les visites ?

— Vous êtes blessée, il faut vous reposer, et dans le calme...

— Vous criez depuis plus d'une heure maintenant et vous voulez que je sois dans le calme ?

— Vous voyez bien qu'il faut que je parte. Allez... je repasserais ce soir.

— Jaime ?

— Oui.

— Merci pour vos soins...

— Vanessa, je suis médecin.

— Avant tout, oui, je sais. A ce soir. Apportez-moi de la lecture si vous pouvez, je dois pouvoir tenir un livre d'une seule main.

— D'accord, à ce soir.

— Ah, te voilà Jaime, tu nous laisses mourir d'inquiétude, raconte... comment va-t-elle ?

— Dis papa, vite. Quand rentre-t-elle ?

— Doucement les femmes ! Une question à la fois. Asseyons-nous, et parlons calmement.

— Ce n'est vraiment pas grave, Jaime ?

— Non Sophie, je te l'ai déjà dit au téléphone. .Il lui faut du repos...

— Nous pourrons aller la voir demain ? questionna Manou.

— Hum... On verra.

— Elle t'a parlé ? A-t-elle dit ce qui s'était passé Jaime ?

— Oui. Elle m'a expliqué. Nous avions raison lorsque nous pensions qu'il l'avait enlevée au cimetière, c'est bien là que tout a commencé.

— Il ne lui a pas fait de mal ? A part ce coup de revolver ? Il ne l'a pas maltraitée ?

— Non, il y avait les deux autres qui le gênaient un peu.

— Tu as été heureux de la revoir papa ?

— Bien sûr chérie.

— Tu le lui as dit ?

— Quoi donc ?

— Mais que tu l'aimais !

— Manou. Je ne pense pas que le moment soit venu. Nous en reparlerons lorsqu'elle sortira de l'hôpital, elle aura les idées plus claires et moi aussi !

— Tu n'es plus sûr de toi ?

— Mais si voyons. Mais il faut laisser passer toute cette histoire crois-moi, cela vaudrait mieux.

— Dans cette histoire comme tu dis Jaime, il y a quelque chose qui te chiffonne, je le sens. Je me trompe ?

— Non, en effet. Mais cela ne regarde que moi.

— Que toi ?

— Que moi... et Vanessa bien sûr.

— Une dispute en perspective, remarqua Manuela.

— Garde tes réflexions Manuela. Il semblerait que, par moments, tu oublies que tu parles à ton père.

— Tu sais bien que depuis l'arrivée de Vanessa...

— Je sais très bien, c'est exact, que depuis l'arrivée de Vanessa, tu me prends pour un copain...

— Cela te rajeunit, tu n'es pas content ?

— Que ça me rajeunisse ou pas, je suis toujours ton père, ne l'oublie pas. Alors, s'il te plaît, occupe-toi de tes affaires.

— Jaime...

— Excuse-moi de te le dire Sophie, mais toi aussi laisse-moi en paix ! Je suis fatigué...

— D'accord, nous te laissons. Pardonne-nous Jaime. Viens Manou, ton père a des soucis. Tu l'as entendu, cela ne nous regarde pas !

— Merci. Il ne faut pas m'en vouloir mes petites chattes.

— Nous ne t'en voulons pas, papa. Nous comprenons très bien ce que tu ressens, nous sommes de tout cœur avec toi....

— Le déjeuner sera prêt dans une vingtaine de minutes Jaime.

— Je sors... Je vais marcher un peu, cela me fera du bien. Mangez sans moi. Ne vous inquiétez pas, j'achèterai un sandwich quelque part... et puis il faut que je passe au commissariat. A plus tard.

— Mais commissaire, je vous jure, disait Anne pour la énième fois depuis près de trois heures.

— Mademoiselle, je n'aime pas que l'on me fasse perdre mon temps, avouez tout de suite et n'en parlons plus... sinon nous allons être obligés de reprendre tout depuis le début !

— Oh non, je vous en prie.

— Cet appartement est bien le vôtre ? Non ?

— Si... mais...

— Alors qu'y faisait madame Friedberg, puisqu'elle ne vous connaissait pas ?

— Mais puisque je vous dis que c'est Alexandre qui l'y a amenée...

— Parce qu'il savait que vous y étiez, vous et votre ami... Donc vous étiez d'accord ?

— Mais non. Il savait très bien au contraire que nous étions absents pour quelques jours...

— Comment est-il entré ? Par la fenêtre ?

— Il avait les clés...

— C'est bien ce que je dis : vous lui aviez donné les clés pour qu'il y séquestre madame Friedberg.

— Non, non et non ! Nous n'étions pas au courant de ses intentions, nous avons pensé qu'il voulait y amener une de ses petites amies, ce n'était pas la première fois...

Ils furent interrompus par un coup frappé à la porte.

— Entrez, fit le commissaire.

— Patron... Le docteur Friedberg demande à être reçu...

— Très bien, faites entrer. Bonjour docteur, vous tombez à pic.

— Bonjour commissaire. Comment, Anne ! Vous êtes encore là ?

— Vous voyez docteur. Et j'avoue que je n'en peux plus. Dites au commissaire que Philippe et moi sommes pour rien dans tout cela, je vous en prie docteur.

— C'est pour ce faire que je suis ici. Commissaire, cette jeune femme dit la vérité. Mon épouse vient de tout me raconter. Elle et son ami Philippe n'ont rien à voir dans cette malheureuse affaire. Vanessa ne veut pas que vous les importuniez avec vos questions, c'est pour cette raison que je suis passé.. Je me doutais bien que vous seriez sceptique monsieur le commissaire.

— Hum... Votre femme, vous êtes sûr ?

— Commissaire, je devine ce que vous pensez. Mais vous vous trompez. Téléphonez à l'hôpital et demandez-le lui.

— Non, non docteur, je vous crois. Cependant quelque chose m'échappe.

— Moi aussi commissaire, quelque chose m'échappe, mais je doute que ce soit la même chose. Me permettez-vous de poser quelques questions à cette jeune personne ?

— Bien sûr, si vous pouviez m'éclairer un peu, ce ne serait pas un mal, croyez-moi !

— Anne, promettez-moi de me répondre franchement, sans détours...

— Je vous le promets docteur, bien que je ne vois ce qui peut vous échapper ; pour moi, il me semble que cette affaire devrait déjà être classée.

— Hé là ! Pourquoi êtes-vous si pressée de la classer ?

— Mais docteur, parce qu'il n'y a plus rien à trouver. Alexandre est mort, il nous a avoué qu'il avait assassiné sa belle-mère, il n'y a donc plus de coupable, Philippe et moi, votre femme vous l'a dit, nous avons été nous aussi ses victimes, quant à votre femme elle-même... elle est sauvée, vous l'avez retrouvée, que voulez-vous de plus ?

— La vérité en ce qui concerne ses relations avec Alexandre.

— Quelles relations ? Que voulez-vous dire ?

— Justement c'est à vous de me le dire !

— Mais enfin, que faut-il vous dire, je vous assure que je ne vois pas de quoi vous...

— Oh si, vous voyez très bien de quoi je veux parler Anne, répondez.

— Non, je ne comprends pas. Pourquoi ne pas demander à Vanessa ?

— Je l'ai fait.

— Bien, et alors ?

— Elle nie avoir été sa maîtresse !

— Evidemment. Qu'attendiez-vous donc comme réponse, d'une femme qui vous porte aux nues. Vous vous aimez et vous n'avez aucune confiance mutuelle.

— Anne... Elle n'a pas été sa maîtresse?

— Non. Elle se serait tuée plutôt que de lui céder. Un jour, elle a même failli le tuer lui. Il se battait avec Philippe qui est bien plus fort que lui pourtant, Alexandre lui assénait de grands coups de poings sur le visage, Philippe s'est mis à saigner du nez. Elle n'a pu le supporter, elle a pris un couteau et l'aurait frappé si je ne l'avais pas retenue.

— N'était-ce pas plutôt votre ami qu'elle visait ?

— Philippe ? Oh non !

— Qu'en savez-vous ?

— Non, pas Philippe, elle l'a trop...

— Oui, continuez ! l'encouragea le commissaire Dartois.

— Non. Cela ne me concerne pas. Je n'ai plus rien à dire.

— Si Anne, parlez. Vous étiez devenue son amie, elle vous a raconté sa vie, c'est vous qui me l'avez dit, souvenez-vous.

— Oui, mais seulement depuis votre mariage. Avant cela ne me regardait pas. Docteur, je vous en prie, elle ne m'a pas chargée de vous révéler sa vie. Et croyez-moi, ce qu'elle a pu faire avant de vous connaître ne vous concerne pas non plus.

— Je veux savoir Anne, pour comprendre.

— Mais comprendre quoi ? Vous cherchez à vous faire du mal, c'est tout.

— Vous voulez m'épargner, c'est cela ? interrogea Jaime.

— Peut-être...

— Que vous importe si je souffre ?

— Vous ne seriez pas seul. Vous croyez que cela m'indiffère ? Pas du tout, car nous serons deux à souffrir !

— Vous ? Mais oui, bien sûr.. Je crois que je commence à comprendre. Pourquoi n'y ai-je pas songé plus tôt. Si elle n'était pas la maîtresse d'Alexandre, elle était peut-être celle de Philippe ? N'est-ce pas ? Evidemment ! Anne a raison monsieur le commissaire, pour vous l'affaire est classée, mais pour moi, non. J'y vois clair à présent !

— Oh vous n'y voyez rien du tout, assura Anne.

— Vous voulez dire mademoiselle qu'Alexandre aurait enlevé madame Friedberg pour Philippe ?

— Commissaire, vous n'y êtes pas du tout. Alexandre ignorait qu'ils se connaissaient. Nous avons d'ailleurs fait en sorte qu'il ne l'apprenne pas ; il est mort sans le savoir.

— Vanessa était la maîtresse de Philippe... elle l'a été...

— Docteur, je vous ai dit que c'était bien avant votre mariage et que cela ne nous concernait pas.

— Elle a été sa maîtresse, répétait Jaime pour lui-même.

— Je n'ai d'ailleurs jamais dit cela. Je n'en sais strictement rien. Ils se sont connus autrefois, de cela j'en suis sûre, pour le reste, ce ne sont que des suppositions.

— D'accord. Vous supposez. Libre à vous de supposer, mais c'est bien ce que vous avez voulu me faire comprendre tout au début.

— Pour la dernière fois docteur, j'essaie de vous faire comprendre que cela se passait avant que vous n'épousiez Vanessa, peut-être même bien avant qu'elle n'entre à votre service ; qu'ils étaient libres chacun de leur côté, je ne vois pas ce que nous aurions pû faire pour les empêcher de s'aimer. Voyez-vous du mal à cela ?

— Non, mais maintenant...

— Maintenant, c'est fini ! Je connais Philippe depuis plus de deux ans et c'était bien avant.

— Et vous souffrez ?

— Docteur, vous seriez en face de Philippe, à présent que vous savez qu'ils se sont connus dans le passé, ne souffririez-vous pas ? Moi, je me suis trouvée en face de Vanessa... Pire encore, dans le même appartement, entre eux deux, à les regarder faire comme s'ils se voyaient pour la première fois ; j'ai compris tout de suite, en entrant, où plutôt en la voyant sortir de la chambre ; oh, ils n'ont rien dit, mais ils étaient comme figés, Alex n'a rien remarqué, c'était tellement imperceptible. Vanessa me l'a avoué dès que nous avons été seules, elle ne m'a rien caché, elle est très franche.

— Vous voyez bien. Vous dites qu'elle ne vous a rien caché !

— Elle ne m'a pas dit qu'elle avait été sa maîtresse. Elle m'a dit qu'ils s'étaient aimés, j'ignore s'ils ont vécu ensemble. Ni s'ils ont fait l'amour ensemble. Jamais je n'aurai osé leur poser la question, cela ne me regardait pas. Il est impossible pour vous de comprendre cela docteur !

— Quel a été votre comportement après ? interrogea le commissaire.

— J'avoue les avoir surveillés. J'avoue aussi avoir été jalouse d'elle, mais jamais, vous entendez, jamais ils n'ont essayé de se trouver seuls, de faire comme si Alex et moi n'existions pas, ni un signe, ni une parole en tête à tête, rien... jamais. Alors, en moi-même, je leur ai fait confiance et je n'ai pas eu à le regretter, croyez-moi docteur, dit Anne en se tournant vers celui-ci.

— Je vous crois !

— Vanessa vous aime. Vous devriez avoir confiance en elle.

— A-t-elle confiance en moi elle ?

— Aidez-la. Docteur, il n'y a pas si longtemps, je vous ai dit que vous étiez bon, ne me faites pas croire maintenant que vous êtes un monstre !

— Un monstre ?

— Oui, un monstre d'égoïsme !

— Ah vous aussi. Hum, non rien, excusez-moi, conclut-il en voyant l'air étonné d'Anne.

— Monsieur le commissaire, suis-je libre ou comptez-vous me garder encore longtemps ? demanda la jeune femme.

— Nous allons taper au clair votre déposition, je suppose que vous allez voir votre ami ce matin et il commence à se faire tard. Revenez demain la signer. Vous êtes libre.

— Philippe aussi ?

— Hum... J'espère pouvoir l'entendre dès qu'il ira mieux. J'aimerai connaître sa version des faits. Jusque-là... je n'ai rien contre vous.

— Très bien, alors je m'en vais... Commissaire.

— Mademoiselle.

— Docteur, je... je vous remercie pour tout !

— C'était bien naturel. D'ailleurs je ne sais pas exactement de quoi vous me remerciez, je vous ai plutôt un peu bousculée.

— Non, non, de toutes façons, je pense que vous l'auriez sû un jour ou l'autre. Le destin a voulu que ce soit aujourd'hui. Je suis sûre que Vanessa ne vous l'aurait pas caché.

— Elle l'a bien fait jusque là.

— Et pour cause docteur. Vous ne vous êtes pas beaucoup intéressé à sa vie depuis votre mariage.

— Vous me jugez. En avez-vous le droit ?

— Non, bien sûr, c'était seulement une remarque... disons amicale, au revoir docteur.

— Qu'a-t-elle donc voulu dire ? s'informa le commissaire Dartois.

— Hum... Oh rien commissaire, répondit Jaime, elle en sait plus sur la vie de ma femme et sur la mienne que je n'en sais ! Bon, je vous laisse, au revoir commissaire.

— Au revoir docteur Friedberg.

On frappa à la porte de la chambre d'hôpital où reposait Vanessa.

— Anne. C'est gentil de venir me voir.

— Je vous l'avais promis Vanessa. Je sors du commissariat. Ouf, c'est fini. Trois heures Vanessa, trois heures pour vous faire avouer une faute que vous n'avez pas commise. Dieu merci, votre mari est arrivé à temps, j'allais craquer. Je n'en pouvais plus.

— Vous faire avouer quoi ? Votre complicité ?

— Oui, notre complicité à Philippe et à moi !

— C'est ridicule.

— Il ne pouvait pas savoir, on en voit tellement de nos jours, mais quand même, après trois heures passées à lui dire la vérité, il aurait pû comprendre, je ne pouvais pas être plus sincère, ai-je une tête de kidnappeuse ?

— Il a classé l'affaire ?

— Je n'en sais trop rien, il veut interroger Philippe avant.

— Jaime avait été convoqué ?

— Non, je ne crois pas, il est arrivé à l'improviste, le commissaire ne semblait pas l'attendre.

— Alors il a suivi mon conseil. Hier, je lui ai dit de faire en sorte que vous ne soyez pas inquiétés, vous et Philippe bien sûr.

— Vanessa, je dois vous avouer quelque chose. Vous allez dire que cela ne me regardait pas, mais votre mari a compris et j'ai dû lui expliquer...

— Quoi donc Anne ?

— Eh bien...

— Oui, je vous écoute.

— Ne m'en veuillez pas Vanessa. Vous ne souhaitiez peut-être pas qu'il sache que vous connaissiez Philippe ?

— Pourquoi ? Je n'ai pas à en avoir honte. Philippe est un homme très bien. Je n'étais pas mariée, c'était ma vie, et... et maintenant c'est le passé.

— C'est bien ce que je lui ai répondu.

— Il était furieux ?

— On ne peut pas dire qu'il avait l'air content. Au début il pensait que vous étiez la maîtresse d'Alexandre.

— Je sais oui, il me l'a demandé.

— Et puis après, il a fini par comprendre. Il disait qu'il y avait quelque chose de bizarre dans cette affaire. Moi je ne voyais vraiment pas où il voulait en venir, et petit à petit j'ai deviné, et je ne m'étais pas trompée. Vous ne m'en voulez pas ?

— Bien sûr que non, voyons.

— Je vais vous laisser, je dois aller voir Philippe.

— J'ai parlé avec le docteur Taylor. Il est très optimiste, vous savez.

— Ils le sont tous. Je parle des médecins. Ils peuvent se tromper.

— C'est encore un peu tôt je crois pour pouvoir affirmer quoi que ce soit.

— Etes-vous allée le voir ?

— Philippe ? Non. Il m'a semblé plus normal que vous alliez le voir avant moi. De toutes façons je ne vois pas ce que ma visite peut lui apporter tant qu'il n'a pas ouvert les yeux et même après, c'est votre place Anne, pas la mienne ; je me suis informée de sa santé, c'est tout à fait normal, après tout c'est un peu de ma faute ce qui est arrivé. Vous... vous êtes toujours un peu jalouse ?

— ... Aimez-vous votre mari autant que vous le dites ?

— Beaucoup plus que ça Anne... et je ne mens pas.

— Vanessa, je ne sais plus où j'en suis, avoua la jeune fille.

— Vous aimez toujours Philippe ?

— Evidemment.

— Alors tout est pour le mieux.

— S'il ne survivait pas, que deviendrais-je ?

— Anne, il ne faut pas parler ainsi. Je sais, vous y pensez, je comprends très bien. Il faut garder espoir quant à sa guérison, j'y crois, vous devriez y croire aussi.

— Oh Vanessa, je veux y croire !

— Vous devriez aller le voir maintenant.

— Oui, vous avez raison, j'y vais. Au revoir.

CHAPITRE VIII

Les jours ont passé, c'est aujourd'hui que Vanessa sort de l'hôpital pour rentrer chez elle, elle y est restée un peu plus d'une semaine ; Sophie et Manuela ont insisté pour que Jaime la soigne à la maison ; c'est donc l'heure, elle se prépare, son épaule la fait encore souffrir, aussi a-t-elle demandé l'aide d'une infirmière.

— Vous devez être contente de rentrer chez vous madame Friedberg, questionna celle-ci.

— Oh oui, surtout lorsque l'on a un médecin à domicile, c'est toujours plus gai d'être chez soi. J'aime être dorlotée de temps en temps.

— Vous avez un mari merveilleux. Nous l'apprécions beaucoup ici. Savez-vous que les infirmières, je parle des jeunes bien entendu, moi j'ai passé l'âge, eh bien elles se disputent à cause de lui, elles en sont folles ; le pire est qu'il les fait enrager par son indifférence à leur égard.

— Je ne savais pas qu'on se l'arrachait !

— Bof ! enfantillages tout cela. Heureusement qu'il s'est installé. Autrefois, ici même, du temps de sa première femme, c'était du délire.

— Et le docteur Taylor ? Il est bel homme lui aussi pourtant.

— Bien sûr, mais il y a longtemps qu'il est ici. Il est, comment dire... démodé, vous savez ce que l'on dit : tout nouveau, tout beau. Ne vous inquiétez pas il a eu sa part lui aussi de gamineries, après votre mari ce sera un autre et ainsi de suite. J'espère que je ne vous ai pas froissée en vous racontant cela ?

— Mais non voyons, pas du tout.

— Vous n'êtes pas jalouse ?

— Si, très. Mais ce sont des gamineries comme vous dites ! Pourtant mon mari n'aurait-il pas de préférence pour une d'entre elles ?

— Pourquoi cette question Vanessa ? fit une voix derrière elles.

Elles restèrent clouées sur place, Jaime venait d'entrer silencieusement.

— Alors, j'attends. Pourquoi cette question ? Laissez-nous s'il-vous-plaît madame Carlson !

— Bien docteur. Au revoir madame Friedberg.

— Au revoir madame Carlson.

La porte se referma sur l'infirmière.

— Qu'imaginez-vous donc ? Dites-le franchement.

— Pourquoi hausser le ton. Je suis prête, partons.

— Non. Expliquez-vous d'abord !

— Pas ici, vous voulez que toutes vos petites infirmières nous entendent ? Je ne veux pas rester ici une minute de plus.

— Ce ne sont pas mes petites infirmières ! Je n'en connais pas les trois quarts.

— Reste un quart !

— D'accord nous allons partir, mais j'entends avoir une explication sur toutes ces insinuations.

Ils quittèrent l'hôpital, et se dirigèrent vers le parking où Jaime avait garé la voiture.

— Là nous sommes seuls, personne ne peut nous entendre.

— Oh Jaime, je vous en prie, je suis si heureuse de rentrer à la maison, ne me gâchez pas ma joie !

— Vous essayez de détourner la conversation, vous êtes maligne, vais-je comprendre un jour ce qui se passe dans votre tête ?

— Est-ce ce que vous a dit Anne qui vous rend si méfiant, si haineux à mon égard ?

— Pourquoi diable dois-je toujours répondre à vos questions avant que vous n'ayiez répondu aux miennes ? Vanessa. Une fois pour toutes, il faut mettre les choses au point, s'expliquer et se comprendre. Je dis bien se comprendre, parler sans détours, se dire toute la vérité.

— Je veux bien Jaime ; j'en ai assez de tout. Nous nous disputons sans cesse et... j'en souffre terriblement.

— Vraiment Vanessa ; vous souffrez ?

— Ne vous moquez pas !

— Je ne me moque pas. Je m'étonne seulement de savoir que votre cœur vous fait souffrir.

— Vous allez me dire que vous ignoriez que j'en avais un, c'est ça ?

— Exactement.

— Eh bien vous voyez, j'en ai un, il a toujours donné ce qu'il a pu, seulement lui n'a rien reçu.

— Martyre. N'avez-vous pas eu une enfance heureuse ?

— Jaime, ne faites pas semblant de ne pas comprendre, il n'est pas du tout question de mon enfance, vous le savez très bien.

Plus une parole ne fut prononcée jusqu'à leur arrivée. Ce n'était pas aujourd'hui que l'on s'expliquerait. Ils étaient à peine descendus de voiture que déjà Sophie et Manuela accouraient à leur rencontre.

— Vanessa, Jaime, mes enfants... Enfin, oh mon Dieu que je suis heureuse. Approchez que je vous embrasse. Merci Jaime de nous l'avoir ramenée ! Ma petite Vanessa, si vous saviez comme nous avons été inquiètes Manuela et moi. Jaime aussi, bien sûr. N'est-ce pas Jaime ?

— Bien sûr, maugréa celui-ci.

— Venez, entrez. Comment va son bras ?

— Il va bien, elle va le garder en écharpe encore quelques jours, puis après, eh bien, j'enlèverais les pansements, cela devrait être disons « joli ».

— Si vous avez fini de parler, je pourrais peut-être à mon tour dire quelques mots ?

— Oh, mais bien sûr Manou.

— Vanessa, Mamie a dit vrai, tu nous as beaucoup manqué à tous les trois. Cela me fait du bien de te revoir.

— Moi aussi je suis heureuse de vous revoir tous, d'être enfin chez nous.

— Tu vas voir, Mamie et moi avons changé pas mal de choses de place. Si tu n'aimes pas, tu le dis, n'est-ce pas.

— D'accord, voyons cela. Vous avez changé la tapisserie de l'entrée ?

— Oui, j'espère qu'elle te plaît. J'ai pensé que celle-ci était plus accueillante.

— Tu as eu raison, Manuela.

— Excusez-moi. Mais Vanessa verra vos travaux plus tard ; pour le moment, elle va se reposer un peu.

— Je ne suis pas fatiguée Jaime, affirma la jeune femme.

— Il faut vous reposer quand même, venez.

En la prenant par le bras, il l'entraîna vers le couloir ; devant une porte il s'arrêta.

— Vanessa, je... j'ai pensé que... je vous en prie, entrez.

— Mais, c'est votre chambre !

— Euh... oui, en effet, désormais vous y dormirez. Regardez...

— Oh ! Elle est magnifique.

— Tout a été changé. Cela vous plaît-il ?

— Oh oui bien sûr, elle est très romantique ; ce mobilier recouvert de velours c'est splendide ; qu'avez-vous donc fait des autres meubles, ils étaient pourtant récents.

— Manuela les aimait beaucoup, aussi lui en ai-je fait cadeau pour son mariage.

— Son mariage ? Oh non, c'est vrai ? Elle a enfin compris à quel point Frédéric tenait à elle. C'est merveilleux, je leur souhaite beaucoup de bonheur à tous les deux. Où avez-vous mis les meubles alors ?

— Dans leur appartement.

— Parce qu'en plus ils ont déjà trouvé un appartement ? Pourquoi ne m'avoir rien dit de tout cela ? Quand se marient-ils ?

— Dans trois mois.

— Déjà ! fit Vanessa.

— Le temps passe...

— Je sais, je m'en suis rendue compte moi aussi.

— Allez, reposez-vous un peu.

— Je n'en ai pas très envie Jaime, je me sens très bien, je préfèrerai...

— Quoi donc ?

— Euh... Eh bien voir Manuela et Sophie, leur parler, j'ai tellement de choses à leur dire, à leur demander, je veux voir ce qu'elles ont fait, ce qu'elles ont transformé.

— Vanessa, vous fuyez. Ma compagnie vous déplait ?

— Mais pas du tout Jaime !

— Ou peut-être... cette chambre alors ?

— Non. Non, pas le moins du monde Jaime, qu'allez-vous chercher ? Vous parlez comme si toute la terre vous rejetait. Je ne vois pas pourquoi votre compagnie me déplairait, si cela était, je vous le dirais bien en face.

— Qu'attendez-vous donc pour le faire ?

— Oh Jaime ! Vous êtes insupportable !

— Vous voyez bien, vous ne pouvez me supporter...

— C'est exact ! Lorsque vous voulez me faire dire des choses qui sont totalement fausses, j'ai du mal à vous supporter. Vous voyez, je vous le dis bien en face. Vous m'avez si souvent fait des reproches, je peux bien me permettre à mon tour de vous en faire quelques-uns.

— Quels sont les autres ? Allez, continuez mon petit, dites ce que vous avez sur le cœur.

A ce moment, une voix s'éleva derrière eux.

— Quelqu'un a mal au cœur. Ou ai-je mal entendu...

Une voix que Vanessa n'avait jamais entendue auparavant, une voix accompagnée d'un accent fortement méridional. Ils se retournèrent tous deux surpris. Un couple était devant eux, c'est la femme qui avait parlé.

— Non, ça alors ! fit Jaime le moment de surprise passé, maman, papa. Dites donc les femmes, vous auriez pû me prévenir. Bonjour. C'est gentil de venir nous voir, quand donc êtes-vous arrivés !

— Tu venais juste de partir, répondit Sophie.

— Vous êtes en voiture ?

— Oui. Nous avons voulu te faire la surprise, alors nous l'avons mise dans le garage.

— Pour une surprise, c'est une surprise ! Quel temps fait-il en Espagne ?

— Plus beau qu'ici, remarqua madame Friedberg mère.

— Je veux bien te croire sur parole, le temps ici est affreux, tu as pu en juger, et cela depuis plusieurs jours.

— Nous sommes en France depuis un peu plus d'une semaine. Nous avons fait une halte à Bordeaux pour voir Isabel, et puis nous étions si heureux de revoir nos petits-enfants que nous y sommes restés. Il s'est mis à pleuvoir quand nous les avons quittés... pour venir ici.

— Comment vont-ils ? interrogea Jaime.

— Aussi bien que possible. Ils vous embrassent tous.

— Merci.

— Assez parlé. Ne veux-tu donc pas nous présenter ta femme ! remarqua monsieur Friedberg père.

— Oh mais si, bien sûr. Excusez-moi. Vanessa, approche. Papa, maman, je vous présente ma femme, Vanessa, fit Jaime d'un ton solennel.

Rêvait-elle ou l'avait-il vraiment tutoyée ?

— Je suis très heureuse de vous connaître enfin mon enfant, vous êtes charmante ! Félicitations mon fils, tu as beaucoup de goût, déclara madame Friedberg.

— Madame... ne sût que répondre Vanessa.

— Ma femme est toujours en dessous de la vérité. Vous êtes ravissante, renchérit le père de Jaime avec un accent différent à celui de son épouse.

Vanessa réalisa soudain que son beau-père était Américain et sa belle-mère Espagnole ; elle se demanda d'ailleurs comment ils avaient pu faire pour se rencontrer. Ils étaient tellement différents l'un de l'autre.

— Merci monsieur Friedberg, répondit-elle au compliment.

— Oh non ma fille, appelez-moi papa ou bien grand-père, comme Manou vous êtes si jeune, je vous en prie.

— Entendu papa.

— Merci mon enfant. Dites-moi, que vous est-il arrivé ? Etes-vous tombée ?

— Non, pas exactement, répondit timidement Vanessa.

— Voyons papa, nous en reparlerons plus tard.

Tout en parlant, ils revinrent tous au salon.

— Mais pas du tout Jaime. Parlons-en maintenant entre médecins. Ce n'est pas grave au moins ?

— Non papa, rassure-toi, Vanessa est en convalescence, je viens juste de la faire sortir de l'hôpital, elle est presque guérie.

— Presque guérie ne veut pas dire tout à fait. Cela peut sous-entendre beaucoup de choses mon enfant.

— Papa voyons, je suis médecin, je vais continuer à la soigner ici.

— C'est vrai tu es médecin. Qu'à-t-elle donc alors, tu dois le savoir ?

— Bien sûr, je me suis occupé d'elle personnellement, pourquoi t'inquiètes-tu ? Je sais ce que j'ai à faire.

— Pourquoi évites-tu de me répondre ? Tu estimes que nous n'avons pas le droit de savoir ?

— Il y a certaines choses que j'aurais aimé ne pas vous dire... et dont je voudrais oublier jusqu'à l'existence.

— C'est si important ? Nous pouvons tout entendre mon enfant, nous sommes tes parents, tu ne nous as jamais rien caché, du moins je crois, jusqu'à présent.

— Oui c'est vrai, mais je n'aime pas remuer le passé.

— Mais, vous êtes le présent. Vanessa, sa santé, c'est le présent, le passé est mort.

—Mort ? Oui, je le croyais aussi ; Sophie et Manuela également. Mais non, il était bien vivant.

— Mon Dieu. Tu veux dire, enfin tu veux parler de Barbara ?

— Non, enfin pas surtout d'elle, mais de la personne qui est responsable de sa mort.

— Mireille. Tu veux dire qu'elle est revenue ? Mon Mieu, je t'en prie, parle. Tu l'as chassée au moins ? Dis, tu l'as chassée ?

— Bien sûr, j'ai essayé, mais elle s'est incrustée !

— La maudite ! Oh Vanessa mon enfant, j'espère que vous ne l'avez pas connue.

— Si hélas maman. Vanessa l'a connue. C'est d'ailleurs pour cela qu'elle a été blessée.

— Blessée ? Vanessa ? Cest donc cela que tu veux nous cacher ? demanda madame Friedberg soudain toute pâle. Allons nous asseoir, je suis fatiguée à force de rester debout, ajouta-t-elle.

Jaime fit le récit sommaire des récents événements. Lorsqu'il eut terminé, ce fut le silence ; c'était si soudain, que les nouveaux venus ne surent trop quoi dire.

Vanessa rompit le silence.

— Sophie je vous prie. Servez quelque chose à boire. Je le ferai bien moi-même, mais j'ai bien peur de ne pas y arriver.

— Oui bien sûr. Quelque chose de très fort, nous en avons tous besoin, déclara celle-ci.

— Jaime. Tu voulais nous cacher cela ? Pourquoi ? demanda John Friedberg, nous aurions peut-être pû...

— Non. Vous n'auriez rien pu faire de plus que ce que nous avons essayé, et vous vous seriez inquiétés pour rien.

— Rien ? Que te faut-il de plus ?

— Excuse-moi, c'est une façon de parler.

— Ma chère petite, que d'épreuves pour vous, à peine entrée dans la famille.

— Même pas ! déclara Manuela, Vanessa n'était encore que la secrétaire de papa lorsqu'elle a connu madame Fontant.

— Oui, c'est vrai, je m'en souviendrai toujours de ce jour où je l'ai vue entrer dans mon bureau... droite, sûre d'elle et me parlant sèchement. Je l'ai détestée tout de suite je crois.

— Hum... jalousie. Tu étais déjà à l'époque, amoureuse de papa, remarqua Manou innocemment.

Vanessa ne répondit pas, mais elle sentit le regard de son mari se poser sur elle ; elle baissa la tête devinant qu'elle allait fondre en larmes, en éprouvant même le besoin. Elle s'excusa :

— Je... Je crois que je vais aller m'allonger un peu, je me sens soudain très lasse.

— C'est vrai, tu es pâle, je te l'avais bien dit tout à l'heure, mais évidemment, tu n'as pas voulu m'écouter.

Vanessa regarda son mari ; elle n'avait pas rêvé, c'est bien à elle qu'il s'adressait en la tutoyant. Elle sentit une supplique dans ses yeux. Heureuse, sans oser se l'avouer, elle joua le jeu.

— Tout à l'heure, je n'étais pas fatiguée, c'est vrai, maintenant si tu me retiens cinq minutes de plus, je vais me mettre à pleurer devant vous tous car je n'en puis plus. J'ai l'impression d'avoir vieilli de dix ans.

— Nous ne vous retenons pas mon enfant. Allez vous reposer, lui dit Esméralda Friedberg avec son petit accent bien espagnol. Jaime ! aide-la voyons.

— Bien sûr, viens, appuie-toi sur moi.

Vanessa vit les regards étonnés de Sophie et de Manuela qui, visiblement ne comprenaient plus rien. « Qu'est-ce qui lui prend » devaient-elles se demander. Mais Vanessa, elle, avait compris ; Jaime s'était senti perdu et l'avait appelée à son secours, et elle avait répondu à cet appel angoissé qui n'était pourtant qu'un simple regard, mais tellement suppliant. Arrivés devant la chambre, il ouvrit la porte, sans pour cela lui lâcher le bras.

— Vanessa... Je... Je vous remercie pour...

— Ce n'est rien. Ne me remerciez pas. J'ai compris, et je crois même que je me suis sentie soulagée de vous entendre me tutoyer, je n'aurai, tout comme vous, pas voulu les décevoir. J'ai... j'ai été ravie de vous aider au moins pour une fois.

— Je n'ai pas voulu dire...

— Non, je sais.. C'est moi qui le dis, c'est vrai, je le reconnais, j'ai toujours fait le contraire de ce que vous attendiez de moi et je... je vous en demande pardon Jaime.

— Non, je vous en prie, pas vous, ne me demandez pas pardon. Je suis si difficile à vivre, je m'en rends compte parfois et je... j'en ai honte.

— Par pitié, taisez-vous.

— Vous pleurez. Je vous dégoûte, n'est-ce pas ?

— Oh non, ne croyez pas cela. Vous savez que ce n'est pas vrai. Je sais que, enfin, Anne m'a dit qu'elle vous avait parlé de mes sentiments, et vous avez très bien entendu tout à l'heure ce qu'a dit à son tour Manuela, sans s'en rendre compte d'ailleurs, vous pensez toujours, après cela, que je vous déteste ?

— Vous me l'avez dit un jour, je m'en souviens...

— Je m'en souviens également. Je me rappelle surtout de quelques marques sur une de mes joues !

— En effet. Je... Je n'étais pas très fier d'avoir osé faire cela. Je vous avais frappée. Mais je pense que c'était plus pour le ton que pour les paroles !

— Il y a longtemps de cela Jaime, et je ne savais même pas ce que je disais. Je cherchais à vous blesser, un point c'est tout.

— Vous n'avez jamais démenti vos paroles.

— D'accord, c'est exact. Eh bien je retire ce que j'ai pu vous dire ce jour-là. C'était totalement faux.

— Vous ne me détestez pas ?

— Non. Vous le savez bien.

— Hum, je ne sais rien du tout. Vous ne m'avez jamais rien dit.

— Mais vous avez pourtant entendu ce que...

— Oui évidemment, j'ai entendu ce qu'ont dit Anne et Manou, mais... mais je ne vous ai jamais entendue, VOUS !

— Donc, vous ne les avez pas crues.

— Ai-je dit cela ?

— Non, vous ne l'avez pas dit. Vous n'avez d'ailleurs rien dit. Vous ne dites jamais rien, vous non plus.

— Ah ah, je vois ! C'est à qui parlerait le premier, c'est cela ?

— C'est cela. Et ne croyez pas que ce sera moi, car je n'ai pas l'intention de...

— Oh mais moi non plus, vous savez. Je n'en ai pas l'intention. Vous ne pensez pas que cela pourrait durer longtemps ?

— Tout dépend de vous.

— Pas du tout, de vous !

— Jaime, ce n'est pas à une femme de...

— Vanessa, vous n'êtes pas UNE femme... Vous êtes MA femme !

— Je... Je ne me rappelle pas l'avoir été. Maintenant, excusez-moi je suis fatiguée, je vais me reposer un moment, lança-t-elle avant de refermer la porte sur elle.

— Vanessa !

— Inutile, je ne cèderai pas.

— De quoi avons-nous l'air. Cessez ces enfantillages. Vanessa, supplia-t-il, seulement quelques mots. J'aimerai tellement les entendre.

— Moi, j'en serai ravie Jaime.

— Alors, dites-les Vanie.

— N'insistez pas. Je ne dirai rien.

— Si vous ne parlez pas tout de suite, je...

— Oui ? eh bien...

— Euh, eh bien, j'entre !

— Si vous entrez, je crie. Vous voulez voir vos parents accourir, que leur direz-vous ?

— Toute la vérité.

— Je vous défends bien d'entrer.

— Trop tard. Vous voyez, j'ai osé. Alors, qu'attendez-vous ? Criez, pourquoi ne le faites-vous pas ?

— Je trouve vos parents très sympathiques et je ne veux pas leur faire de peine.

— Premièrement il n'y a pas effraction, vous n'aviez pas barré la porte, deuxièmement je suis votre mari et troisièmement, vous allez froisser votre robe, lui dit-il en s'approchant du lit sur lequel Vanessa venait de s'allonger.

— Ne vous inquiétez pas pour ma robe, elle est infroissable.

— Vous devriez quand même l'enlever. Vous seriez beaucoup mieux entre les draps. Voulez-vous accepter mon aide ?

— Je suis très bien ainsi, merci.

— Mettez au moins cet édredon. Vous allez prendre froid. Ne bougez pas, vous n'y arriverez pas seule, vous pourriez faire rouvrir votre blessure. Tenez, là, comme cela vous serez mieux, dit-il en s'asseyant soudain sur le lit. Vanessa, Vanessa, comme vous êtes belle !

— Jaime... Non, je vous en prie, ne faites pas cela !

— Pourquoi ? Juste un baiser. Vanessa...

— Allez vous en, Jaime. Je vous en prie, allez vous en.

— C'est de votre faute. Vous n'aviez qu'à fermer votre porte.

— ...

— Depuis quand laissez-vous votre porte ouverte. Je vous ai connue moins accessible, lança-t-il soudain agressif.

— ...

— Vous n'avez plus de langue ? Aurai-je eu le dernier mot cette fois ?

— ...

— Vanessa, qu'y a-t-il ?

— Je... Je croyais qu'à mon retour tout serait différent, mais je me suis trompée, vous, vous êtes resté le même. Toujours à chercher les détails. Vous m'analysez jusqu'au plus profond de mon âme. Que voulez-vous savoir à la fin ? Pourquoi prendre toujours des détours. Vous essayez de me séduire, pourquoi ? Que voulez-vous savoir, mais parlez !

— Je veux savoir la vérité.

— Quelle vérité ?

— Vous avez été la maîtresse de Morel !

— Vous la savez la vérité. Tous ceux qui la connaissent vous l'ont dite ! Seulement vous êtes têtu, vous ne croyez personne, vous voulez tout trouver tout seul, eh bien cherchez. Vous arriverez toujours à la même conclusion et pourquoi d'après vous ? Mais parce que tout est vrai. Tout ce qu'on a pu vous dire est vrai !

— On... Qui est « on » ?

— Tous... Annie, Sophie, Manuela, et même moi !

— Vous. Que m'avez-vous donc dit ?

— Mais, tout ce que vous avez voulu savoir.

— Mensonges. Tout n'était que mensonges. Je suis sûr que vous avez été également la maîtresse d'Alex !

— Non ! Oh Jaime pourquoi ne pas me croire. Anne vous a tout raconté elle. Ne dites pas non. Elle me l'a avoué. Vous l'avez crue ?

— Oui.

— Et pourquoi ? Pourquoi elle et pas moi. Elle vous a peut-être fait les yeux doux !

— Ah, ah ! Cela vous intrigue. Eh bien non, rassurez-vous, elle a seulement répondu aux questions que le commissaire Dartois lui posait. Je savais qu'elle devait se rendre au commissariat ce matin-là et j'y suis allé moi aussi ; l'interrogatoire était déjà bien entamé, et je suis arrivé à temps pour empêcher une erreur judiciaire. J'y suis allé parce que vous m'aviez demandé d'intervenir auprès du commissaire pour aider vos amis.

— Ensuite ?

— Eh bien ensuite, comme j'avais du mal à bien comprendre, je me suis permis de lui poser quelques questions moi-même. Vous devinez sur qui ?

— Sur Philippe Morel !

— Pas du tout. Sur Alexandre Fontant. Je le soupçonnais d'être votre amant.

— Mon amant. Alexandre. Mais vous êtes fou. C'est pour cela que vous venez de faire allusion à cette porte que je n'avais pas fermée ? Il s'en passe des choses dans votre tête, vous vous en donnez du mal, et pourquoi Jaime ? Pour savoir si Alexandre avait été mon amant. Non Jaime, il ne l'a pas été. Jamais. Je vous le jure.

— Mais vous avez été celle de Morel !

— Si ce n'est toi, c'est donc ton frère, dit le proverbe. C'est de cette façon que vous raisonnez. Vous auriez pû vous tromper. Seulement le hasard veut que cela soit vrai.

— Vous le reconnaissez ?

— Pourquoi le nierai-je. Voyons Jaime, vous savez tout cela, Anne vous l'a confié et vous m'avez avoué l'avoir crue...

— Je voulais la vérité de votre bouche.

— Voilà qui est fait. J'ai effectivement été très intime avec Philippe. Mais c'était il y a quelques années et non pendant mon séjour forcé dans son appartement comme vous semblez le croire. Je l'ai aimé Jaime, du moins l'ai-je cru longtemps...

— Il vous a quittée ?

— NOUS nous sommes quittés. Nous n'étions pas faits l'un pour l'autre c'est tout. Nous nous sommes quittés bons amis, sans aucune rancune, il ne m'aimait plus et je ne l'aimais pas davantage, alors pourquoi ne pas repartir à zéro chacun de son côté ?

— Il y a longtemps de cela ?

— Quelques années.

— C'est-à-dire.

— C'est si loin. Plus de quatre ans.

— Et vous avez vécu, enfin je veux dire... Vous êtes restés longtemps ensemble ?

— Pas tout à fait un an.

— Avez-vous été heureuse ?

— Disons que je n'ai pas été malheureuse.

— Et ici ?

— Ici ? C'est difficile à dire. Je dois être... enfin je suis... heureuse d'être avec vous et... malheureuse de n'être pas plus près de vous.

— Même si je vous prenais dans mes bras.

— Je serai encore trop loin de vous ; des gestes ne valent pas toujours des paroles.

— J'ai la vague impression que nous revenons à notre point de départ.

— En effet. Ne pourriez-vous pas faire quelque chose pour que cela cesse ?

— Désolé, ce n'est pas en mon pouvoir.

— En ce cas docteur, me permettez-vous de me reposer un peu ?

— D'accord, j'ai compris, vous me chassez. Je n'insiste pas. A plus tard.

— Jaime...

— Oui, fit-il en revenant rapidement sur ses pas, espérant...

— Excusez-moi encore auprès de vos parents. J'espère que je ne les ai pas contrariés.

Un soupir de découragement. Un faible sourire.

— Bien sûr que non voyons. Ne pensez plus à rien et dormez.

Et il sortit de la chambre de Vanessa en serrant les poings.

— Tu en as mis du temps pour la border. Il est vrai qu'avec une aussi jolie petite femme, on s'attarderait volontiers plus longtemps !

— Papa... Je t'en prie.

— Quoi, quoi mon fils. Ah ! moi tu sais j'ai passé l'âge, mais demande à ta mère lorsque nous étions jeunes. Elle était belle ta mère lorsqu'elle avait vingt ans, tu sais.

— C'est ça, dis tout de suite qu'à présent je suis bonne pour la casse !

— Eh bien ma petite Esmée, en voilà de drôles de paroles. Tu es toujours belle, ma douce...

— Tu crois ce que tu dis ?

— Bien sûr.

— C'est vrai qu'elle est mignonne à croquer, est-ce une bonne épouse au moins ?

— Maman voyons. Tu m'embarrasses avec tes questions, lorsque j'ai épousé Barbara, tu me les a posées aussi. Je sais ce que je fais. Je ne les aurais pas épousées si j'avais eu à m'en plaindre. Barbara je la connaissais depuis toujours, donc. je savais qu'elle serait une très bonne épouse. et une très bonne mère.

— Et Vanessa ?

— Elle a été ma secrétaire pendant plusieurs mois, je l'appréciais beaucoup pour son travail, elle était simple, douce. Je la compare quelquefois à ma pauvre Barbara et je trouve certains points communs entre elles.

— Elles ne se ressemblent pourtant pas.

— Non bien sûr. Mais par exemple, à l'instant, là, dans la chambre, j'ai... j'ai fait une remarque qui ne lui a pas plu, elle a eu la même réaction que Barbara : elle m'a appelé docteur ! Barbara m'appelait toujours ainsi lorsqu'elle était en colère ; Vanessa est pareille, conclut-il en se grattant la gorge, voyant que sa fille le regardait.

— Et toi Sophie, tu ne dis rien ? Qu'en penses-tu ? questionna le père de Jaime.

— Moi ? Je vais être franche avec toi John et avec toi également Esmée, vous m'avez toujours considérée comme une amie, eh bien je vous le dis en amie aussi. Cette petite Vanessa est un délice, elle supporte Jaime, ce qui n'est pas facile entre nous soit dit. Il y a longtemps qu'à sa place je l'aurai envoyé promener, je ne me serais pas contentée de l'appeler docteur moi ! Seulement elle l'adore, alors il l'a tient là, au creux de sa main, elle fait tout ce qu'il veux, enfin presque, n'est-ce pas Jaime ? dit-elle, ironiquement.

— Je ne suis pas un monstre. Bon, d'accord, c'est vrai ! Mais il m'est arrivé aussi de me mettre à genoux devant elle, ne me faites pas passer pour un bourreau tout de même.

— Tu t'es mis à genoux, toi Jaime ?

— Oui Sophie, moi !

— Ce n'est pas possible, remarqua celle-ci toujours ironique.

— Cela te suffoque hein ? Je ne te dirais pas en quelle occasion, tu serais trop contente.

— Oh, je ne t'ai rien demandé, ce ne sont pas mes affaires.

— Pour une fois, je suis bien content que tu le reconnaisses !

— Bon sang. Mais qu'est-ce qui se passe ? Vous n'allez pas bien tous les deux ? demanda John Friedberg. Jaime qu'y a-t-il ? On peut savoir ?

— Il y a que Sophie me fait sans cesse la morale et que j'en ai assez. Voilà ce qu'il y a.

— Et j'ai raison. Je le sais, se défendit Sophie. Ils sont toujours en train de se chamailler, et pour des bagatelles en plus.

— Chamailler ? Que veut dire ce mot ? demanda madame mère.

— Se quereller, répondit le fils, mais on ne se jette pas des assiettes à la figure. Ce sont des petites disputes, rien de bien méchant.

— Pourquoi ces disputes ?

— Pour rien. Des enfantillages maman !

— Bien sûr, je vois. Des querelles d'amoureux. Bah, Sophie, c'est de leur âge, ils sont jeunes, cela nous est arrivé aussi à nous, n'est-ce pas John ?

— Evidemment, tout le monde n'est pas parfait. Qui ne s'est pas disputé avec sa femme ou son mari. Laisse-les Sophie, cela ne durera pas.

— Espérons, répliqua Sophie en appuyant bien sur le mot.

— Allons, cela suffit. Changeons de conversation. Va donc préparer la chambre pour nos invités...

— Mais elle est prête !

— Comment cela ? Oh, oui bien sûr, où ai-je la tête, mais alors ?

— Eh oui, débrouille-toi, annonça Sophie, heureuse de cette petite vengeance.

— Ah ça va ! maugréa Jaime.

— On vous dérange ? Vous attendiez peut-être quelqu'un ? Je te l'avais dit Esmée, nous aurions dû téléphoner.

— Mais non. Pas du tout, papa. Vous restez plus longtemps que d'habitude j'espère, pas seulement quinze jours comme certaines années.

— Tu veux bien ?

— Evidemment. Il y a si longtemps que je vous ai vus. Au moins quatre ans. Je me trompe ?

— Non quatre ans, c'est bien cela. C'était pour... pour les obsèques de Barbara.

— Quatre ans... déjà. Que le temps passe vite.

— Bon d'accord. Nous resterons un mois. Mais ne dérangez

rien, spécialement pour nous ; faites comme vous avez l'habitude de faire, de toutes façons, nous comptons bien aller nous promener tous les jours.

— Mais tout de même pas par ce temps, ce sont de drôles de vacances que vous allez passer sous la pluie !

— Des vacances ? Nous sommes en vacances toute l'année. Il ne va pas pleuvoir tout un mois, sans au moins quelques éclaircies.

— Sait-on jamais. En tout cas, cet après-midi et demain, vous restez pour vous reposer du voyage, d'accord ? proposa Jaime.

— Ce sont bien là les paroles d'un médecin, mon fils. Combien de fois d'ailleurs, les ai-je prononcées moi aussi autrefois. C'est d'accord, il est vrai que je me sens un peu fatigué.

— Veux-tu t'allonger un peu avant le déjeuner, John ?

— Merci Sophie, je veux bien.

— Viens, je te conduis à la chambre d'amis, donnez-moi donc vos valises ; Manou, aide-moi veux-tu ? Qu'as-tu ? On ne t'entend plus, toi qui n'arrête pas de parler d'habitude...

— Rien Sophie. Je n'ai rien. Tu viens te reposer toi aussi grand-mère ? demanda-t-elle à celle-ci.

— Non merci ma puce, je ne suis plus fatiguée et j'ai tant de choses à vous raconter. Et toi, dis-moi, d'après ta dernière lettre, tu aurais quelqu'un à nous présenter ?

— Eh bien pas exactement. Puisque tu le connais déjà.

— Donne-moi donc ces valises Manou, déclara son père, et parle avec ta grand-mère ; je vais aider Sophie.

— Ainsi je le connais, continua madame mère. Mais, je ne connais personne ici. Et en quatre ans, je suis certaine de ne pas reconnaître même les voisins.

— Allons cherche bien. Je suis sûre que tu vas trouver un célibataire dans les environs.

— Dans les environs. Mon Dieu, à part nos amis les Roberts, dont le fils doit être marié à présent, je ne vois personne.

— Pourquoi devrait-il être marié ?

— Qui donc ?

— Mais Frédéric !

— Quel Frédéric ?

— Mais Frédéric Roberts ! Tu dis qu'il doit être marié, pourquoi le crois-tu ?

— Mais parce qu'il doit avoir dans les vingt-deux ou vingt-trois ans, non ?

— Vingt-et-un ans. Et alors ? Moi je t'affirme qu'il n'est pas marié.

— Oh, cela ne tardera certainement pas. Si je m'en souviens bien, il promettait d'être un beau jeune homme, un charmeur quoi !

— Hum, hum... il l'est devenu, et il va se marier effectivement.

— Tu vois, ce que je disais est vrai !

— Bien sûr, mais tu ne sais pas avec qui il se marie ?

— Evidemment non.

— Evidemment si.

— Tu veux dire, qu'il t'épouse... toi !

— Gagné grand-mère, tu as trouvé toute seule. Nous nous aimons, nous avons décidé de nous marier.

— Mais c'est merveilleux. Tu as bon goût s'il ressemble à son père !

— Nous nous marions dans trois mois exactement aujourd'hui. Vous reviendrez j'espère, ou bien alors nous vous gardons jusqu'au grand jour fatal !

— Grand jour fatal ? Tu parles déjà comme cela et tu n'y es pas encore. Dis plutôt merveilleux jour. Tu verras.

— Je plaisantais. Bien sûr que ce sera merveilleux. Vous serez des nôtres, alors ?

— Evidemment ma petite fille ! Nous reviendrons pour te voir dans ta belle robe, et pour manger aussi bien sûr !

— Vous allez partir pour revenir même pas deux mois plus tard, c'est ridicule, pourquoi ne pas rester, personne ne vous attend.

— Manuela a raison maman, intervient Jaime qui revenait à ce moment là, restez donc jusqu'au mariage.

— Vous êtes gentils, mais je crois qu'il vaut mieux que nous rentrions, nous savons ce que c'est d'être jeunes mariés, vous n'allez plus vous sentir libres. Non Jaime, je t'assure, nous allons vous déranger.

— Mais non maman, voyons.

— Si, j'insiste, je suis sûre que ton père sera d'accord avec moi. D'ailleurs tu n'as pas demandé l'avis de ta petite femme.

— Mais je suis certain qu'elle en serait ravie, elle m'a avoué qu'elle vous trouvait très sympathiques !

— Peut-être, mais nous sommes aussi très... comment dites-vous ici ? Très gêneurs ?

— Enquiquinants !

— Si, enquiquinants. Elle s'en apercevra très vite, je t'assure. De toutes façons, ce n'était pas prévu. Non, nous reviendrons.

Pendant ce temps, dans sa chambre, Vanessa ne dormait pas, elle pensait, elle réfléchissait, devait-elle ou ne devait-elle pas céder. Si « non » cela risquait de durer encore trop longtemps ! Si « oui » par fierté, elle ne voulait pas que Jaime savoure sa victoire, qu'il se sente vraiment le maître. Elle ne s'abaisserait pas. Jamais. Elle aurait vraiment trop l'impression de demander l'aumône à son mari. Sa décision était prise, elle ne cèderait pas !

— Non, non et non, dit-elle tout haut, sans se rendre compte que la porte s'ouvrait lentement.

— Vanessa...

— Oui, dit-elle en sursautant et en donnant de la lumière. Manou, c'est toi ?

— Je t'ai fait peur ?

— Un peu...

— Tu rêvais?

— Pardon ?

— Je te demande si tu rêvais ?

— Non, pourquoi ?

— Tu as parlé si fort que je suis entrée. J'ai cru qu'il y avait un voleur entré dans ta chambre.

— J'ai dû penser tout haut sans m'en rendre compte. Dis-moi, j'ai cru percevoir des voix tout à l'heure, à côté ?

— Ah oui. Papa et Sophie ont porté les valises des grands parents dans la chambre d'amis. Grand-père s'est allongé lui aussi, il est fatigué d'avoir conduit.

— La chambre d'amis ?

— Eh oui.

— Pourquoi soupires-tu ?

— Parce que... J'en connais qui vont faire de drôles de têtes ce soir, papa a tiqué un peu tout à l'heure, il s'est rappelé qu'il t'avait mise dans celle-ci. Il comptait sûrement dormir dans l'autre ce soir, ironisa la jeune fille.

— Je t'en prie, ne te moque pas. Il ne pouvait pas prévoir l'arrivée de ses parents, tu es ravie, hein ?

— Je jubile, vivement ce soir !

— Tu es d'un cynisme effrayant. Pauvre Jaime...

— Pauvre Jaime ?

— Mais oui, pauvre Jaime. Il essaie en ce moment de résoudre un problème qu'il croit difficile. Il se débat. Cherche à comprendre, n'y parvient pas, mais ne désespère pas pour autant.

— Tu crois qu'il y parviendra.

— Je ne sais pas. Je lui ai donné la solution pourtant, mais elle ne lui convient pas, alors il cherche toujours.

— Si tu lui as donné la solution, pourquoi ne lui convient-elle pas ?

— C'est long à expliquer. Mais je sais qu'il est malheureux à cause de cela.

— Et c'est juste cela qui vous sépare encore ?

— Oui. Ton père ne veut pas me faire confiance. Cette situation est ridicule. Je l'aime, il le sait. D'un rien il fait une montagne. Parce que pour moi ce n'est rien. C'est fini, classé. Pour lui c'est trop. Une seule personne pourrait briser cet obstacle entre nous ; malheureusement, elle ne peut parler !

— Alex ?

— Non. Cette personne est vivante, du moins je souhaite qu'elle le soit encore à cette minute même, et qu'elle le reste le plus longtemps possible, car j'ai beaucoup d'affection pour elle. C'est d'ailleurs là que vient tout le problème. Mon affection pour cette personne ; ton père est jaloux.

— Jaloux ? Papa ?

— Oui, ma chérie, ton père est jaloux. Il a tort de l'être.

— C'est parce qu'il t'aime !

— Je sais ; mais il ne veut pas me le dire !

— C'est grotesque. Vous vous aimez, mais vous vous disputez sans cesse et en plus vous faites chambre à part. Vous n'êtes vraiment pas très normaux.

— Je commence à le croire. Dans le fond, tu sais, je comprends très bien ton père. Moi aussi, j'ai été jalouse. Mireille commençait à lui tourner autour. Je l'aimais et je n'étais pas encore sa femme ; je ne me voyais aucune chance. Elle était belle, moi... insignifiante !

— Tu es très jolie voyons ! De toute façon papa ne l'aimait pas, au contraire, il l'a haïssait. Elle nous a tellement fait de mal. Maman était trop confiante, trop flexible surtout, elle s'est laissée dominer par Mireille. Toi, tu aurais été beaucoup plus forte.

— Oh non ! Je ne crois pas. Les vingt mille francs qu'elle me demandait, je le lui aurai donné, pour qu'elle cesse de menacer ton père j'aurai fait tout ce qu'elle aurait voulu.

— Tu crois ?

— Pour ton père et pour toi, oui, je l'aurai fait. J'en suis rûre.

— Mais tu aurais lutté. Maman elle, n'a pas pu.

— Les motifs étaient assez différents. Ta mère ne pardonnait pas à ton père, les fautes qu'il n'avait d'ailleurs pas commises. Je crois que son geste lui a été dicté plus par la honte, la fierté, ou même l'indignation que par la jalousie. Ton geste à toi, c'était la peur, la peur de voir souffrir ton père, ou de souffrir toi-même.

— C'est bien vrai, j'ai eu peur de souffrir, je n'ai pensé qu'à moi. J'ai énormément souffert à la mort de maman, je ne voulais pas supporter une autre épreuve comme celle-là. J'ai beaucoup réfléchi ensuite, et j'ai eu honte de mon geste. J'aurai laissé papa seul, à sa merci, j'ai été lâche. Quand j'y pense maintenant, je me dis que je suis heureuse d'être vivante, et cela grâce à toi, à tes mensonges, si, si ! Je serais encore plus heureuse si je pouvais vous aider papa et toi, à faire la paix !

— Je crois que tu n'y peux rien malheureusement.

— De quoi est-il jaloux ?

— D'une chose que je ne peux effacer. Mon passé...

— Tu as un passé, toi ?

— Tout le monde à un passé Manuela voyons ! Toi aussi.

— Bien sûr, ce n'est pas ce que je voulais dire. Je ne pensais pas au passé dans le sens de... de ce que l'on a fait autrefois, mais un passé, comment dire... un lourd passé a quelque chose de honteux, quelque chose que l'on cache.

— C'est quand même le passé, on n'en a qu'un. Il y a de tout dans un passé, les belles choses que l'on raconte, et les moins belles dont on évite de parler.

— Tu as de belles choses dans le tien ?

— Moi je les trouve belles. Je ne pense pas avoir à en rougir. Ton père n'est pas de cet avis.

— Tu as volé, tué ?

— Non. Aimé seulement... ou crû aimer, je ne sais plus.

— Papa est jaloux d'un homme que tu as aimé, c'est cela ?

— Hum...

— Mais le passé est le passé. Papa ne fait pas partie du tien, cela ne le concerne en aucune façon. Toi tu es le présent, votre passé, à vous deux a débuté le jour où vous vous êtes aperçus que vous vous aimiez, enfin, admettons.

— Oui, admettons.

— Alors, disons le jour de votre mariage.

— C'est plus juste.

— Et cet homme ne peut pas parler ?

— Pas encore, plus tard, peut-être.

— Peut-être ?

— Oui, peut-être...

— Tu pleures.

— Il se meurt... par ma faute.

— Par ta faute ? Voyons Vanessa, que dis-tu ? Ah, je comprends, tu parles de cet homme qui a été blessé en même temps que toi. Philippe. Tu le connais ?

— Oui, ton père est jaloux d'un mourant.

— Tu penses qu'il va mourir ?

— La balle s'est logée près du cœur...

— Tu as du chagrin ?

— Un peu, c'est un ami. Il est très gentil. Sans lui, Alexandre m'aurait certainement violée et même tuée.

— Il était ami avec Alexandre ?

— Oui, il lui prêtait son appartement de temps en temps.

— Je commence à y voir plus clair. Tout s'explique. Papa pense que tu étais encore sa maîtresse, mais c'est une coïncidence, n'est-ce pas ?

— Tu as très bien compris, oui, c'est cela. Il croit même que j'ai été celle d'Alexandre, par la même occasion.

— Oh, comment peut-il penser une chose pareille.

— Tu me crois, toi ?

— Evidemment. Et c'est cette vérité qu'il cherche ?

— Hum... je lui ai tout dit, sans rien lui cacher. Il ne me croit pas.

— Ton passé t'appartient. Pourquoi veut-il y mettre son nez. Il ne t'a rien dit de son passé, lui.

— Non, mais il doit penser que je l'ai revu après notre mariage, cet homme.

— Nous savons que c'est faux.

— Tu sais. Lui ne veut pas l'admettre.

— Mais enfin, lui reproches-tu son passé à lui ? Non. Pourtant je suis bien sûre qu'il a connu d'autres femmes avant toi. Avant maman.

— Pourquoi lui reprocherais-je ? J'estime que cela ne me regarde pas !

— Exactement, donc ton passé ne le regarde pas non plus, quant au présent, il ne s'en est pas beaucoup occupé. Oh, mais je vais aller lui dire ce que je pense moi, de sa façon d'agir. C'est monstrueux.

— Je t'en supplie, ne t'en mêle pas. S'il savait que je t'ai dit tout ça...

— Mais tu ne m'as presque rien dit. J'ai compris toute seule moi, je ne suis pas idiote.

— Essaie de te mettre à sa place, de le comprendre lui.

— Je l'ai compris. Il est stupide, bêtement stupide.

— Je te défends bien de parler ainsi de ton père. Il est malheureux.

— Est-ce ta faute, ou la mienne ? S'il est malheureux, il le veut bien, c'est une tête de mule, lorsqu'il a une idée dans la tête.

— Je t'en prie, c'est ton père.

— Bien sûr, et je l'aime beaucoup. Il n'empêche qu'il est têtu, il se rend malheureux, et il fait aussi souffrir son entourage, c'est de la stupidité, un point c'est tout.

— Ne le juge pas, et parle moins fort, ton grand-père va nous entendre.

— C'est vrai, tu as raison, excuse-moi. Je vais aller rejoindre grand-mère et papa dans le jardin, le temps s'est éclairci et il ne pleut plus.

— J'ai besoin de prendre l'air moi aussi ; de toutes façons je n'ai guère envie de rester allongée sur ce lit toute la journée. Va devant, je te rejoins. Le temps de me rafraîchir un peu le visage.

Après s'être passé de l'eau sur le visage et les mains, Vanessa alla regarder par la fenêtre de la salle à manger. En effet, le ciel était dégagé, et il semblait ne pas faire froid malgré un léger vent, elle se couvrit et s'apprêtait à sortir lorsque le téléphone sonna. Elle décrocha.

— Oui, j'écoute.

— ...

— Oui madame.

— ...

— C'est elle-même. Qui est à l'appareil ? demandait-elle quand elle aperçut son mari qui entrait dans la pièce.

— ...

— Ah ! Bonjour, comment allez-vous ?

— ...

— Mais je vous en prie, dites...

— ...

— Moi ? Mais je ne...

— ...

— Bien sûr, je comprends... Mais le docteur Taylor est-il d'accord ?

— ...

— Dans ce cas. Si vraiment vous croyez que je peux être utile, s'il peut guérir... J'arrive tout de suite, dit-elle en raccrochant ; ses mains tremblaient et Jaime s'en aperçut.

— Vanessa ? Qu'y a-t-il ?

— Je dois aller à l'hôpital.

— Que se passe-t-il. Explique, interrogea-t-il en la tutoyant, car sa mère écoutait.

Vanessa répéta la même phrase.

— Mais pourquoi dois-tu aller à l'hôpital ? Pourquoi toi ? insista-t-il, bien qu'il était évident qu'il comprenait fort bien ce qui se passait.

— Philippe, murmura-t-elle.

— Mon Dieu, s'exclama Manuela qui comprenait elle aussi... il est mort ?

— De quoi te mêles-tu ? lui lança son père qui se demandait ce que sa fille pouvait bien savoir. Vanessa, est-ce cela ?

— Non. Il vit, mais il me réclame.

— Mon enfant, commença madame Friedberg, expliquez-nous.

— Maman, je t'en prie, tais-toi, supplia Jaime.

— Nous perdons du temps à bavarder. Il faut que j'y aille. Je dois y aller, déclara Vanessa en appuyant sur les mots.

— Non, hurla Jaime. Non, tu n'iras pas. Qui vient d'appeler ?

— Anne.

— Anne ? C'est elle qui te demande ça. Ce n'est pas possible, elle n'a toujours rien compris.

— Si papa, elle a compris. C'est toi qui ne veut pas comprendre !

— Je t'ai déjà dit...

— Oui, tu m'as déjà dit de m'occuper de mes affaires, je sais, seulement écoute-moi papa, un homme est en train de mourir. Vanessa peut peut-être l'aider, il la réclame, même sa compagne la réclame, si je comprends bien, pourquoi ? Parce qu'elle croit en elle. Tu ne peux pas, tu entends, tu ne peux pas refuser qu'elle y aille ! Tu es médecin, tu peux comprendre ça, non ?

— Assez, ce n'est tout de même pas ma propre fille qui va me dire ce que je dois faire.

— Toi non plus Jaime, tu ne me diras pas ce que je dois faire, car je sais qu'il faut que j'y aille. Pardonne-moi de te le dire, mais si tu refuses, je me passerais de ta permission. Tu dois comprendre, c'est un être humain, comme toi ou moi, je t'en prie. N'aimes-tu donc pas la vie ? Lui il l'adore. Il FAUT qu'il vive. Pense aussi à Anne, pour elle, il doit vivre, pour elle seule, me comprends-tu ?

— Je comprends, oh oui, je comprends. Je comprends que tu l'aimes encore et que je vais te perdre.

— Ne sois donc pas stupide. Tu sais bien que c'est faux. Jaime... accepte, dit-elle, ne cherchant même plus à jouer le jeu, le tutoiement lui venait naturellement.

— Je n'ai pas le choix, tu irais malgré mon refus ?

— Oui Jaime. Pardonne-moi.

— ...

— Pardonne-moi, je t'en prie.

— Bien sûr.

— Veux-tu venir avec moi ? Je n'ai rien à te cacher Jaime.

— Non Vanessa, tu m'en demandes trop. J'aurai trop peur de gêner.

— Tu n'as aucune pitié. Il est mourant. Ne sois pas ridicule. As-tu les clés de la voiture ?

— Oui, dit-il en fourrageant dans ses poches. Tiens, prends-les.

— Merci Jaime. Tu ne veux vraiment pas venir ? Taylor aura peut-être besoin de toi ?

— Il y a des médecins aussi, à l'hôpital !

— Je souhaiterai pourtant que tu viennes. Tu crois que si je l'aimais encore, je te demanderai de m'accompagner ?

— ... Je ne sais plus où j'en suis Vanessa.

— Tu n'as toujours pas confiance en moi ?

— ...

— Non, n'est-ce pas ?

— Vanessa, je t'en prie.

— Accompagne-moi, tu me ferais plaisir. Oublie ta rancune ! Dis-toi que c'est un malade comme les autres. Allez, viens...

— Non, vas-y seule !

— Ecoute. Si tu ne veux pas venir pour lui, je te le demande, pour moi, fais-le pour moi...

— ...

— Tu me détestes tant que cela ?

— Vanessa, oh non, je ne te déteste pas... Bon, d'accord, tu as gagné, je m'avoue vaincu. Je t'aime. Je t'aime à être jaloux de tout ce que tu fais, de tout ce qui te touche de près, même de ton passé ! Oui de ton passé, de Philippe surtout.

— Surtout ? Pourquoi surtout ? Tu m'as trouvé un autre amant. Tu penses à Alexandre, sans doute ?

— Oh, j'ai oublié ça.

— Oublié ? Mais il n'y avait rien à oublier.

— Je n'étais pas derrière toi.

— C'est bien ce que je pensais. Non, tu n'as pas oublié comme tu le dis. Tu doutes encore, pour lui aussi. Bientôt tu vas me reprocher d'avoir été la maîtresse de tous les hommes de la terre ! Je ne comprends pas que l'on puisse être jaloux à ce point. Je ne t'ai jamais rien reproché moi. J'en aurai certainement eu l'occasion pourtant !

— Je ne t'ai jamais trompée. Si c'est cela que tu voulais savoir.

— Pas du tout. J'ai confiance en toi, moi.

— Pourquoi cette insinuation alors ?

— Pour satisfaire la curiosité de ta fille. Elle mourait d'envie de te poser cette question bien en face, si je ne l'avais pas retenue, elle aurait certainement eu tes empreintes sur la joue.

— Sûrement, oui ! Je trouve que depuis quelque temps elle se mêle beaucoup de ce qui ne la regarde pas.

— Je voudrais tant que vous cessiez de vous quereller sans arrêt. Dès que vous êtes là c'est tout de suite des cris, des mots blessants et si je dis une parole, vlan ! on me donne une gifle... que je ne mérite pas, c'est exaspérant non ? Vous vous aimez, vous vous disputez, vous faites la paix et une heure plus tard, vous remettez cela.. Si vous continuez je ne pourrai plus du tout vous supporter !

— Elle a raison, Jaime. Tu m'aimes. Je t'aime aussi. Oui, je t'aime. Nous nous disputons bêtement. Il faut que cela cesse. C'est fini Jaime, n'est-ce pas. Promets-moi. Ne sois plus jaloux. Je ne t'ai jamais trompé, je te le jure. Faisons la paix... définitivement. Je suis comme Manuela, je n'en peux plus, je suis fatiguée.

— ...

— Il se meurt. Il faut se dépêcher. Nous devons les aider, je leur dois la vie, me comprends-tu ? Je ne les abandonnerais pas Jaime. Je ne peux pas et je ne veux pas.

— Bien sûr, je te comprends. Tu as raison, pardonne-moi ; j'ai été dur avec toi, n'est-ce pas ?

— Quelquefois...

— Mes enfants, intervint madame Friedberg mère, j'ai pris le train en marche, mais je crois avoir compris. C'est toi qui n'est pas un bon mari Jaime !

— Maman...

— Oh, je ne te juge pas. Je remarque seulement. Vanessa a

raison, le temps presse, j'ai cru comprendre qu'un homme était en danger. Je te le répète, je ne te juge pas. Je n'en ai plus le droit. Mais un geste d'humanité ne fait de mal à personne. Je te rappelle que tu es médecin ; qui plus qu'un médecin peut comprendre cela ?

— ...

— Jaime ? Nous perdons du temps.

— Oui. Viens Vanessa. Donne-moi les clés, je vais conduire.

— C'est une preuve d'amour que je n'oublierai pas Jaime...

La porte se referma sur eux. Ils entendirent la voix un peu chantante de madame Friedberg qui disait à sa petite fille :

— Tu vas bien m'expliquer ce qui se passe, n'est-ce pas Manuela ?

Jaime, qui avait fait déjà quelques pas dans la cour, s'arrêta net.

— Laisse, lui dit Vanessa, aie confiance aussi en elle, Manuela sait ce qu'il ne faut pas dire. Elle aussi, tu la connais mal.

— C'est vrai. Je le sais, je n'ai jamais rien fait pour la connaître mieux, mais j'ai encore trois mois pour cela.

CHAPITRE IX

A l'hôpital, le docteur Taylor conduisit lui-même Vanessa auprès du blessé.

— Si seulement il avait la volonté de vivre, expliqua-t-il, je pourrai dire qu'il y a un espoir, même infime, mais voilà, il ne cherche pas du tout à lutter, il faudrait quelque chose. Je ne sais pas quoi, hélas. Quelque chose qui le forcerait à réagir, qui lui donnerait l'envie de s'accrocher à cette vie qui l'abandonne. Croyez-vous pouvoir l'aider ?

— Je l'ignore, dit Vanessa en se tournant vers Anne.

— Je vous en prie Vanessa fit celle-ci. Je... Je ne sais plus quoi lui dire.

— Je vais faire mon possible. Mais je ne sais pas non plus ce qu'il faut faire, quelles paroles lui feraient du bien.

— Ce serait simple si l'on savait ce qui pourrait l'émouvoir. Un déclic, il nous faudrait un seul déclic. Allez-y ! Si, selon vos paroles vous sentez qu'il réagit, continuez, ne vous arrêtez pas de parler, et appuyez sur la sonnette, je viendrais. Du moment qu'il vous a appelée vous, il a peut-être quelque chose à vous dire. Allez, et bonne chance !

La jeune femme ouvrit la porte de la chambre où Philippe reposait, elle tremblait en se demandant ce qu'elle allait bien pouvoir lui dire. Elle s'approcha du lit, regarda le jeune homme, ses yeux étaient clos et son visage très pâle ; en levant la tête, elle vit ce qui le maintenait en vie, ce flacon suspendu où l'on voyait s'échapper une à une, des gouttes de sérum. Elle l'appela d'une voix qu'elle voulait calme, mais qu'elle-même sentait angoissée.

— Philippe ?

Il ne bougea pas. Elle l'appela de nouveau.

— Philippe ? C'est Vanessa...

Rien, aucune réaction, le silence total.

— Tu m'as appelée Philippe. Ouvre les yeux. C'est moi Vanessa, regarde-moi...

— ... Van..essa...

— Oui, je suis là.

— Merci.

— Pourquoi merci ? Parce que tu m'as appelée et que je suis venue ?

Il fit « oui » de la tête, très lentement.

— Philippe... Philippe. il faut que tu guérisses. Aide-moi ! Aide-moi à te guérir, supplia-t-elle.

— Plus... de... forces, murmura-t-il.

— Mais si ! Tu es très fort. Toi, tu m'as sauvée. Laisse-moi t'aider.

— Tu ne me dois rien.

— Je veux t'aider, mais j'ai besoin de ton assistance, tu dois vivre Philippe, vivre !

— Pourquoi ?

— Pourquoi ? Mais pour Anne. Anne a besoin de toi. Elle t'aime. Autrefois, tu me disais toujours « la vie est belle Vanessa, je voudrais vivre cent ans », tu te souviens ?

— C'est loin, j'ai déjà cent ans.

— Idiot, va ! Tu commences seulement à vivre, tu n'as que trente ans.

— Toi, tu n'as pas encore vécue, alors ?

— Peut-être Philippe. Mais je vais vivre, bientôt, je le sens.

— Tu es malheureuse avec ton mari, hein ?

— Aujourd'hui, je suis heureuse Philippe, c'est un des plus beaux jours de ma vie. Il m'aime, je l'aime. C'est merveilleux !

— Je suis content pour toi.

— Et toi ? Es-tu heureux avec Anne ?

— Oui, elle est adorable.
— Elle est très jolie !
— Toi aussi !
— Menteur...
— Si, c'est vrai.
— Merci. Alors disons que tu as bon goût. Philippe, il faut que tu vives. Fais un effort. Tu peux te sauver toi-même, seulement il te faut la volonté.
— Je... je suis si fatigué. Je ne peux pas lutter. Laisse-moi ; tu ne peux rien pour moi, personne.
— Ne parle pas ainsi, tu n'as pas le droit.
— Je voulais te voir. Ils me disaient que tu étais vivante, mais je croyais qu'ils mentaient. J'ai voulu te voir de mes yeux...
— Je suis bien vivante Philippe.
— Ce bras en écharpe.
— Une égratignure. Ne t'inquiète pas, c'est déjà cicatrisé.
— Je... voulais te dire...
— Rien Philippe, repose-toi. Tu as déjà beaucoup trop parlé et tu t'es fatigué. Je vais te laisser, je reviendrais plus tard, si tu le veux.
— Bien sûr...
— Veux-tu que je dise à Anne de rester près de toi ?
— Non, je suis fatigué, tu as raison. Mais, dis-lui qu'elle vienne plus tard.
— D'accord, repose-toi.
— Vanessa, merci, cela m'a fait plaisir de te voir.
— Moi aussi Philippe, moi aussi. Au revoir.
Elle retrouve Anne et Jaime à l'accueil.
— Comment l'as-tu trouvé Vanessa ? demanda ce dernier.
— Il semblait dégoûté de la vie à mon arrivée, mais... il a souri... m'a remerciée d'être venue, il m'a paru légèrement plus confiant lorsque je suis sortie. Voilà !
— Fatigué ?
— Calme, mais il a beaucoup parlé. Maintenant oui, il est assez fatigué. Je... Je retournerai le voir ce soir. Pour le moment, il préfère être seul. Il va dormir un peu. Venez à la maison, si vous voulez Anne, nous reviendrons tous les trois ce soir. Tu veux bien Jaime ?

— Bien sûr ma chérie, c'est une excellente idée.

— Merci, docteur Friedberg. Je vous remercie aussi d'être là, cela prouve des tas de choses, et je... je vous souhaite beaucoup de bonheur à tous les deux.

— Merci Anne. C'est vrai, j'étais borné, jaloux. Vous savez, c'est grâce à Philippe que nous avons fait la paix.

— Vraiment ? Vanessa.

— Oui Anne c'est vrai. Je... Je l'ai dit à Philippe, il m'a répondu : « je suis content pour toi ». Il m'a avoué qu'il était très heureux avec vous, que vous étiez adorable, et je le crois aussi...

— Vanessa. Ne vous a-t-il rien dit de particulier ?

— ... Non Anne, je ne vois pas, non.

— Vous a-t-il au moins expliqué pourquoi il voulait vous voir ?

— Oh oui. Ce n'était rien. Lorsqu'on lui a dit que j'étais vivante, il n'a pas voulu le croire. Il voulait me voir de ses propres yeux. « Cela m'a fait plaisir de te voir » m'a-t-il dit avant que je ne sorte, il avait l'air calme et heureux.

Le docteur Taylor s'avançait vers eux.

— Alors madame Friedberg, comment se porte notre blessé ?

— Je crois que je l'ai un peu fatigué à bavarder. Il se repose.

— Etait-il encore sombre dans ses idées lorsque vous l'avez quitté ?

— C'est difficile de se rendre compte d'un quelconque changement en si peu de temps. Il avait l'air serein, pourtant il m'a dit à un moment, « laisse-moi, tu ne peux plus rien pour moi ».

— Vous reviendrez le voir ?

— Si vous le permettez, oui docteur. Nous reviendrons tous les trois ce soir.

— Ce n'est pas le moment de le laisser sombrer davantage, ce serait très dangereux. Il peut être sauvé, il faut persévérer !

— Nous n'avons pas l'intention de l'abandonner docteur.

— Oui, je sais bien. Mais il s'affaiblit vite. Il faut qu'il réagisse, s'il ne le fait pas...

— Combien ? demanda Jaime. Puis il se reprit : Excusez-moi Anne, je ne voulais pas vous effrayer.

— Eh bien, répondit le docteur Taylor, trois, quatre... mettons cinq jours maximum, pour qu'il puisse s'en sortir, si toutefois il avait cette volonté qui lui manque en ce moment.

— Un miracle en somme, n'est-ce pas ?

— Anne, il ne faut pas désespérer !

— Vanessa a raison Anne, il faut y croire jusqu'à la dernière seconde, ma fille, un jour, a voulu se tuer. Un mensonge de Vanessa l'a sauvée... C'est un miracle qu'elle ait trouvé à temps les mots qu'il fallait.

— Moralement ! Mais physiquement...

— Physiquement mademoiselle, comme vous dites, nous avons fait tout ce qui était en notre pouvoir de faire au point de vue médical. Pour le moment nous sommes impuissants ; sa guérison ne dépend que de lui, vous comprenez ?

— Oui docteur. Pardonnez-moi. Vous avez dit cinq jours ?

— Hum... maximum, oui.

— Que peut-on faire de plus, mon Dieu ? Le raisonner, comme un gamin ? Lui parler doucement, comme à un bébé, ou lui parler d'amour, du passé ?

— Calmez-vous Anne. Non, oubliez vous aussi le passé. Regardez vers l'avenir. Parlez-lui de votre avenir à tous les deux. Dites-lui ce que vous auriez envie de faire lorsqu'il sera guéri.

— Oh Vanessa. Je ne sais pas jouer la comédie.

— Il ne s'agit pas de comédie. Dites-vous qu'il va guérir, qu'il ne peut en être autrement. Il faut préparer son retour. Demandez-lui par exemple de fixer la date de votre mariage, dites-lui que vous avez trouvé un autre appartement, qu'il va lui plaire, que vous voudriez changer les meubles, demandez-lui son avis pour choisir la tapisserie. Que sais-je encore ? Je ne peux pas lui dire cela, moi !

— Je voudrais avoir votre force Vanessa. Cela m'aiderait beaucoup...

— Vous croyez que je suis forte Anne ? Vous vous trompez, je suis tout le contraire. J'essaie de le paraître, c'est tout. Je pense que nous sommes tous un peu pareils. Venez, rentrons.

Jaime se tourna vers le chirurgien.

— Tu nous préviens s'il se passait quoi que ce soit ?

— Bien sûr vieux, sois sans crainte je vais le bichonner. A ce soir.

Dans l'automobile, Anne ne put s'empêcher de remarquer :

— Je n'aime pas ses façons de parler à ce docteur Taylor.

Vous avez entendu : « je vais le bichonner, soyez sans crainte ! ». il a dit cela comme si il avait dit : « je vais lui préparer une belle mort, rassurez-vous ! »...

— Anne, vous avez tort de parler ainsi. C'est un très grand chirurgien. Il faut le connaître, c'est tout. Il peut choquer c'est vrai, mais c'est la façon de s'exprimer de beaucoup de membres du monde hospitalier, surtout pendant leurs fonctions. Je parle ainsi lorsque je suis avec lui, nous nous comprenons ! Cela n'empêche pas qu'il soit un excellent chirurgien Anne. Pour lui, c'était une manière de dire qu'il allait s'en occuper personnellement. Il se peut même, s'il n'est pas trop bousculé, qu'il le veille luimême, cette nuit. Je le connais Anne. Vous devez comprendre notre façon de parler. Nous côtoyons la mort tous les jours, nous ne pouvons être tristes tous les jours. Notre vie ne serait pas gaie ! Nous n'avons guère le temps de nous apitoyer sur le sort d'un tel ou d'une telle. Dites-vous bien que nous faisons notre possible... toujours !

— Excusez-moi docteur, je ne voulais pas...

— Bien sûr voyons. Nous comprenons aussi vos paroles... vos angoisses... Nous savons quelles vont être vos réactions. Nous arrivons, vous allez vous étendre un peu. Après quelques heures de repos, cela ira mieux, vous verrez. Venez.

— Alors Jaime ? Comment va-t-il ? demanda Sophie dès leur entrée.

— Je ne l'ai pas vu aujourd'hui. Mais Vanessa dit qu'il est très faible.

— Oui Sophie, dit celle-ci, et il a des idées noires, cela n'arrange rien. Je lui ai parlé un peu et je l'ai fatigué. Nous irons de nouveau ce soir à l'hôpital, en attendant, conduisez Anne à notre chambre, qu'elle se repose un peu. Ce sont les ordres du docteur.

— Tu ne t'es pas beaucoup reposée Vanessa, remarqua son mari.

— Je me sens très bien. Ne t'inquiète pas.

— Vous êtes bien pâle ma fille, pourtant...

— Je le suis toujours un peu de nature maman, mais je vous assure que je me sens très bien !

— Maman. excuse-nous un instant, tu veux ? Je voudrais parler à mes deux petites femmes. Oh Sophie, tu tombes bien justement ! Tu vas tenir compagnie à maman pendant que j'enlève Vanessa et Manou. Venez vous deux ! Non Manuela, pas dans la bibliothèque, nous serons mieux dehors, le soleil commence à paraître. Mettez quelque chose sur vos épaules.

Dehors, il faisait bon ; quelques petites flaques d'eau s'étaient formées sur le sol.

— Bien ! Mes petites chéries, nous allons faire le point, annonça-t-il gravement.

— Par qui commences-tu ? interrogea Manuela. Ne me dis pas que tu souhaites que je prenne la parole en premier ?

— Mais, pourquoi pas ? Si tu as quelque chose à dire.

— Tu me fais marcher !

— Absolument pas. Parle !

— Euh... Eh bien, justement, aujourd'hui je n'ai pas grand-chose à dire ! Je... Je remarque seulement que tu as beaucoup changé en peu de temps papa, et je suis très fière de toi, mais ne change plus, reste tel que tu es en ce moment, je t'en prie. Tu sais... tu étais vraiment impossible !

— Mais oui. J'étais un tyran démoniaque. Je le reconnais et vous demande pardon pour tout. Désormais, je serais doux comme un agneau ! Demandez-moi ce que vous voulez.

— Hum, fit Manuela, doux comme un agneau tu as dit ? Eh bien, si tu tiens cette promesse, ma foi, je n'ai rien d'autre à te demander...

— Moi Jaime, fit à son tour Vanessa, je ne demande qu'un peu d'amour, de bonheur...

— Un peu seulement ?... Refusé ! Je donne tout ou rien. C'est à prendre ou à laisser.

— Alors, je veux tout !

— Voilà ce que j'aime le mieux : qu'on prenne des décisions rapides. Bravo ma chérie ! Tu as tout mon amour. Je voudrais même te donner plus, tu es si... merveilleuse, et toi ? Que me donnes-tu ?

— Seulement mon amour, pour toute la vie ! J'aimerais aussi te donner beaucoup plus, tu es si merveilleux. Euh, depuis ce matin...

— Oh la la ! Je crois que je vais vous laisser roucouler en

paix, car j'aurai trop peur de faire tourner la sauce au vinaigre. Eclipsons-nous pendant qu'il est encore temps !

— Hep là ! Doucement, pas si vite, ma jolie. Rien n'a été mis au point. Peut-on savoir, s'il te plaît, ce que tu as répondu à ta grand-mère lorsque nous sommes partis ? Elle te demandait de lui expliquer la situation. Dis-nous comment tu t'es débrouillée ?

— Pas mal du tout, je crois. Tu sais papa, grand-mère n'est pas curieuse, elle !

— Cela veut-il dire que je le suis, moi ? Bon d'accord, passons. Réponds tout de même à ma question.

— Sois sans crainte, je m'en suis très bien sortie.

— Je veux des explications.

— D'accord, inutile de t'énerver. Elle m'a surtout posé des questions sur l'homme qui se trouve à l'hôpital.

— Et sur Mireille ?

— Non papa. Elle n'a absolument rien voulu savoir du passé... Grand-mère est une personne très réaliste. Elle vit vraiment avec son temps. « Le passé est le passé, c'est l'avenir qui m'intéresse, si ton idiot de père s'était occupé de son avenir et du vôtre à toi et à Vanessa, il ne serait pas aujourd'hui dans cette situation grotesque. Le rôle de mari jaloux ne lui va vraiment pas, surtout lorsque l'on connaît bien Vanessa. Cette petite est parfaite », voilà, excuse-moi papa, c'est grand-mère qui parlait !

— J'ose l'espérer ! C'est tout ?

— Oui. Papa, le reste n'a aucune importance maintenant, aujourd'hui plus que jamais le passé est mort. Pour nous trois ! Vous êtes heureux ? Je le suis aussi. C'est merveilleux, non ?

— Tu as raison ma puce. Nous devons être tous les trois heureux. A partir d'aujourd'hui, nous changeons de vie. D'abord nous allons nous occuper de ton mariage un peu plus sérieusement ; nous inviterons tes futurs beaux-parents dès demain. Il y a bien longtemps que nous ne les avons vus. Tout va changer Manuela, tu vas voir.

— Ouais ! Je verrais... pas plus tard que ce soir, n'est-ce pas papa ?

— Voyons, tais-toi ! ordonna-t-il en comprenant très bien le sous-entendu de sa fille.

— Oh non, par pitié, plus de cachotteries, supplia Vanessa.

— Allez, courage papa, explique à Vanie. Mais va-y donc ! De toutes façons, tu as perdu.

— D'accord j'ai perdu. Et puis d'abord, laisse-nous maintenant, nous avons à parler.

— Il y a longtemps que cela devrait être fait et en silence, enfin, ce n'est pas encore trop tard, remarqua Manuela en s'enfuyant.

— Est-ce vrai Vanessa ? Est-ce encore temps ? Pouvons-nous enfin nous retrouver et... parler calmement.

— Jaime, oh Jaime, je crois que ce serait le mieux. Nous sommes tous les deux plus calmes, nos cauchemars sont terminés, je pense que cela nous aidera beaucoup. Nous étions à bout de nerfs, c'est fini maintenant...

— Vous êtes une femme merveilleuse.

— L'émotion te fait oublier le tutoiement ?

— Oh oui, pardon chérie, c'est vrai, je suis tout ému. Comme lorsque j'ai rencontré la mère de Manuela. Pourtant tu es différente d'elle sur certains points.

— Tu l'as beaucoup aimée, n'est-ce pas ?

— Oui beaucoup !

— Manuela te parle d'elle quelquefois ?

— Rarement. Je préfère cela d'ailleurs, je n'aime pas la voir triste, elle qui est si pleine de vie. Le passé est mort chérie. Parlons de nous. Viens plus près de moi. Nous avons beaucoup de temps à rattraper, et je... j'ai un grand nombre de choses à me faire pardonner.

— Oublions cela. Nous commençons seulement à vivre. Je n'ai rien à te pardonner.

— Adorable petite femme. Quand je pense à quel point j'ai été aveugle. Tu étais là, belle et désirable.

— Oh non...

— Si si ! et même plus. Je m'en rends compte à présent. Quand je... lorsque j'y pense. J'ai envie de me battre !

— Dis-moi. Qu'a donc voulu dire Manuela tout à l'heure, à propos de ce soir ? Tu ne m'as pas encore expliqué...

— Euh... Eh bien, elle voulait dire que... Enfin, c'est sans importance.

— Non, non. Cela a sûrement de l'importance, allez parle.

— Enfin chérie... et puis je suis certain que tu as parfaitement compris.

— Possible.

— Alors, sois gentille...

— Pas question, réponds-moi.

— Allons, cessons ces enfantillages, je sens que le ton va monter.

— Eh bien, tant pis pour toi, tu le cherches. Voyons, est-ce si difficile à dire ?

— Très. Tu... m'intimides. Aide-moi un peu... hum ?

— Tu ne fais aucun effort pour vaincre la timidité dont tu es soi-disant atteint !

— D'accord je me jette à l'eau, ou plutôt à tes genoux, pour te supplier de ne pas... enfin, de bien vouloir laisser la porte de ta chambre... euh... entrouverte, ce soir. Vois-tu, je suis un peu pris à mon propre piège. Je ne pensais pas que...

— Tu ne t'attendais pas à la visite de tes parents, hein ?

— Eh bien... euh, non !

— C'est très ennuyeux.

— Tu trouves ? Euh... je veux dire... oui, bien sûr. Tant pis. Il y a le canapé du salon.

— Tu n'y songes pas. Que penseraient tes parents ?

— Evidemment ! Hum, chérie, tu es sûre de ne pas être en train de me faire marcher ?

— Voyons chéri, je n'oserais pas. Oh grand fou. Comment peux-tu croire une seconde que je te fermerai ma porte ? Et ce soir en plus ! Où justement nous venons vraiment de nous retrouver.

— C'est vrai que je suis fou, fou de toi.

— Tu vas me faire rougir Jaime. Ne sommes-nous pas de vieux mariés ?

— Mais pas du tout. Puisque nous n'avons pas eu notre nuit de noces, mais cela va changer !

— Jaime, fit soudain Vanessa l'air grave. Jaime, ne sois pas jaloux de Philippe...

— Pourquoi changer de sujet brusquement ? Pourquoi briser ces moments merveilleux ?

— Il faut en parler, tout de suite. Tu as dit toi-même qu'il fallait faire le point. C'est le moment ou jamais. Jaime... tu as peur ? Tu as tort, je... je n'ai plus rien à t'avouer, tu sais tout. Seulement tu dois accepter ce que je t'ai dit. C'est la pure vérité. Jaime, il faut l'accepter. N'as-tu pas confiance en moi ?

— Si chérie...

— Qu'est-ce qui te retient alors ?

— Lui.

— Lui ? Philippe ? Voyons... tu ne penses pas ce que tu dis. Il est mourant Jaime. Il va mourir.

— Non !

— Non ? Que veux-tu dire ? Taylor disait il y a peu de temps qu'il n'y avait pas beaucoup d'espoir.

— En effet. Il y en a très peu.

— Mais alors ? Je ne comprends pas Jaime.

— Si, tu comprends !

— Mais pas du tout, je t'assure !

— Toi, tu sais qu'il vivra, n'est-ce pas ?

— ...

— Pourquoi ne dis-tu rien ?

— Je ne sais pas. Jaime je ne sais plus. Je ne suis pas médecin moi, comment veux-tu que je sache ?

— Tu sais ! Tu espères, chaque jour tu espères, non ?

— Bien sûr. Je ne souhaite pas sa mort. Tu es sinistre tout à coup.

— C'est moi qui suis médecin et c'est toi qui espères. N'est-ce pas curieux ?

— Ta jalousie te reprends.

— Je ne suis pas jaloux de toi.

— Je sais. Tu es jaloux de lui. C'est ridicule.

— Tu as raison, je suis ridicule.

— Jaime, mon chéri. Il n'y a que toi et moi, d'accord ?

— Pardon mon amour. Je viens juste de te retrouver et j'ai déjà peur de te perdre. Viens m'embrasser, tu as raison il n'y a que nous.

Par la fenêtre, quelqu'un épiait leurs gestes.

— Sophie, Manuela, venez voir, regardez ! Ne sont-ils pas mignons ?

— Tu as raison grand-mère. Tu sais, je ne reconnais plus

papa. Vanessa l'a littéralement transformé. Je crois qu'il est enfin heureux.

— Il l'est crois-moi, et cela se voit non ?

— Que font donc ces trois curieuses à la fenêtre ?

— T'es-tu bien reposé grand-père ? Viens voir, d'ici nous avons une vue sensationnelle sur notre jardin !

— Hum, en effet. Je dirais même romantique... très romantique. Ils sont merveilleux nos amoureux. Ils forment vraiment un beau couple. Jaime a trouvé une perle rare... et ravissante. Tiens ! Vous avez de la visite.

— Mais... mais je les reconnais, ce sont les Roberts ? s'exclama madame Friedberg. Mon Dieu, ils n'ont pas changé. A part les enfants qui ont évidemment grandi. Rappelle-moi leurs noms ma petite fille.

— Eve et Frédéric !

— C'est donc lui que tu as choisi. Hum, tu es bien comme ton père.

— Ce qui veut dire ?

— Que tu as du goût, tout simplement. Venez, allons les accueillir. J'espère que nous n'avons pas trop vieilli.

— Ce sont bien eux, tu n'as pas menti Jaime ! Ce sont tes parents, s'exclama Lise. Madame Friedberg, j'espère que vous ne nous avez pas oubliés ?

— Bien sûr que non, chère Lise, je vous ai tout de suite reconnue ainsi que les enfants. J'ai d'ailleurs appris une merveilleuse nouvelle au sujet de ce jeune homme. Ainsi, mon garçon, tu veux entrer dans notre famille de fous. Je te souhaite bien du courage. Allons, allons, je plaisante ! Quel âge as-tu déjà ?

— Vingt et un ans madame Friedberg.

— Il faudra t'habituer à me dire grand-mère. C'est merveilleux les jeunes à cet âge-là, n'est-ce pas Allan ?

— Oui, mais que de soucis. Enfin, pour lui c'est presque terminé. Manuela prend le relais, si je peux dire. Maintenant c'est au tour de notre petite Eve... petite, je veux dire qu'elle n'a que quinze ans.

— La vie serait triste sans soucis, Allan ! déclara monsieur Friedberg.

— C'est vrai ! reconnut celui-ci.

— Entrez, entrez. Il y a bien longtemps que nous n'avons pas été réunis tous. Je vous demanderais toutefois de ne pas parler trop fort, une amie se repose après de terribles moments... qui ne sont d'ailleurs pas terminés pour elle.

— Nous comprenons fort bien Jaime. Par l'intermédiaire de Manuela qui nous donnait régulièrement de vos nouvelles, nous avons vécu un peu comme vous tous, dans l'attente et la peur.

— Allan, tu es gentil, reconnut Vanessa. Puis elle murmura tout bas. Je te remercie du fond du cœur, bien que tu n'aies pas eu à intervenir, je te remercie. Je sais que tu as dû être très embarrassé par ma demande.

— Un peu, je l'avoue, répondit-il également tout bas. Mais nous sommes amis, n'est-ce pas ? Alors, entre amis il faut parfois s'entraider. Qui peut dire si un jour nous n'aurons pas besoin de vous, nous aussi !

— C'est cela l'amitié Allan.

— Oui Vanessa, c'est cela. Mais n'en parlons plus, il faut oublier les mauvais moments, et puis vous avez fait la paix je crois ? D'après ce que nous avons pu voir en arrivant ! Dis-nous un peu comment va ton épaule ?

— Mieux, mais j'avais perdu beaucoup de sang, aussi étais-je un peu à plat. Vraiment, pendant une semaine je me suis fait dorloter. A part une ou deux infirmières un jeu jalouses...

— Et l'homme qui se trouve à l'hôpital. va-t-il s'en sortir ? C'est assez sérieux je crois ? demanda Allan en élevant un peu plus la voix.

— Assez oui, même critique, jusqu'à présent il n'y a guère d'amélioration... de toutes façons sa complète guérison sera très longue, la balle était logée près du cœur, déclara Jaime. Sophie ? Sert l'apéritif s'il te plaît. Asseyez-vous, ne restez pas debout.

— Bien sûr, plusieurs mois vont être nécessaires, selon la constitution du sujet, et la volonté également joue beaucoup.

— Le problème est là justement Allan, la constitution. S'il n'y avait que cela il s'en sortirait sûrement, c'est un solide gaillard, seulement en ce qui concerne la volonté, c'est autre chose.

— Il est très faible, il a perdu beaucoup de sang, constata Vanessa.

— Oui, il faut ajouter cela aussi.

— Tu t'en occupes ? interrogea Elisabeth.
— Non... Taylor !
— C'est un bon chirurgien, remarqua-t-elle.
— Assez parlé de cela, je vous en prie, murmura Vanessa.
— Tu as raison chérie, tu es toute pâle, excuse-nous, tu dois oublier tous ces pénibles moments et nous n'arrêtons pas d'en parler.
— Nous n'allons pas vous ennuyer bien longtemps, déclara Allan, vous avez besoin de vous reposer tous.
— Oh, j'oubliais. Etes-vous libres demain ? demanda Jaime.
— Demain ? Non, désolés. Nous allons déjeuner dans l'île de Ré, le frère de Lise nous réclame depuis plus d'un mois, et nous lui avons donné notre accord pour demain. Pourquoi ?
— Nous voulions nous aussi vous inviter.
— Oh quel dommage. Cela aurait été avec plaisir.
— Et dimanche en huit ?
— Avons-nous quelque chose de prévu Allan ? Je ne crois pas.
— Non, affirma celui-ci, nous serons chez nous.
— Alors nous vous attendrons pour déjeuner, d'accord ?
— Entendu Vanessa, avec plaisir. Nous mettrons au point les quelques détails qui restent pour le mariage des enfants.
— Nous y avions justement pensé, admit Jaime.
— Nous nous verrons peut-être avant, en attendant nous souhaitons un bon séjour aux parents Friedberg.
— Merci beaucoup Allan, vous êtes vraiment très gentil, ma femme et moi n'avons aucune inquiétude à ce sujet, nous avons déjà été très bien accueillis. Nous espérons seulement que nous n'allons pas trop gêner nos amoureux.
— Qu'allez-vous chercher papa ! gronda Vanessa, nous sommes si heureux de vous avoir avec nous.
— Bon, les enfants... C'est l'heure de déjeuner, constata Allan. Frédéric ? Voyons, tu as assez embrassé cette jeune personne ! dit-il en parlant de Manou. Allez, viens.
Les deux familles se séparèrent en se souhaitant un bon appétit. A ce moment Anne fit son apparition.
— Anne. Vous êtes-vous bien reposée ? questionna Vanessa.
— Oui merci. J'espère que je ne vous ai pas dérangés, je m'en voudrai de...

— Voyons Anne. Vous êtes ici chez vous. Avez-vous dormi un peu ? Peut-être avons-nous fait du bruit... s'excusa Jaime.

— Non, pas du tout. Je me sentais fatiguée, et pourtant je n'ai pas pu fermer l'œil. Rassurez-vous, vous avez été très silencieux, et ce n'est pas de votre faute ; il y a tant de choses dans ma tête.

— Mais venez vous asseoir, déclara monsieur Friedberg.

— Je ne voudrais pas abuser. Vous êtes en famille.

— Voyons mon enfant, intervint madame Fridberg, ne soyez pas gênée, vous savez, mon mari et moi n'avons pas souvent l'occasion d'avoir de la jeunesse à nos côtés... et mon mari adore la jeunesse, surtout féminine, il fait déjà sa cour à sa bru, mais regardez-le ! Voyons, mon ami, laisse un peu cette petite et viens faire un tour de jardin avec moi...

— Vous voulez nous imiter maman ? demanda Vanessa en riant.

— Oh, mon petit, cela n'est plus de notre âge, place aux jeunes, allons John, viens-tu ? Manou, viens donc avec nous.

— Mais grand-mère, je...

— Je te dis de venir. M'entends-tu ?

— Bon d'accord. Il fallait le dire tout de suite, et pourquoi pas Sophie ?

— Sophie a le déjeuner à préparer, constata Esméralda Friedberg en regardant celle-ci.

— Exact ! J'y vais tout de suite ma chère amie...

Prétexte évident pour laisser Vanessa, Anne et Jaime, seuls.

Après le déjeuner, auquel Anne s'était jointe, les parents Friedberg s'installèrent devant la télévision ; Manuela ne tarda pas à les rejoindre, pour peu de temps d'ailleurs, car Frédéric arriva bientôt pour l'emmener faire un tour dans sa nouvelle voiture. Pour Jaime ce fut l'heure des consultations, Anne et Vanessa restèrent seules.

— Vous savez conduire Anne, je crois ? interrogea Vanessa.

— Oui, pourquoi ?

— Vous possédiez une voiture ? Elle est... là-bas ? Devant l'appartement ?

— Oui. Elle n'a pas dû être changée de place depuis le jour de notre arrivée. J'avoue qu'en ce moment elle me serait bien utile. J'en ai assez de prendre l'autobus.

— Justement. Je voulais vous proposer d'aller la chercher. Nous prendrions un peu l'air par la même occasion ; seulement avec un bras en écharpe je ne peux pas tenir un volant.

— Eh bien, il y a un arrêt de bus tout près.

— Mais vous venez de dire que vous étiez fatiguée de prendre le bus !

— Alors ce sera la dernière fois. Je dois avoir l'horaire de celui qui nous intéresse.

— Bon d'accord. Je vais prévenir mes beaux-parents et aussi Jaime ; il pourrait leur tenir compagnie entre deux consultations, pour ne pas qu'ils s'ennuient. De toute façon, aujourd'hui ils doivent se reposer de leur long trajet de voiture. Vous voudrez bien revenir me déposer ici. Pour leur première journée avec nous, je m'en voudrais de les abandonner trop longtemps.

— Entendu, je vous attends. Si vous avez besoin que je vous apporte quelques provisions, ne vous gênez surtout pas.

— Merci Anne. Mais Sophie dit que c'est son domaine. Je vais les prévenir.

L'horaire annonçait un bus à quinze heures trente, et il était à peine le quart, elles parcoururent donc les cent mètres qui les séparaient de l'arrêt, sans se presser. L'autobus les conduisit donc jusqu'à Mireuil. La station n'était qu'à quelques pas de la voiture d'Anne. Vanessa reconnut ce curieux bâtiment en briques rouges qu'elle avait déjà aperçu par la fenêtre de l'appartement.

— La Maison de Quartier ! lui annonça Anne.

— Je l'ignorais. Je ne suis jamais passée par ici, sinon je l'aurai reconnue et du même coup j'aurai su où je me trouvais.

— Qu'auriez-vous pu faire de plus ?

— Rien, bien sûr. Vous avez bien les clés de la voiture ?

— Oui. C'est plus souvent moi qui pilote, Philippe s'en voudrait d'abimer ma voiture. Vous n'avez vraiment pas de courses à faire — Ne vous gênez surtout pas Vanessa.

— Non Anne. Je vous remercie beaucoup. Je préfère rentrer, il y a longtemps que je n'ai pas été chez moi. Jaime, Manuela, Sophie, ils m'ont tellement manqué. Partons, je vous en prie, cet endroit me rappelle tant de choses.

— Oui, à moi aussi. Je crois que je n'aurai jamais osé revenir chercher la voiture, surtout seule. Je... Je vais changer d'appartement Vanessa, je crois que... je ne pourrai plus me plaire ici... J'ai réfléchi à ce que vous m'avez dit à l'hôpital. Je pense que je vais suivre vos conseils. D'abord, je pars d'ici, et puis je change le mobilier.

Il y eut un temps mort, puis elle reprit :

— Vanessa, il faut que je...

— Oui Anne, qu'y a-t-il ?

— Vanessa, dites-moi la vérité. Si cruelle soit-elle. Je veux savoir. Il va mourir, n'est-ce pas ?

— Anne... Non. Il va vivre. Il doit vivre, pour vous.

— Votre mari vous a dit quelque chose ?

— Euh, non. Mais je le pressens. Je ne sais comment vous dire cela. Je le sens, je le sais. J'en suis sûre, il ne peut mourir Anne. Ce serait trop cruel. Vous me comprenez ?

— Je crois, oui. A un certain moment quelque chose. Enfin quelqu'un, quelqu'un m'a dit : « il va vivre, ne t'inquiète pas »...

— Quelqu'un ?

— Oui ! Non... Je veux dire... J'ai cru que c'était quelqu'un. J'avais dû m'assoupir. Je ne sais plus. J'étais seule à ce moment-là. Pourtant j'ai cru entendre une voix, et puis c'est devenu une certitude. Il devait vivre.

— Alors, il vivra. Moi aussi Anne, j'en ai la certitude.

— Nous sommes arrivées. Hum... Je crois que la police est chez vous.

— Oui, en effet. Faites vos courses sans inquiétude. A votre retour nous retournerons à l'hôpital.

— D'accord. J'en ai pour deux petites heures, pas beaucoup plus. Si le commissaire veut me voir.

— Ne vous inquiétez pas. J'arrangerais cela. Vous dînez avec nous ?

— Volontiers. Merci Vanessa, je me sens si seule. A tout de suite.

Elle embraya et s'éloigna. Vanessa s'avança dans l'allée.

— Monsieur le commissaire. Que nous vaut l'honneur de votre visite ? demanda-t-elle au commissaire Dartois qui attendait devant la porte d'entrée de la maison.

— N'y a-t-il donc personne chez vous ? J'ai sonné mais sans résultat.

— Si pourtant. Mes beaux-parents sont ici ; mais ils doivent regarder la télévision. Ils n'ont pas dû entendre avec le son. Entrez, je vous en prie.

— Vous avez bien une gouvernante ?

— Sophie ! Oh, elle papote avec eux sûrement. Ne me dites pas que vous avez de nouveaux problèmes ?

— Non. Je passais. Je me suis permis de venir prendre de vos nouvelles.

— C'est très galant de votre part.

— De votre famille aussi, bien entendu.

— Je n'en doutais pas commissaire. Eh bien, vous le voyez, je vais bien, ma blessure se cicatrice. Ma famille va également très bien, je vous remercie, et la vie reprend son cours.

— C'est bien mademoiselle Leroy que j'ai aperçue dans la voiture qui vous a déposée ?

— Votre vue ne vous trompe jamais, commissaire.

— Je n'étais pas sûr...

— Allez, dites-moi franchement où vous voulez en venir ! Mais je vous en prie, asseyez-vous. Vous prendrez bien quelque chose ?

— Non. merci. Avez-vous des nouvelles de l'homme qui est à l'hôpital, comment va-t-il ?

— Je crois que vous le savez aussi bien que moi, commissaire. Ne l'avez-vous pas déjà interrogé ?

— Non, les médecins n'ont pas donné l'autorisation de l'approcher. Par contre, j'ai appris que vous, vous lui aviez parlé. Evidemment, vous êtes la femme d'un médecin !

— Sachez, monsieur le commissaire que c'est le blessé lui-même qui a demandé cette entrevue. C'était sa volonté, il me semble que je ne pouvais pas lui refuser cela.

— J'ai une enquête à...

— Je croyais l'affaire classée...

— C'est-à-dire... oui, bien sûr, seulement il nous manque le témoignage d'un des protagonistes de cette affaire...

— C'est donc cela !

— Ecoutez madame Friedberg. J'ai entendu la version de mademoiselle Leroy, j'ai également entendu la vôtre. Vous m'aviez caché beaucoup de choses.

— Je l'admets monsieur le commissaire, j'avoue ne pas aimer reparler du passé, mais nos deux versions ne sont-elles pas similaires ?

— Si, à quelques mots près, sur lesquels je ne vais pas jouer croyez-moi, mais...

— Mais une troisième version vous conviendrait tout à fait ! Mais puisque...

— Madame Friedberg, je fais mon métier. S'il ne tenait qu'à moi, vous comprenez. Mais j'obéis aux ordres de mes supérieurs !

— Je comprends fort bien. Seulement, ce dernier témoin est au plus mal. Vous ne l'ignorez pas. Qu'arriverait-il s'il mourrait.

— Rien de plus, c'est certain !

— Avez-vous aussi interrogé monsieur Fontant père ?

— Euh, oui, effectivement. Je... Nous l'avons arrêté, selon les ordres reçus de nos supérieurs.

— Arrêté ? C'est absurde, pour quels motifs ?

— Complicité. Non-assistance à personne en danger.

— Vous savez très bien qu'il avait interdit à son fils de nous persécuter !

— En effet. Qu'a-t-il fait ? A part de lui interdire ? Rien, il n'a rien fait.

— Comprenez cet homme. On ne peut le lui reprocher ; il adorait cet enfant. Il l'avait reconnu pour fils, comment pouvez-vous croire une seconde qu'il l'aurait dénoncé. Il n'avait plus que lui. C'est une épave, et je le plains.

— La loi dit que...

— Que tout individu se doit de porter secours... et que nul n'est sensé ignorer cette loi. Je le sais commissaire, et lui le sait aussi. Où l'avez-vous trouvé ?

— Où croyez-vous ? Dans un bar.

— Alors vous allez l'inculper pour complicité ?

— Et non-assistance à personne en danger, oui. J'ai le devoir de le faire.

— Vous savez mieux que moi où est votre devoir. Je ne me permettrais en aucune façon de juger vos actes.

— Voyons madame Friedberg, il savait que son fils était un assassin. Il savait également, j'en suis persuadé, ce qui allait arriver et vous avez pitié de cet homme. Elle est jolie l'amitié qu'il portait à votre famille, vous ne trouvez pas ? Et vous avez pitié. Si je comprends bien, vous lui pardonnez ?

— Monsieur le commissaire. Imaginez-vous à sa place. Non, c'est idiot ce que je dis. Vous avez prêté serment en tant qu'officier de police judiciaire de tuer même ceux qui vous ont donné le jour. Vous ne pouvez pas comprendre !

— ...

— Je reconnais qu'il a certains torts, qu'il aurait peut-être, je dis bien, peut-être évité ce massacre s'il avait parlé... qu'un homme lutte en ce moment contre la mort... mais nous ne sommes, ni vous ni moi, devant un tribunal, et je ne suis pas juge, pourtant je l'acquitterai oui, vous avez bien entendu, je l'acquitterai, et je suis certaine que mon mari serait de cet avis.

— Le serait-il si vous aviez succombé à vos blessures ? Et votre amie mademoiselle Leroy le sera-t-elle si son petit ami vient à décéder ?

— Je suis vivante et Philippe aussi. David Fontant n'est pas un assassin. Vous confondez avec son fils. Il n'est tout de même pas responsable de toutes ses bêtises. Il était majeur et il découchait depuis belle lurette !

— Qu'adviendrait-il de lui s'il était acquitté ?

— Je l'ignore monsieur le commissaire. Je sais que, pour ma part, il aura toujours une place dans cette maison. Je sais également ce à quoi vous êtes en train de penser... et c'est ignoble !

— En effet, c'est ignoble commissaire, confirma Jaime qui avait entendu. Je vous écoute parler à ma femme depuis quelques minutes déjà, et le fait que vous puissiez penser une seconde qu'un homme qui n'a plus aucune famille, plus aucune attache, de surcroît alcoolique, serait mieux en prison qu'à l'air libre, ce fait est pour moi répugnant. J'ignorais, que vous commissaire, vous qui représentez la loi, donc la justice, vous puissiez raisonner de cette façon. Sachez que, pour ma part, je suis de l'avis de mon épouse. Ce n'est plus qu'une loque, qu'un pauvre hère sans défense aucune. Il viendrait à l'instant même me supplier de le pardonner, je le ferai, si ce n'est déjà fait. Il n'est pas responsable de ce qui s'est passé, même s'il y a joué un rôle. Personne ne peut lui reprocher d'avoir aimé deux êtres plus mauvais l'un que l'autre. Personne !

Le commissaire fut pris de court et ne sut que répondre, il bafouilla :

— Bon... Bon, de toute manière j'entendrais tout de même la version du blessé, dès que... dès que cela sera possible.

— Alors vous allez devoir être patient commissaire. J'espérais que cette affaire serait réglée plus rapidement, mais il est vrai que la justice est lente. Veuillez m'excuser, mais mes patients m'attendent, bonsoir, monsieur le commissaire.

— Bonsoir docteur.

Le commissaire Dartois ne reprit la parole que lorsque la porte du cabinet se fut refermée sur Jaime.

— Votre mari me semble assez nerveux. Je dirai même qu'il m'a paru plein de hargne à mon égard...

— Ne lui en veuillez pas, je vous en prie. Comprenez-le, depuis la mort de sa première femme, il n'avait plus que deux amis : le père de son futur gendre et David Fontant... et vous voulez faire condamner ce dernier, un ami de longue date. Cependant vous faites votre métier. Nous savons très bien quelles sont vos responsabilités. Mon mari le comprend aussi, je le sais, mais à la seule pensée de savoir un ami dans la peine... vous me comprenez, n'est-ce pas? Justice doit se faire et justice se fera, malgré tout.

— C'est bien ainsi que je l'entends. Madame Friedberg, il se fait tard, je dois être de retour à mon bureau à dix-neuf heures pour un interrogatoire et il les est presque, et je ne voudrais pas vous déranger plus longtemps. Bonsoir.

— Bonsoir commissaire. A propos. Au sujet de la jeune femme, elle ne sera pas inquiétée, n'est-ce pas ?

— Cela dépendra des déclarations de son ami !

— Evidemment, mais pour l'instant ?

— Elle est libre, à condition de ne pas quitter la ville sans nous en avertir.

— Elle pense déménager, sans toutefois quitter La Rochelle.

— Alors, qu'elle pense à nous fournir sa nouvelle adresse.

C'est tout ce que vous puissiez lui dire, qu'elle reste à notre disposition !

— Bien, je vous remercie, bonsoir.

Sept coups sonnèrent à la pendule du salon. Anne était partie depuis un peu plus d'une heure. Vanessa rejoignit ses invités.

— Je vous ai laissé seuls... excusez-moi. Jaime est venu vous voir au moins ?

— Ne vous inquiétez donc pas mon enfant. Sophie était là et vous savez que lorsqu'elle parle !... Jaime est venu nous voir quelques minutes, oui... Je vous répète, faites comme si nous n'étions pas là !

— Bon, puisque vous insistez... Jaime va bientôt avoir terminé ses consultations, dès que notre amie Anne sera de retour, nous irons voir le blessé à l'hôpital. Cela me chagrine beaucoup de vous recevoir dans un climat familial aussi bouleversé qu'en ce moment...

— Ne vous en excusez pas ma fille, nous comprenons les durs moments que vous avez dû passer. Il faut dire que nous avons le don pour arriver aux instants où les gens s'y attendent le moins. C'est' tant pis pour nous, et si vous êtes embarrassés, il ne le faut surtout pas. Croyez bien que nous le sommes davantage encore...

— Non, je vous en prie, d'ailleurs le climat s'est nettement amélioré, n'est-ce pas Sophie ? demanda Vanessa.

— Il n'en était que temps. Dans un certain sens, je suis contente, disons plutôt satisfaite, que Jaime ait dû passer par ces quelques affreux moments, ils lui ont fait comprendre son égoïsme et lui ont permis d'amoindrir sa fierté.

— Egoïsme et fierté. Je reconnais bien là les défauts des Maella, déclara monsieur Friedberg, d'ailleurs il tient cela de sa grand-mère maternelle !

— Voyons John. maman était très simple. Bien sûr. je reconnais que de temps à autre elle parlait un peu trop d'elle, mais ne la critique pas. Dieu ait son âme.

— Je constatais Esméralda et ne critiquais point ta chère mère. Tiens Jaime, tu tombes à pic. Dis-nous un peu ce que tu pensais de ta grand-mère Béatrix, pour nous départager.

— Eh bien... C'était une femme merveilleuse, comme maman

d'ailleurs. Bavarde et sophistiquée, sur ces deux derniers points tu ne lui ressembles pas, maman !

— Sophistiquée. J'ignore ce mot, déclara Esméralda Friedberg.

— Artificielle, pas naturelle, si tu comprends mieux, lui répondit son mari.

— Oui, d'accord. J'ai compris, pourtant je la trouvais très simple.

— Tu sais maman, nous avons tous nos défauts, remarqua Jaime.

— Evidemment, qui peut dire « je suis parfait » ? Nous avons nos manies... confirma son père, nous n'arriverons jamais à nous en débarrasser. Tiens, une voiture est entrée dans la cour, ce doit être votre amie.

— Oui, c'est elle. Oh, elle est chargée. Je vais aller l'aider. Je la trouve vachement sympathique, déclara Manuela en sortant.

— Que ce mot est laid, que veut-il donc dire ? Jamais je n'arriverais à bien comprendre le français, maugréa madame mère.

— De quel mot parles-tu, maman ?

— Je l'ignore en fait. J'ai cru comprendre le mot vache, mais j'ai du mal entendre !

— Oh ! Tu veux dire vachement ?

— Oui, c'est ce qu'a dit ta fille. vachement sympathique ! C'est horrible.

— Cela signifie terriblement sympathique ou très sympathique, tu sais maman, on dit cela couramment ici.

— Bonsoir, dit Anne. Je rentre tard, j'espère que cela ne vous a pas dérangés ?

— Voyons Anne, vous savez très bien que vous ne dérangez personne ici. Vous êtes chez vous. Vous m'avez confié tout à l'heure que vous n'aimeriez pas retourner à votre appartement. Si vous le voulez, restez couchér ici, ce canapé où nous sommes assis se transforme en lit, vous y dormiriez très bien, et je vous jure que cela ne nous dérange absolument pas, n'est-ce pas Jaime, demanda Vanessa, certaine à l'avance de la réponse.

— Bien sûr. J'allais d'ailleurs moi-même vous le proposer.

— Vous êtes tous très gentils. Mais l'amie qui m'a hébergée jusqu'à présent est seule, son mari est en déplacement pour quelques mois à l'étranger, cela ne la dérange pas et lui fait de la compagnie. Je vous remercie, vous avez déjà beaucoup fait pour moi.

— Vous vous trompez Anne. C'est vous qui nous avez beaucoup aidés, au contraire nous devrions vous remercier. Tous vos soucis, ce sont nous qui vous les avons donnés.

— Docteur Friedberg et vous aussi Vanessa, même si Philippe ne survit pas, je... je n'aurai aucune haine pour vous. Je veux que vous le sachiez, vous n'y êtes pour rien, ne vous accusez pas, c'était écrit. Personne n'aurait pû intervenir, vous le savez bien. Alors, à quoi bon se haïr, n'est-ce pas ? D'ailleurs, je n'ai jamais sû le faire, et puis les rôles auraient pû être inversés, qu'auriez-vous pensé de nous ?

— En effet, les rôles auraient pû être inversés, mais nous aussi nous ne savons pas haïr Anne. Je ne m'attendais pas à vous entendre parler ainsi, vous qui parliez amitié il y a quelques jours, aujourd'hui vous parlez de haine.

— C'est vrai docteur je parle de haine, excusez-moi. Voyez-vous, cela me trottait dans la tête au début. Je vous en voulais pour ce qui est arrivé à Philippe, j'avais des idées de vengeance, et puis j'ai repris le problème en sens inverse et je me suis dit que moi, je ne voudrais pas être haïe, je me suis maudite ensuite, je me suis presque haïe moi-même. Voilà, sommes-nous donc toujours amis ?

— Bien sûr Anne. Jaime vous l'a dit, nous ne savons pas haïr !

— Même après ce que je viens de vous dire ?

— Même Anne... et surtout après cela.

— Oh Vanessa, vous êtes bonne.

— Anne, je sens qu'il va guérir. Rappelez-vous notre conversation. Je vous dis qu'il ne peut mourir. Il faut y croire, il faut le croire.

La soirée s'écoula tristement. Tous étaient très fatigués. C'est la sonnerie du téléphone qui les fit sortir de leur torpeur. Jaime fut le premier à réagir et à décrocher l'appareil.

— Allo.

— ...

— Ah c'est toi ! Qu'est-ce qui se passe ?

— ...

— Quoi ? Bon D..., c'est pas vrai. Quand ?

— ...

— Tu as besoin de moi ?

— ...

— Bon sang. Je ne comprends pas. L'opération a été parfaite.

— ...

— Oui je sais, le moral n'y est pas. Mais tout de même, huit jours après l'opération. Qu'en penses-tu ?

— ...

— Bien sûr. Tu as fait le maximum mon vieux.

— ...

— Pourquoi ? Oui, elle est là, mais...

— ...

— Je peux très bien. Ecoute Taylor, ce qui la concerne me concerne aussi, tu ne crois pas ?

— ...

— D'accord, d'accord je m'efface, c'est ton malade. Si c'est sa volonté à lui, et ton devoir à toi, je m'incline. Tiens chérie, Taylor veut te parler personnellement, dit-il à Vanessa en lui tendant rageusement le combiné.

— Mon Dieu, c'est Philippe, fit Anne très pâle.

— Allo, docteur Taylor, bredouilla Vanessa, en se demandant si celui-ci allait confirmer ce à quoi elle pensait.

— ...

— Bonsoir. Vous ne me dérangez pas voyons. Qu'y a-t-il ? interrogea-t-elle.

— Oui, j'avais compris qu'il s'agissait de lui, admit-elle, tristement.

— ...

— J'avais également deviné cela, je dirais même que je redoutais ces mots. Docteur Taylor, qu'y puis-je ?

— ...

— Une faveur ? Mon Dieu, mais laquelle docteur ?

— ...

— Pourquoi me demande-t-il cela ? Quand a-t-il demandé cela? Après notre visite. Il sait très bien que je l'aurai fait, malgré tout.

— ...

— Mes sentiments envers eux n'ont pas changé. Il sait cela aussi.

— ...

— Merci. Je vous suis très reconnaissante d'avoir bien voulu me transmettre ses paroles. Nous allions nous y rendre. Ce n'est plus nécessaire, n'est-ce pas ?

— ...

— Bien sûr docteur Taylor, je vous comprends. Puis-je vous demander à mon tour une faveur ?

— ...

— Veillez bien sur lui, pour elle... Docteur Taylor, je peux compter sur vous ?

— ...

— Merci beaucoup. Bonsoir, dit Vanessa en raccrochant.

— Vanessa. Dites-moi. Et vous docteur, je vous en prie. Dites-moi la vérité, quelle qu'elle soit. Je veux savoir, supplia Anne.

— Calmez-vous Anne. C'est une chose qui peut arriver, mais cela ne veut rien dire. Je vous en prie, ne vous mettez pas dans cet état...

— Mais enfin docteur, dites-moi.

— Philippe est dans le coma. Mais je vous répète que cela ne signifie rien. Rien qui puisse vous alarmer davantage. Cela peut durer que quelques heures, je veux dire que...

— Oui, j'ai compris docteur, excusez-moi.

— Ne restez pas debout mon enfant, venez vous asseoir un moment, conseilla madame Friedberg voyant la pâleur de la jeune femme.

Anne s'exécuta comme un automate.

— Nous n'y allons pas comme prévu ? J'ai cru comprendre que le docteur Taylor ne voulait pas, demanda-t-elle.

— Oui, en effet, fit Vanessa. Nous ne pourrions rien faire de plus que ce qui a déjà été fait, vous comprenez ?

— Bien sûr Vanessa, je comprends. Il faut attendre.

— Oui Anne, il faut attendre. J'ai confiance, ce ne peut être qu'un nuage, le vent va le chasser, vous verrez.

— Que le ciel vous entende Vanessa.. Je... Je vais vous laisser maintenant. Il est tard. Je pourrais passer vous voir demain ?

— Quand vous voulez Anne. Nous restons en contact avec

l'hôpital. Pouvez-vous nous donner l'adresse de votre amie, si quelquefois nous avions besoin de vous ?

— Oh oui bien sûr docteur, suis-je bête. Elle a le téléphone, je vais vous l'inscrire sur ce papier, dit Anne en sortant un morceau de feuille blanche de son sac à mains. Elle y nota les renseignements, et le tendit à Jaime.

— Je vous remercie pour tout, Vanessa. Le commissaire Dartois a parlé de moi ? Vous a-t-il dit quelque chose ?

— Non Anne, rien de spécial. Seulement de lui communiquer l'adresse de votre nouvel appartement, lorsque vous l'aurez trouvé, bien sûr. Vous avez fait des démarches dans ce sens ?

— Oui, j'ai fait quelques agences cet après-midi.

— Si vous avez besoin de quoi que ce soit, n'hésitez pas à venir nous voir.

— Je vous remercie beaucoup, je pense pouvoir me débrouiller, merci encore. Bonsoir. Oh Manuela, vous n'oubliez pas, dans l'entrée !

— Non, je n'oublie pas, rassurez-vous, merci beaucoup. Vous vous ferez gronder.

— Tant pis pour moi. Allez, bonsoir, j'ai été très heureuse de faire la connaissance de vos parents, docteur Friedberg, et Manuela est ravissante.

— Merci Anne. Bonsoir.

— Surtout ne vous dérangez pas, je connais le chemin.

Lorsque la porte se fût refermée, Jaime demanda :

— Dis-moi Manou, qu'a-t-elle voulu dire ?

— Venez voir dans l'entrée. Doucement, elle n'est pas encore partie. Je lui ai promis d'attendre que sa voiture se soit éloignée. Voilà elle est partie. Vous pouvez venir.

— Oh ! fit Vanessa, elle a oublié le carton qu'elle avait posé là en arrivant.

— Non, elle n'a rien oublié. Elle m'a dit que c'était pour vous !

— Pour nous ? Tu es sûre ? questionna son père.

— Mais oui enfin ! Vous n'avez qu'à regarder. J'ai fait la commission, maintenant à vous de vous débrouiller. Ouvrez-le au moins.

— Bon d'accord, ne t'énerve pas, je vais l'ouvrir, affirma Jaime en joignant le geste à la parole.

— Que contient-il ? Fais-nous voir chéri. Oh mais ! Elle n'est pas bien. Pour qu'elle raison nous offre-t-elle cela ? questionna Vanessa.

— Attends, il y a un mot. Tiens, lis-le nous Manuela.

— Voyons voir. « A vous, chers amis, pour votre gentillesse et pour le réconfort que vous m'apportez, de tout cœur, merci. »

— Oh quelle folie. Regardez comme elle est belle, je n'en avais encore jamais vu de cette forme, remarqua Vanessa.

Elle avait en mains une ravissante coupe à fruits de taille moyenne en cristal de deux couleurs, avec les extrémités recourbées, les unes vers l'intérieur et les autres vers l'extérieur.

— Cette enfant est d'une grande bonté, constata monsieur Friedberg, vous avez là une amie sincère, poursuivit-il.

— Oui, c'est une femme merveilleuse, elle a beaucoup de cran. Je l'admire. Je comprends aussi pourquoi Philippe l'aime tant. Elle le mérite ! fit remarquer Vanessa sans aucune jalousie.

— Demain, si elle vient, il faudra la gronder. Qu'avons-nous fait pour mériter un tel cadeau ?

— Tu le lui demanderas Jaime. Le bristol qu'elle a joint dit pour votre gentillesse et le réconfort que vous m'apportez.

— Oui, c'est si peu ce que nous avons fait pour elle. Si ils n'avaient pas connu Alexandre...

— Si je n'étais pas allée au cimetière...

— Chut ! Ce qui est fait, est fait. Nous la remercierons demain, si elle vient.

— Tu la prieras ausi de ne plus t'appeler « docteur Friedberg ». Cela me gênerait moins qu'elle t'appelle par ton prénom...

— Je n'ai pas osé le lui proposer, de peur de te froisser ou de te rendre jalouse.

— Jalouse ? Moi ! Euh, non voyons...

— Je suis sûr que tu préfères quand même que l'initiative vienne de toi. Avoue-le !

— Oui, je l'avoue. J'aurais été vexée dans mon amour propre, et j'avoue même que j'ai eu un pincement au cœur lorsque toi, tu l'as appelée Anne.

— L'as-tu toujours ce pincement chérie ?

— Non, bien sûr que non voyons.

— Où dois-je la mettre ? interrogea Manuela, en leur montrant la coupe.

— Choisis toi-même l'endroit, proposa son père.

— Eh bien, si j'étais sûre de ne pas te blesser papa, je... je la verrais très bien là, sous la table de télévision.

— Pourquoi cela me blesserait-il ? Je trouve qu'elle y serait très bien. Tu as raison.

— Mais... le portrait de maman ?

— Peut-être pourrais-tu le mettre sur la commode de ta chambre, proposa Jaime.

— Tu... tu veux bien ?

— Je te le demande.

— Merci papa, c'était aussi mon idée.

— Bien. C'est parfait ma puce. Si nous prenions notre infusion, il est vraiment tard, ta grand-mère et ton grand-père n'ont pas l'habitude de veiller. Eh bien Sophie, je te croyais à la cuisine. Ne me dis pas que ce n'est pas prêt ?

— Si, ce n'est pas prêt, répondit cette dernière en appuyant sur les mots. Moi, avec tout ça, je ne sais plus où j'en suis. Vous pouvez bien patienter encore dix petites minutes tout de même. Excuse-moi Jaime, mais je m'intéresse aussi à ce qui se passe hors de la cuisine.

— ... Et vous avez bien raison chère Sophie, vous faites partie de la famille, c'est tout naturel. Venez, Manuela et Jaime vont tenir compagnie à leurs parents et grands parents, qui voudront bien nous excuser, je vais vous aider... tss, tss... pas de protestations, à nous deux nous irons deux fois plus vite et Jaime sera content, n'est-ce pas mon chéri ?

— Voyons mon petit chou, je ne voulais pas...

— Non bien sûr, tu ne voulais pas... mais tu as des paroles blessantes. Tu as toujours sû faire des reproches aux autres. Ce temps là est révolu Jaime. Ré... vo... lu... !

— Je... Je te demande pardon ma bonne Sophie, de t'avoir blessée.

— C'est oublié Jaime. Tu plaisantais, comme toujours ? ironisa celle-ci.

— Euh, oui. Tu as raison, j'ai dit cela en plaisantant, avança Jaime encore timidement.

— Et mon œil, risposta Vanessa.

— Bon bon, cela suffit. L'incident est clos. Personne ici ne veut céder, de toutes manières, toi aussi mon chou, tu ne sais faire que des reproches.

— Comment, moi aussi, demanda Vanessa, indignée. Et lesquels, s'il te plaît ?

— Justement, que crois-tu faire en me disant tout cela ? Hein ? Eh bien, des reproches tout bonnement. Tu me reproches à moi, les reproches que je fais aux autres, non ?

— Je cède, mes nerfs vont craquer, et il y a les tisanes à préparer, tu as de la chance, conclua-t-elle en éclatant de rire.

— Toi aussi, tu as de la chance, tu en as même beaucoup, aucune femme au monde n'a un mari comme moi, dit-il en riant à son tour.

Le lendemain Anne se présenta vers les dix heures. Jaime s'empressa de la remercier pour son geste si généreux.

— Il ne fallait pas, Anne...

— Cela m'a fait plaisir à moi de vous offrir cette coupe, vous êtes si gentils.

Puis les jours passèrent, Anne venait de temps en temps, elle téléphonait régulièrement à l'hôpital pour avoir des nouvelles de Philippe. La réponse était toujours la même, malheureusement. « Pas de changement, il faut être patiente et attendre... ce n'est qu'une question de temps, ayez confiance ». Anne avait confiance, Anne patientait, tout le monde patientait, y compris le commissaire Dartois. Deux semaines s'écoulèrent ainsi, puis trois, bientôt quatre. Nous entamons la cinquième semaine. Un peu plus d'un mois, et Philippe est toujours dans le coma... pour encore combien de temps ? Anne n'a été autorisée à le voir qu'une fois par semaine, elle avait toujours peur d'y aller seule, aussi Vanessa l'accompagnait à chaque fois. Elles le regardaient, impuissantes. Qu'auraient-elles bien pu faire ?

Depuis quelques jours déjà, Vanessa observait Anne, elle la trouvait bizarre, un peu soucieuse, elle parlait beaucoup moins, une espèce de gêne entre elles paraissait vouloir s'installer. Et puis, Vanessa avait eu l'impression que la jeune femme voulait lui dire quelque chose, mais elle s'était retenue. Pourquoi ? La gêne s'incrustait, fixait ses bases peu à peu. Vanessa n'osait la questionner, de peur de l'embarrasser davantage... oui, car Anne semblait vraiment embarrassée. Et ce fût à la fin de cette interminable cinquième semaine, que le téléphone apporta enfin un espoir. Oui... Philippe est sorti de son profond sommeil, mais il a le regard vague, lointain précisa le docteur Taylor. « Prévenez sa compagne. Venez tout de suite avec elle, je vous attends, il faut le forcer à réagir, vite ! ».

Et Vanessa aussitôt, de suivre les ordres du médecin. Anne était chez son amie ; Vanessa lui expliqua la situation, elle raccrocha après qu'Anne lui ait dit : « Je viens. Je suis chez vous dans dix minutes ». Puis elle prévint Jaime qui se trouvait en consultations, celui-ci déclara : « Pars avec Anne, laisse-moi la voiture, j'ai encore quelques patients. Je vous retrouverai là-bas ». Nous étions à la fin du mois de juin, plus exactement le dernier samedi de ce mois, et il était neuf heures du matin. Manuela se frottait encore les yeux, car levée depuis seulement un petit quart d'heure, mais elle avait compris que l'appel venait de l'hôpital. Vanessa elle, était debout depuis sept heures, en même temps que Jaime. Ses beaux-parents ainsi que Sophie furent réveillés par la sonnerie du téléphone et ils accouraient vers elle en robe de chambre. Ils parlèrent tous à la fois pendant quelques secondes, puis se turent en même temps, voyant Vanessa et Manuela qui les regardaient bouches bées...

— Mes enfants, questionna la première madame Friedberg, voyons, mais dites quelque chose.

— Sans t'offenser grand-mère, remarqua Manou, on voudrait bien parler, mais à condition que vous vous taisiez tous les trois. On entend que vous.

— Qui était-ce enfin ? questionna à son tour Sophie.

— L'hôpital. Une nouvelle très réjouissante. Philippe est sorti de son coma, répondit Vanessa.

— Il faut prévenir son amie tout de suite.

— C'est fait, grand-mère. Ne t'inquiète pas, Vanessa est là. Elle pense à tout. Je ne sais pas comment tu fais ma grande pour ne pas paniquer !

— Tu sais en tant que femme de médecin, et surtout en tant

que secrétaire médicale, Vanessa en a vu d'autres. Souviens-toi Manou, le jour où ce pauvre homme s'est présenté portant sa femme dans ses bras, elle venait de s'ouvrir les poignets, c'était par sa faute, aussi n'avait-il pas voulu la conduire à lhôpital de peur que cela ne s'ébruite. Histoire d'amour banale, mais aussi couple d'avocats trop connus. Peur du scandale, etc., enfin bref, toujours est-il que ce jour là, bien évidemment, ton père venait d'être appelé pour une urgence, nous n'étions que toutes les trois. L'homme ne voulant pas entendre parler d'hôpital, il a bien fallu se débrouiller... éliminons Manou qui tourna de l'œil dès que Vanessa voulut voir la gravité des blessures... Eh bien, Vanessa, elle, n'a pas perdu le Nord, elle a su faire ce qu'il fallait.

— Et toi, Sophie ? Qu'as-tu donc fait ? demanda Manuela.

— Mais, je l'ai aidée bien sûr. D'accord, j'admets que je n'en menais pas large. Mais j'ai fait ce que jai pû. Croyez-vous que ce soit bien le moment pour parler de tout cela ?

— Non, en effet. Pressons-nous plutôt. Anne va arriver d'une minute à l'autre. Passe-moi ma veste Manou ; merci.

— Voila Anne. Dépêche-toi, la pressa Manou.

— Vous nous tenez au courant.

— Bien sûr Sophie. A plus tard.

— Oh Vanessa. Expliquez-moi, supplia Anne.

— Tout va bien, courage. Voulez-vous que je conduise votre voiture ?

— Je veux bien, je suis si énervée...

— Philippe est sorti du coma Anne. Mais il a du mal à refaire complètement surface, il faut l'aider. Bon sang, quelle circulation et justement aujourd'hui. Il va falloir un bon quart d'heure pour faire ces trois malheureux kilomètres.

Enfin elles arrivèrent devant l'hôpital, il était neuf heures trente.

— Venez, venez vite. Le temps presse, leur dit le docteur Taylor. Mademoiselle Leroy, voulez-vous le voir la première ? Cela peut lui faire du bien comme lui faire du mal. Mais au stade où il en est, il faut tenter le tout pour le tout.

— Mon Dieu, aidez-moi à trouver les mots qu'il faut, supplia Anne.

— Vous voulez bien attendre là madame Friedberg ? questionna le docteur Taylor, en montrant à Vanessa le salon d'attente.

— Bien sûr docteur.

Vanessa s'installa, les mains croisées sur ses genoux, et la longue attente commença. Vingt minutes, une demie heure, et la porte de la chambre du malade ne s'était pas ouverte une seule fois. Que se passait-il ? Soudain, la poignée s'abaissa, la porte s'ouvrit silencieusement, Anne apparut en larmes.

— Doux Jésus, non, murmura Vanessa pour elle-même. Anne ?

— Vanessa, rien, il n'y a rien à faire, dit-elle en secouant la tête. Il me regarde mais ne dit rien, pourtant il entend. Je sais qu'il m'a écoutée. Le docteur vous demande d'aller à son chevet.

— Anne, là... calmez-vous. Prenez ma place, asseyez-vous.

— J'ai peur. Je sens que... que c'est la fin.

— Taisez-vous. Ne parlez pas ainsi. Attendez-moi là. Surtout ne partez pas, ne l'abandonnez pas Anne, pas maintenant, réagissez !

Elle secoua la tête, tout en cherchant fébrilement un mouchoir dans son sac à main.

Vanessa poussa à son tour la porte et entra. Le docteur Taylor achevait de faire une piqûre au malade ; une infirmière lui tâtait le pouls.

— Nous reconnaît-il ? lui demanda Vanessa.

— Je le pense. Une chose est sûre, il comprend ce qu'on lui dit. Approchez-vous de lui.

Vanessa s'assit sur le bord du lit et prit la main de Philippe dans les siennes. Il ne bougea pas.

— Bonjour, c'est moi Vanessa, dit-elle doucement. Philippe ? Tu me reconnais, n'est-ce pas ? Peux-tu me répondre ? Non. Fais-moi un signe quelconque s'il te plaît.

Rien. Il fixait un point imaginaire au plafond.

— Philippe, aide-moi je t'en prie. Regarde-moi. Regarde-moi, insista-t-elle.

Il baissa les yeux, les posa sur elle fixement.

— Oui, c'est bien... me reconnais-tu ?

Les lèvres du malade s'entrouvrirent lentement comme pour

dire une parole, mais ce ne fut qu'un souffle. Vanessa insista encore.

— Me reconnais-tu ?

Les lèvres s'ouvrirent à nouveau, et elle entendit un murmure.

— Van...

— Philippe, tu es merveilleux, lui dit-elle. parle-moi. Parle-moi encore...

Un léger bruit se fit entendre derrière elle, mais elle ne l'entendit pas, elle soutenait le regard de Philippe, elle ne vit pas le docteur Taylor lever la tête vers la porte, ni ne le vit mettre un doigt sur sa bouche en signe de silence. Elle continua de parler.

— Anne est venue. Te souviens-tu ? Il y a quelques minutes à peine.

— Oui... An...

— Elle est merveilleuse Philippe. Tu as enfin trouvé la compagne qu'il te fallait. Il te faut vivre Philippe, sans toi elle n'est rien. Tu comprends ? Rien.

— Non... Elle... jeune.

— Oui, elle est jeune. Toi aussi Philippe. Vous avez toute la vie devant vous, toute la vie, la vie, tu comprends ?

— ... vie...

— Tu me comprends. Dis-moi « je veux vivre » !

— ...

— Je veux vivre, dis-le moi, « je veux vivre », répéta-t-elle.

— ... vivre... vivre...

— Oui, Philippe Tu es merveilleux mon chéri

Un mouvement brusque dans son dos ; la main du docteur Taylor se leva pour intimer le silence ; ni l'un ni l'autre ne virent ce geste. Vanessa transpirait, le malade aussi. abondamment ; elle ne devait pas s'arrêter... pas maintenant... Pourtant elle était à court de mots. Depuis combien de temps parlait-elle ? S'arrêter de parler. Non. Tout reprendre à zéro... Non ! non et non. Mon Dieu. que dire ? Le visage d'Anne s'interposa une fraction de seconde entre eux. Anne. Lui parler d'Anne. Bien sûr. cela semblait si facile. Anne... ses pleurs. Anne. son pâle visage inondé de larmes. Anne... sa mince silhouette. Sa mince silhouette ? « Mensonges ». Ce mot résonna aux oreilles de Vanessa. Mensonges.

Manuela... Mensonges... Ces deux mots revenaient sans cesse, elle parla vivement.

— Philippe. As-tu choisi un prénom pour le bébé ?

— Bé... bé.

— Oui ! Anne t'a bien dit pour le bébé, n'est-ce pas ?

— Bé... bé, répéta-t-il en s'agitant.

— Il sera là, bientôt. Tu y penses j'espère ? Il faut que tu sois près de lui le jour de sa venue au monde. Anne tient beoucoup à ce que tu l'assistes...

— Pour quand ? questionna le malade qui cherchait à se relever.

— Attends, je vais taider. Je te remonte l'oreiller. Comme cela ? interrogea la jeune femme tout en essayant de calculer dans sa tête, et sans oser le regarder en face.

— Vanessa, dis-moi...

— Pour quand ? Anne a dû te le dire. Euh... Je crois que c'est pour la mi-janvier. Tu as largement le temps de te préparer, pour ton prochain rôle de père, remarqua-t-elle, en s'efforçant de sourire.

« Mensonges » répéta une voix lointaine, mensonges que tout cela. « Dieu me pardonne, oui... que Dieu me pardonne » supplia Vanessa. « Ai-je au moins eu l'air sincère ? Va-t-il me croire ? »

— Je vais être papa ?

— Tu es heureux ? Philippe.

— Papa, moi ?

— Tu n'étais pas au courant ? lui demanda-t-elle l'air navré.

— Non.

— Mon Dieu, je suis désolé Philippe. J'ai certainement fait une gaffe. Elle voulait sûrement te l'apprendre elle-même dès que tu irais mieux. Philippe, je suis vraiment désolée. Tu ne m'en veux pas ? Tu ne... tu ne me trahiras pas ? Si elle t'en parle...

— Oh non Vanessa, je dois vivre.

— Oui Philippe, tu dois vivre, tu vas vivre.

— Je vais vivre pour eux, merci à toi. Prends soin d'eux, je te les confie.

— Je te l'ai déjà promis. Tu t'en souviens ? Tu n'as pas besoin de le demander. Je t'ai fatigué, dors maintenant, je reviendrais avec Anne bientôt. Ne me trahis pas, dit-elle encore tout contre son oreille. Elle déposa un baiser sur ses lèvres et se releva.

— Au revoir, lui dit-elle en souriant. Puis elle se retourna. Alors, alors seulement, elle vit Jaime, son mari, debout au pied du lit où reposait le malade, les mains crispées sur le châlit, on aurait dit un fauve prêt à bondir sur sa proie ; qu'avait-il entendu de leur conversation ? Tout ! A n'en pas douter, à voir l'expression de son visage, pour Vanessa cela devint une certitude. A quel moment était-il entré ? La jeune femme n'avait rien entendu. Machinalement, elle s'épongea le front.

— Jaime. Nous... nous rentrons, dit-elle timidement.

— Je... non, rentre avec Anne s'il te plaît, je dois voir un patient.

— Ne... ne tarde pas trop tout de même, dit-elle en s'éloignant dans le couloir.

— Non, ne t'inquiète pas, je serais rentré pour le déjeuner. Puis s'adressant à son ami médecin :

— J'aimerai que tu me montres les dernières analyses du dix-sept, son état m'inquiète.

— Daccord, viens. Ton ami s'est endormi.

— Ce n'est pas mon ami !

— Ah, je croyais. Ta femme est extraordinaire, visiblement ses paroles sont une très bonne thérapeutique, hum... il y a des jours où j'aimerai être le malade ; ça n'a pas l'air de t'avoir plu, vieux ?

— Il y a de quoi, non ? Voir sa femme dans les bras d'un autre !

— Hé là, hé là ! Tu ne crois pas que tu dramatises un peu la situation ? Allons, il est évident qu'elle jouait la comédie, avec beaucoup d'accents de sincérité d'ailleurs, mais je pense que seuls les malades... ou encore les jaloux de ton genre n'y ont vu que du feu !

— Tu cherches à me faire plaisir, ou quoi ?

— Ce que tu peux être borné parfois. Crois-tu qu'elle l'aurait embrassé si elle avait été sincère ?

— Oh sans aucun doute !

— Même en te sachant derrière elle ?

— La différence est là Taylor. Elle ne le savait pas. As-tu remarqué l'expression de son visage en m'apercevant ?

— Bien sûr. Mais toi, dis-moi, as-tu remarqué comment sont les comédiens lorsqu'ils sortent de scène, c'est comme s'ils revenaient sur terre. Ta femme jouait un rôle, celui-ci a cessé lorsqu'elle s'est retournée et t'a vu... elle n'a d'ailleurs vu que toi, soit dit entre parenthèses. Enfin, je me consolerais. Tiens, voilà ce que tu cherches, mais d'après moi ce patient est juste un peu surmené, il n'y a là rien de bien alarmant. Hum ! Je suppose, je dis bien : je suppose, à la façon dont tu consultes ce dossier que tu m'as fait venir ici pour rien !

— Excuse-moi vieux. Je n'avais pas envie de rentrer avec elles deux.

— J'avais compris ! Sais-tu que tu m'inquiètes. Tu te ronges la santé. Qu'est-ce qui se passe encore ? Si c'est pour ton ami... je veux dire le malade, ta femme lui a bien remonté le moral, je crois qu'il va s'en sortir.

— Hum... oui, je le crois aussi.

— Alors ? Je ne vois pas où est le problème qui te tourmente !

— C'est... C'est l'ancien petit ami de Vanessa.

— Je vois. Cette fois je comprends mieux. C'est cette fichue jalousie au moins ? Bon sang, mais c'est une vraie maladie !

— Tu l'as dit !

— Désolé mon vieux, mais je ne peux rien pour toi dans ce cas. Tu es le seul à pouvoir te guérir. Allez... le seul remède que je puisse encore te donner, c'est de rentrer sans tarder. Bonjour chez toi !

— Merci. Au revoir.

Vanessa dressait le couvert lorsqu'il entra ; elle se trouvait seule dans la pièce.

— Seule ? Où sont-ils donc tous ?

— Sophie est partie faire le marché avec tes parents pour ce soir, Manuela est au téléphone.

— A qui téléphone-t-elle ?

— A son petit ami certainement, je n'écoute pas aux portes, moi !

— Pourquoi ce ton agressif ?

— Excuse-moi. Je... je suis exténuée. Il fait si lourd ce matin, c'est sûrement l'orage qui approche.

— Crois-tu ?

— Jaime... je...

— Non, je t'en prie. Je n'ai nul besoin d'explication, j'ai des yeux pour voir.

— Tu te trompes sur ce que tu as vu !

— Vraiment ! Tu me prends pour un imbécile ? Combien de temps ce petit manège va-t-il encore durer. Quand je pense... j'avais décidé de te faire confiance, de ne plus penser à rien... qu'à nous, à notre avenir ensemble. Pourquoi faut-il qu'un étranger nous sépare ?

— Philippe n'est pas un étranger !

— J'aurai pourtant préféré qu'il le soit. Nous n'en serions pas là !

— Ce n'est pas de sa faute. Ce... ce n'est pas non plus la mienne !

— Ah tu crois ? Qui a cru bon de me désobéir en allant au cimetière ce jour là ? Qui a fait fi de mes remarques ? Qui se croit la plus maligne ici, si ce n'est toi ? Allez, parle ! C'est faux ce que je dis peut-être ? Je suis un menteur ?

— Ai-je dit cela ? Ecoute, je...

— Non ! Je ne veux plus t'entendre mentir, ni jouer soi-disant la comédie.

— De quelle comédie parles-tu ?

— Oui, de quelle comédie ! Etait-ce seulement une comédie ou, comme je le pense, la pure réalité ?

— Mais enfin ! De quoi parles-tu ?

— Et voilà ! L'innocence même. Alors tu veux que je te rafraîchisse la mémoire ? Je veux parler de tout ce que tu as pu dire à ce cher Philippe.

— J'ai menti. J'ai menti, du début jusqu'à la fin !

— En paroles, hum, je veux bien te croire... et en gestes ?

— Tu es stupide. Cela ne compte pas... n'a pas compté, à aucun moment. C'était... c'était un geste de réconfort, de soutien, une simple impulsion du cœur. J'avais déjà oublié ce baiser.

— Dois-je l'oublier aussi ?

— Fais comme bon te semble. J'en ai assez de cette discussion. Cela ne nous mène à rien. Ta jalousie m'étouffe. Oui, elle m'étouffe, j'en ai plus qu'assez !

— De moi ?

— ... Ne sois pas ridicule.

— Qui donc me couvre de ridicule ?

— Par pitié, je t'en prie. Tu vois le mal partout.

— Non, pas partout. Chez moi. Et c'est largement suffisant.

— Parle moins fort. Manuela n'a pas besoin d'...

— Je me moque qu'elle écoute ou non, c'est un problème entre toi et moi. Elle n'a pas à s'en mêler, oh, je ne doute pas un seul instant qu'elle soit derrière la porte à nous écouter, mais qu'elle montre seulement le bout de son nez... dit-il en élevant un peu plus la voix. Quand je pense que nous lui devons tout cela. Vous êtes bien à mettre dans le même sac toutes les deux.

— Calme-toi, je t'en supplie. Manuela n'a rien à y voir !

— Et notre mariage alors ? Qu'en fais-tu ? Ce n'est pas à cause d'elle peut-être, que nous nous sommes mariés.

— C'était de ma faute ! Cela je le reconnais, j'ai eu tort d'avancer cette solution, mais je n'avais pas une heure devant moi pour trouver autre chose. Assez, je t'en prie, je suis fatiguée. Jaime, je t'en supplie...

— Hum... Ce qui est fait, est fait, il est trop tard à présent pour s'apitoyer sur notre sort.

— Est-ce que... est-ce que tu regrettes ?

— ...

— Jaime, je t'aime. Je t'aime infiniment. Je ne t'ai jamais trahi, jamais. Tu regrettes vraiment ?

— ...

— Pourquoi ne réponds-tu pas ? As-tu peur de me le dire en face ?

— C'est toi qui dis des bêtises maintenant. Non, je ne le regrette pas. D'ailleurs...

— D'ailleurs ?

— Chérie. Viens, approche, lui dit-il en lui tendant la main. Je... Ecoute... je sais que tu ne vas pas me croire, mais... eh bien, j'avais... je suis tombé amoureux de toi dès que je t'ai vu et... enfin... j'avais l'intention de t'épouser... après t'avoir fait la cour en bonne et due forme évidemment. Voilà. Seulement j'hésitais, tu ne semblais pas t'intéresser à moi. Je ne pensais pas que tu pourrais m'aimer un jour... et puis, notre différence d'âge.

— Tu voulais m'épouser ?

— Je me doutais bien que tu ne me croirais pas. Et puis, ce jour-là, quand Manuela a voulu mettre fin à ses jours et que tu lui as fait croire. Mon Dieu j'ai vu le moyen de t'av... d'avoir ce que je voulais sans trop d'efforts, constata-t-il en la serrant contre lui.

— Mais... Manuela ? Elle était d'accord ?

— D'accord ?

— Oui. Tu as bien essayé de lui parler, de lui expliquer.

— Eh bien, j'ai essayé oui. Oh, sans trop insister, je l'avoue...

— Tu... Tu es un monstre Jaime Friedberg ! dit-elle en essayant de se dégager de son étreinte.

— J'avais l'excuse de t'aimer !

— Non, tu n'avais aucune excuse ! Sais-tu ce que tu es ?

— Oui, un mosntre, je sais !

— Non ! Un hypocrite, un fourbe, un...

— Top là. Tu sais bien qu'il est trop tard pour revenir en arrière.

— Tu n'es qu'un sale imposteur.

— Et voilà les grands mots.

— Je ne sais ce qui me retient de...

— Allons, cesse de gigoter, je suis le plus fort, reconnais-le !

— Oh, tu me paieras ça !

— D'accord, tout de suite, dit-il en la lâchant soudain. Quel est mon châtiment ? Puis-je te suggérer, voyons, un petit baiser ?

— Ce n'est pas assez, euh, je veux dire, ce n'est pas assez cruel...

— Je vois, eh bien, cherchons autre chose, dit-il en regardant la porte de leur chambre.

— Oh non. Tu ne vas pas... Jaime ! Ce n'est pas sérieux ? Voyons, ils vont tous arriver. Il faut dresser la table.

— Manuela s'en chargera. Le repas est prêt ?

— Oui, mais...

— Cela tombe très bien, j'ai faim... de toi !

— Cesse ce jeu, veux-tu ?

— Un jeu ? Quel jeu ? L'amour est un jeu pour toi ?

— De quel amour parles-tu ? Il n'y en a pas en toi, je ne vois que jalousie. J'en ai assez d'être suspectée sans arrêt, je ne vais bientôt plus pouvoir faire un geste sans que tu me demandes des comptes !

— Tu veux remettre ça sur le tapis ? J'essayais de te faire oublier ma... ma méchanceté à ton égard. J'ai eu tort, je t'en demande pardon... humblement.

— Ben voyons ! C'est tellement plus facile.

— Oh, et puis zut ! Je renonce à faire la paix avec toi ! dit-il en claquant la porte derrière lui. Celle-ci se rouvrit presque aussitôt ; croyant que Jaime revenait, encore une fois repentant, Vanessa ne bougea pas.

— Il y a de l'orage dans l'air, je me trompe mon enfant ?

— Oh maman, je croyais que...

— Que c'était mon idiot de fils !

— Je n'ai pas dit...

— Non, bien sûr. Mais moi je le dis. De qui peut-il tenir pour être aussi stupide ? Pourquoi fait-il la tête, cette fois ? questionna madame Friedberg.

— Toujours pour la même raison.

— Non ! Ce n'est plus de la stupidité, mais de la bêtise. Quel âge a-t-il ? Quarante ans ? A peine dix, oui ! Quel idiot.

— Maman !

— Oui, je sais. Vous le voyez avec les yeux de l'amour et vous l'excusez...

— Pas du tout. Justement, je ne veux pas lui pardonner sa jalousie. Je veux d'abord qu'il me fasse confiance... pleinement confiance. Je doute que cela soit possible, il voit le mal là où il n'est pas !

— Avez-vous compris pourquoi ?

— Il est jaloux de tout ceux que je vois, que je rencontre, même par hasard.

— Bien sûr, il n'a pas tout à fait tort.

— Vous vous mettez de son côté maintenant ?

— Pas exactement non. Voyez-vous ma petite Vanessa, vous êtes jeune, très jeune, et vous êtes agréable à regarder, très agréable, il se méfie, je le comprends.

— Pas moi ! S'il était affreux et si je le détestais, je le comprendrais, mais il est beau, et je l'aime.

— Allons, ne désespérez pas. Parlons plutôt cuisine, voulez-vous que je vous aide ? Je dresse la table.

— Si vous voulez... Sophie ? appela Vanessa en ouvrant la porte, voulez-vous aider maman s'il vous plaît ? Pendant ce temps, je vais sortir des gâteaux pour l'apéritif et aussi des glaçons, merci Sophie. Avec tout « cela » je n'ai pratiquement rien fait de la matinée !

— Ah vous trouvez, intervint cette dernière, d'après ce que Jaime vient de nous dire, vous venez d'accomplir un miracle, et vous dites que vous n'avez rien fait. Vous êtes modeste, mon petit.

— Je parlais de la maison, Sophie, murmura Vanessa en regardant son mari.

— Manuela ? appela « Mamie », Sophie... Manuela ? Mais enfin, où est-elle donc ? Manuela ? Petite chipie. Tu veux vraiment que je me déplace ? Ce n'est pas elle qui ferait des exploits, à la vitesse qu'elle obéit. Manuela ?

— Voilà, voilà. Oh, mais ne hurle pas. J'arrive. Il fallait me dire tout de suite que la voie était libre. Je serais venue au premier hurlement.

— Mais qu'est-ce que...

— Laisse Sophie, suggéra Jaime. Je m'occuperais d'elle le moment venu, on verra bien si elle fanfaronnera encore autant après. Tu veux jouer les rodomonts, attends ma fille. Tu ne vas pas longtemps nous mener par le bout du nez.

— Jaime, je t'en prie. Quand vas-tu cesser de menacer tout le monde, tu deviens insupportable.

— Vanessa, ne prend pas son parti contre moi. Manuela est ma fille, pas la tienne.

— Oh, je le sais, tu n'as pas besoin de me le dire toutes les cinq minutes, il ne faut pas être érudit pour s'en rendre compte. Le même fichu caractère.

— C'est bien à toi de juger. Comme têtue il n'y a pas pire que toi !

— Mes enfants. Allons, soyez raisonnables, suggéra monsieur Friedberg père, qui n'avait encore rien dit jusqu'à présent.

— Allez, à table, commanda sa femme, le seul moyen pour ne pas se disputer, c'est encore d'avoir la bouche pleine.

— Et encore... insinua Manuela pour elle-même et assez bas pour ne pas être entendue.

— Ferme-là, fulmina son père qui avait l'ouïe fine. Je ne veux pas t'entendre de tout le repas, tu m'as bien compris ?

— Oui, oui.

— Pardon ?

— Oui, papa, j'ai compris.

Le repas fut lugubre. Mais fallait-il vraiment le dire. L'après-midi s'étira non moins sinistre, Jaime rentra de visites assez tôt.

— Bonsoir, lui dit Sophie dès son entrée.

— Bonsoir, bonsoir, maugréa-t-il.

— Fichtre, tu ne parais pas bien gai ce soir ? Tu as le vin triste ou alors tu... commença sa mère.

— Rien de tout cela maman. Ne cherche pas d'ailleurs. Où est ma femme ?

— Quel ton solennel. Une bagarre en perspective ?

— Sophie arrête. Alors ? Personne ne veut répondre ? Dois-je fouiller toute la maison ?

— Tu aurais l'air malin si elle était sortie.

— Sophie, pour la dernière fois, où est-elle ?

— Elle se repose. Tu ne vas pas la déranger j'espère. Il n'y a que dix minutes à peine qu'elle est allée s'étendre, à moins que tu veuilles t'étendre aussi. La pauvre chérie, elle a bien besoin d'un peu de tranquillité, elle n'a pas fait une seule pose de la journée. Où vas-tu ?

— ...

— Laisse-la tranquille. Elle a les nerfs à fleur de peau et...

— Et les miens ? Comment crois-tu qu'ils sont ?

— Que lui veux-tu encore Jaime ?

— A mon très humble avis Sophie, cela ne te regarde pas.

— Rien qu'à la façon dont tu le dis, je sens que cela va mal se terminer encore une fois. Sois raisonnable mon petit, tu la verras tout à l'heure. Dans une petite heure.

— Tu veux que je poirote pendant une heure, pas question. Sinon c'est moi qui vais exploser.

Et il se dirigea résolument vers la chambre dont il ouvrit la porte. La pièce était plongée dans la pénombre, on distinguait à peine un corps sur le lit ; Jaime fit jaillir la lumière si subitement que Vanessa se redressa d'un bond.

— Oh c'est toi. Tu m'as fait peur. Je t'en prie, éteins.

— J'ai à te parler.

— Bien sûr, je t'écoute, mais par pitié éteins cette lumière, j'ai une de ces migraines.

— Nous ne pouvons parler dans le noir.

— Pourquoi ?

— J'ai besoin de te voir, c'est tout.

— Dans ce cas, ouvre les volets. Mais on ne pourrait pas remettre cette conversation à plus tard ?

— Il n'en est pas question. C'est tout de suite, dit-il après avoir ouvert les volets et refermé la fenêtre.

— Mais qu'as-tu ? Pourquoi t'énerves-tu ? Je suis fatiguée Jaime, je voulais me reposer un moment, vraiment je me sens lessivée.

— Ecoute Vanessa. Je suis fatigué moi aussi, alors nous allons parler calmement. D'accord ? Bien. D'abord j'aimerais que tu me dises pourquoi tu me caches ton état ?

— ...

Vanessa fixait son mari avec des yeux étonnés, visiblement elle ne comprenait pas où il voulait en venir.

— Pourquoi ne dis-tu rien ?

— Je voudrais d'abord comprendre le but de ta question. Excuse-moi mais je ne vois vraiment pas ce que tu...

— Tu ne vois pas. Je te demande simplement pourquoi je n'ai pas le droit de savoir que tu attends un enfant !

— Alors là ! Chapeau docteur Friedberg. Vraiment... si si ! Tu mérites des félicitations. Tu fais bien de m'avertir, car vois-tu je l'ignorais. Je n'ai jamais douté de tes capacités médicales, mais alors là ! Si maintenant tu prédis l'avenir.

— Cesse de te moquer de moi et reconnais que...

— Rien. Je n'ai rien à reconnaître. Mais enfin où as-tu été chercher... qui t'a mis cette idée en tête ?

— Une idée ? Taylor vient de me dire textuellement ceci : « Ta femme avait raison, elle est bien enceinte, tu le lui diras ».

— Et qu'as-tu répondu ?

— Que diable voulais-tu que je dise. Ah bon, ça alors ! d'accord je le lui dirais. Avoue que j'avais l'air malin !

— Pas du tout. Heureusement que tu n'as rien ajouté, constata Vanessa en éclatant de rire.

— Et tu ris. Mais tu te fiches vraiment de moi.

— Jaime. Excuse-moi, dit-elle en riant de plus belle, c'est vraiment la meilleure nouvelle de la journée. Mon pauvre jaime...

— Ton pauvre Jaime. Il en a assez ton pauvre Jaime, a.s.s.e.z. ! dit-il en esquissant le geste de partir.

— Attends mon chéri, reviens ici, tu n'as rien compris ! expliqua Vanessa en essayant de calmer son fou-rire.

— ... Ne peux-tu cesser de rire à gorge déployée.

— Je te demande pardon Jaime... tu vas rire aussi lorsque tu auras toi aussi compris.

— Ah, tu crois.

— Viens là, allez viens. Assieds-toi près de moi.

— Si tu veux me faire ton numéro de séduction, je te préviens que...

— Chut, viens m'embrasser, fit-elle, langoureuse.

— Vanessa, oh mon Dieu, je suis trop faible avec toi.

— Hum... un seul baiser de toi et mon mal de tête disparaît, tu es un docteur formidable. Jaime... Ce n'est pas de moi que parlait Taylor quand il t'a dit « elle », mais d'Anne. Tu comprends à présent, j'avais raison, je croyais mentir et en fin de compte c'était vrai. J'en suis bien heureuse pour eux...

Jaime la regardait, absolument ahuri.

— Quoi ! Tu veux dire que. Oh quel idiot je fais ! Chérie, ma petite chérie. Allez, vas-y, n'aie pas peur de le dire, je suis le plus stupide et le plus idiot des hommes.

— Non Jaime, je...

— Tu vas me trouver des excuses. Je sais, tu es la bonté même. Sophie a raison, il te faut beaucoup de courage pour arriver à me supporter.

— Jaime, tu m'étouffes.

— Je suis même maladroit, tu vois. Puis-je, puis-je, chère madame Friedberg, me reposer près de vous un instant ?

— Que veux-tu ? demanda Vanessa soupçonneuse.

— Moi ? Oh rien. Je tiens seulement à faire comprendre à une certaine personne de notre entourage, que je ne suis pas venu dans cette chambre avec l'intention de faire éclater une bagarre.

— Dis-moi, si je me trompe, mais lorsque tu es entré il y a maintenant quelques longues minutes, tes intentions n'allaient-elles pas dans ce but. Sincèrement.

— Euh. Peut-être, peut-être, oublions cela, veux-tu ?

— Hum... je crois que je peux l'oublier, sinon c'est maintenant que cela risque de se gâter et, je ne veux pas prendre ce risque. Je suis trop bien dans tes bras, ne pars pas.

— Je n'en ai pas envie... Vanessa ?...

— Hum... oui ?

— ... Je t'aime. Je t'aime très fort.

— Moi aussi mon amour, je t'aime très fort.

— Tu es vraiment fatiguée ?

— Oui, je n'en peux plus.

— Je n'ai pas soufflé une seconde moi non plus, j'avoue que je suis fourbu.

— Reste un peu avec moi.

— Hum, c'est une invitation.

— A dormir, oui !

— Mais c'est bien ce que j'avais compris. Pose ta tête au creux de mon épaule, là. J'aime sentir ton parfum.

— Que vont-ils penser en ne te voyant pas ressortir de notre chambre ?

— Que nous dormons, évidemment.

— Tu crois ?

— Oh, cela m'est complètement égal, pas à toi ?

— Si... mais...

— Chut. Qu'importe, mes paupières vont se fermer avant les tiennes.

— Perdu ! Elles sont déjà fermées. A tout à l'heure mon chéri..

— Repose-toi bien mon petit chat...

Le marchand de sable passa. Au salon, Sophie s'aperçut soudain de l'absence prolongée de Jaime. Elle s'interrogea :

— Je n'ai pas vu Jaime passer dans le couloir ; je devais avoir le dos tourné sans doute ?

— Non, il n'est pas repassé, confirma madame Friedberg qui

n'avait visiblement pas quitté la porte des yeux une seule seconde.

— Tiens, tiens. Bizarre, pas de bruit.

— Tu veux jouer les détectives Sophie ? demanda Manou, il l'a peut-être étranglée ! ajouta-t-elle en souriant.

— Qu'est-ce qu'il ne faut pas entendre, il ne nous viendrait pas à l'esprit un seul instant qu'ils aient pu faire la paix, non ?

— Voyons John, comme si tu ne connaissais pas ton fils !

— Ma bonne Sophie, justement je le connais bien, et vois-tu, je pense, je peux me tromper bien sûr, mais je pense que notre Jaime a enfin compris qu'à quarante ans, et avec trois femmes continuellement sur le dos, il faut savoir être beau joueur et reconnaître ses erreurs au bon moment, sinon...

— Elle vous poursuivent toute votre vie ?

— Les erreurs ? Non, quand même pas ma chérie !

— Mais non grand-père, les femmes bien sûr !

— Petite chipie. Tu sais Manou, j'ai remarqué que tu ne t'adressais pas toujours très bien à ton père.

— ... Grand-père...

— Non, écoute-moi. Tu en prends un peu trop à ton aise à mon avis, même si ton père a voulu refaire sa vie avec une femme plus jeune que lui, même si tu la considères, elle, un peu comme une sœur, lui n'en reste pas moins ton père. Comprends-tu ce que je veux te dire ?

— Bien sûr...

— Alors respecte-le un peu plus, tu me ferais vraiment plaisir. Et si quelque chose ne vas pas entre vous, vous vous expliquez une bonne fois et on n'en parle plus.

— En attendant, Manuela, je crois que tu lui dois des excuses !

— Oui, grand-mère.

— Tu dînes où ce soir ? demanda Sophie.

— Chez Frédéric, si j'ai la permission, bien entendu.

— La permission ? Tu l'as dit à ton père, cela suffit.

— Justement, je n'ai pas eu le temps de le prévenir, tu as bien vu comme moi qu'il était trop pressé, et de mauvais poil.

— D'accord. Je t'autorise à dîner dehors, je t'excuserais...

— Merci Sophie. Frédéric veut que nous allions voir le film

qui vient de sortir sur les écrans avec Terence Hill, comme il sait que je l'adore...

— Hum... Nous, nous te gâtons, mais lui va te pourrir, s'il cède à tous tes caprices.

— Grand-mère, je ne lui ai rien demandé, il me l'a proposé. Ce n'est pas de ma faute s'il va au devant de tous mes désirs.

— C'est au moins la preuve qu'il te connaît bien. Cela me rassure, il saura te protéger.

— Protéger ? Voyons grand-mère, je n'ai pas besoin qu'...

— Tu es si jeune. On te donnerait à peine quinze ans.

— Seulement je n'ai plus quinze ans grand-mère, n'aie pas peur, tu viens de dire que Frédéric me protégeait.

— Bien sûr mon petit, il est un peu plus vieux, il a, comment dit-on déjà, « la tête sur les épaules », c'est un homme.

— Tu vois bien que tu n'as aucune raison de te faire du souci pour moi. Allez, je vous laisse, je dois me préparer, Frédéric est à cheval sur l'horaire.

— Ce n'est pas un défaut, ma foi.

— Je vous souhaite une bonne nuit, vous dormirez certainement comme des anges lorsque je rentrerais.

— Pas trop tard Manuela.

— C'est promis Sophie, ne veille pas.

— Hum...

Manuela partie, Sophie se leva et se dirigea vers la cuisine.

— Bon, ce n'est pas tout, mais je crois que nous allons être de corvée de popote ce soir, ma chère Esmée !

— Bof ! Nous ne sommes pas venus que pour nous tourner les pouces ma bonne Sophie, allons-y. John ? remue-toi, tu vas mettre le couvert.

— Si c'est un ordre !

— Et alors ? Qu'est-ce que tu crois ? Que tu vas nous regarder ?

— Dommage. Vous le dressez tellement mieux que moi.

— Là tu n'as pas tout à fait tort, mais pour une fois on fermera les yeux.

— Merci de votre indulgence.

— Assez de bavardages, au travail.

— Mon Dieu. Qui donc vous donne des ordres, mon cher papa ?

— Oh ma chère bru, on peut dire que vous arrivez à temps.

— Et pourquoi cela ?

— Mais pour lever la sentence bien sûr, elles viennent de me condamner aux travaux forcés. Voyez...

— Grands Dieux, elles n'ont aucune pitié. Laissez cela, je m'en occupe.

— Mille mercis ma fille. Jaime n'est pas réveillé ?

— Non pas encore. Il dort comme un bébé, il était vraiment épuisé...

— Ah, fit Sophie sans autre commentaire.

— Nous ne voulions pas qu'il vous dérange, mais il a insisté pour vous parler tout de suite. Cela n'as pas été trop dur ? Vous dormiez ?

— Oui et depuis peu. Il m'a fait sursauter et n'a rien trouvé de mieux à faire, que d'éclairer la chambre ; ma pauvre tête a été mise à rude épreuve, enfin, je crois que cela en valait la peine, remarqua Vanessa en souriant.

— Comment cela, mon petit ?

— ... Eh bien, je viens d'apprendre par Jaime qu'Anne, la compagne de Philippe, attendait vraiment un enfant.

— Non, pas possible. Mais alors, tout ce que vous avez dit à ce pauvre garçon est exact ?

— Oui Sophie, et je vous jure que je n'étais au courant de rien, c'est un pur hasard, cela m'est venu à l'esprit comme ça. Le plus drôle est que le docteur Taylor a annoncé à Jaime ceci : « Dis à ta femme qu'elle avait raison, elle est bien enceinte ! » Seulement voilà, il voulait parler d'Anne bien sûr, pas de moi !

— Cet idiot a cru qu'il parlait de vous. Ah, ah ! J'aurais aimé être une petite souris pour voir la tête de mon fils à ce momentlà. Je lui aurais sûrement ri au nez...

— C'est malheureusement ce que j'ai fait maman, bien malgré moi. Je n'avais pas l'intention de me moquer, mais le fou-rire m'a pris quand j'ai vu qu'il ne comprenait pas.

Evidemment Jaime choisit ce moment pour faire son apparition, ce fût l'hilarité générale, à l'exception de Jaime, bien sûr.

— Je devine sans peine le sujet de conversation qui vous fait rire aux éclats. Cela vous plaît de rendre les autres ridicules ?

— Chéri, oublions ça, veux-tu ?

— Avec toi, il faut toujours tout oublier, c'est tellement plus simple.

— N'avons-nous pas fait la paix, toi et moi ?

— Hum... la paix. Il est vrai qu'il est difficile d'être fâché avec toi plus d'une journée. D'ailleurs les torts ne sont-ils pas toujours de mon côté ?

— Pauvre martyr. Les hommes se plaignent sans arrêt. Isabel, la sœur de Jaime, qui est sa cadette de cinq années, a un mari, Rafaël, exactement taillé dans le même roc, il la contredit sans cesse, cela ne les empêche pas de s'entendre à merveille le reste du temps. Les connaissez-vous Vanessa ?

— Non. Je n'ai pas encore eu le plaisir de faire leur connaissance.

— Il est vrai que depuis la perte cruelle de leur dernier enfant, ils ne sortent plus guère. Avant cet accident, ils voyageaient beaucoup. Jaime a dû vous raconter.

— Oui, il m'en a parlé. C'est arrivé à la sortie de l'école, je crois ?

— Le soir, oui. Une automobile l'a fauché sur le trottoir ; le chauffeur avait succombé à une crise cardiaque, le véhicule fou est allé s'écraser contre un pylône après avoir renversé notre petit José, un de ses petits camarades a également été touché, lui à l'épaule, rien de très grave. C'était il y a maintenant sept ans, José avait six ans au moment du drame.

— C'est affreux.

— Leur affection s'est toute reportée sur l'aîné, il ne leur reste plus que lui, Vicente, lui a quinze ans, tout le portrait de son père. Heureusement que Rafaël n'était pas en déplacement à cette époque, car je pense qu'Isabel n'aurait pas surmonté l'épreuve seule.

— Je le crois aussi. Mais tout cela appartient déjà au passé. Si nous passions à table.

— Tu as raison mon fils, il ne sert à rien de remuer le passé. J'ai une faim de loup depuis que nous sommes ici ; ce doit être le changement d'air.

— Bizarre mon Esmée, je n'ai pas cette impression. Moi je crois que tu te goinfres autant chez nous, à Estella, l'air que tu respires à souvent bon dos.

— Moque-toi. Tu es aussi intempérant que moi. Sinon plus ! répliqua Esméralda Friedberg.

— Dis donc, ma bonne Sophie, n'est-ce pas toi qui remarquait il y a quelque temps déjà, que seules les personnes de ma génération se querellaient sans cesse ? interrogea Jaime.

— Sans cesse ? Tu peux le dire, oui. Nous, à notre âge c'est de temps en temps.

— Pour réchauffer l'atmosphère sûrement.

— Quel cynisme. Tu ferais mieux de te taire Jaime, répliqua Sophie.

— Hum ma chérie, sers-nous donc la bonne soupe de Sophie, dit-il en s'adressant à Vanessa, puis s'apercevant soudain qu'il manquait un couvert :

— Où est donc Manuela ?

— Elle dîne dehors avec son prince charmant, puis, celui-ci l'emmène au cinéma...

— Elle aurait au moins pû m'avertir.

— Tu étais occupé je crois à... à faire la sieste. Je lui ai donné mon accord, en ton nom, bien sûr.

— Tu as très bien fait Mamie. J'espère seulement qu'elle ne rentrera pas trop tard, je n'ai aucune envie de veiller ce soir, je suis bien trop fatigué.

— Ne t'inquiète pas mon chéri, moi je l'attendrai, il y a un film à la télévision que j'ai déjà vu, mais que j'aimerai revoir et il ne se termine pas avant minuit et demi, je pense qu'à cette heure elle sera rentrée. Jaime, tu sais, elle est majeure et à quelques mois seulement de son mariage.

— Oh, je t'en prie, ne me le rappelle pas à chaque instant.

— Tu n'es plus d'accord ?

— Non, ce n'est pas cela. Il va seulement falloir que je m'habitue à ne plus l'attendre le soir, à ne plus lui dire d'être là avant minuit, tu comprends ? Ne plus être derrière elle. J'occupais deux postes auprès d'elle : j'étais à la fois son père et sa mère. Je la surveillais doublement. Dieu sait que j'ai souvent tremblé lorsqu'elle n'était pas à l'heure.

— Bien sûr, je comprends.

— Quand je pense que je lui fais ces recommandations deux

fois par semaine depuis plus de deux ans, la pauvre, elle ne rechigne jamais, mais elle n'en pense sûrement pas moins.

— Il va y avoir un vide lorsqu'elle sera partie, c'est sûr, constata Sophie.

— Voyons ma bonne Sophie, elle ne va pas au bout du monde, elle ne quitte même pas La Rochelle. Nous la verrons souvent.

— Evidemment Vanessa. Mais c'est tout de même différent. Sa présence, son rire, sa jeunesse.

— Je comprends très bien, mais je suis là moi, et je ne suis pas encore trop vieille Sophie ! Vous pourrez me dorloter, j'adore cela...

— Tant qu'à faire, j'aimerais mieux pouponner.

— Tiens, tiens ! Vanessa mon petit cœur, je crois comprendre ce que notre chère Sophie attend de nous.

— Hum, je crois comprendre moi aussi mon chéri, crois-tu que ce soit une bonne idée ? Pour ma part, je serais tout à fait pour...

— Je ne suis pas contre un deuxième enfant... même dix-huit ans après. Vanessa a le droit de vouloir être mère.

— Cela ne devrait pas poser de problème pour vous. Chacun sait qu'après une bonne dispute, la réconciliation n'en est que meilleure, et les disputes cela vous connaît !

— Sophie, Sophie !

— N'est-ce pas exact ? Tu veux un exemple ?

— Mais je t'en prie...

— Cet après-midi. Ne cherchons pas plus loin, veux-tu ?

— Cet après-midi ? Eh bien, que s'est-il passé, cet après-midi ?

— Comment que s'est-il passé ? Mais tu le sais très bien. Justement il était question de bébé...

— Ah ! ça ?

— Oui, ça ! Alors, explique, comment s'est passée cette dispute ?

— Tu as choisi un bien mauvais exemple, car il n'y a pas eu de dispute.

— Vraiment ? N'a-t-elle pas plutôt fini sur l'oreiller...

— Dans un certain sens, oui. Dans un tout autre sens, non !

— Qu'est-ce que cela veut dire à ton avis Esméralda ? demanda Sophie en prenant son amie à témoin.

— Mon Dieu, avec la jeunesse d'aujourd'hui, je ne sais plus très bien.

— Vopons, il est entré dans cette pièce comme une furie, a commencé par vouloir mettre la maison sens dessus dessous, si on ne lui disait pas tout de suite où se trouvait sa femme, et il s'est dirigé vers la chambre comme un cyclone, y a pénétré comme un sauvage, n'as-tu pas vraiment eu l'impression qu'un combat était proche Esméralda ?

— Mais, n'as-tu pas dit toi-même que tu n'entendais aucun bruit ?

— Té justement. Imagine un peu la suite, en fait de combat...

— Tu as l'imagination extrêmement débordante ma petite Mamie, mais tu n'y es vraiment pas.

— Mais alors vraiment pas, renchérit Vanessa en riant.

— Ah ! Bon...

— L'intention d'élever la voix y était. J'en conviens parfaitement, j'avais même commencé à crier, seulement Vanessa m'a expliqué ma méprise et cela s'est arrêté là, voilà, c'est tout.

— Et ensuite...

— Parce que tu veux que, rien... Ma bonne Sophie, il n'y a plus rien à raconter, sinon que nous n'étions tous les deux pas en excellente forme et... que nous nous sommes aussitôt endor mis. Avoue que ton exemple ne vaut rien !

— Là, bien sûr, évidemment. Si cela doit se passer trois fois sur quatre de cette façon, je ne pouponnerai pas de sitôt !

— Mais, c'est qu'elle va bientôt nous reprocher de ne pas s'être tapés dessus, ma parole !

— Mais enfin, mets-toi à ma place, ce silence était insupportable.

— Ce silence ? Quoi. Mais ce n'est pas possible. Tu n'aurais quand même pas collé ton oreille à la porte. Ou ton œil à la serrure ?

— Oh Jaime, là tu exagères...

— Je me le demande.

— Tu nous habitues à des scènes monstres, puis bruquement un jour, plus rien, avoue que c'est bizarre, tu n'es pas malade, au moins ?

— Vas-tu bientôt finir. Non, je ne suis pas malade, je me porte comme un charme, seulement, je dois vieillir, j'aspire au calme. Allons, ne t'inquiète pas.

— Mais non Sophie, ne vous inquiétez pas, vous l'aurez votre bébé à pouponner, je vous le promets, disons pour... eh bien pourquoi pas le mois de mai, il arrivera en même temps que le muguet.

— C'est une bonne idée, mais alors, ce n'est pas le moment de dormir mes enfants, remarqua monsieur Friedberg père. Un petit-fils cette fois Vanessa ?

— Nous ferons de notre mieux pour vous satisfaire papa.

— Charmante enfant. N'ayez aucune crainte mon petit, nous accepterons une petite-fille si ce devait en être une.

— Je n'en doutais pas...

Cette fois, soulignons-le, le dîner fût plus gai que le déjeuner. Une semaine entière passa sans aucune anicroche, ce qui fut sans aucun doute un exploit pour cette charmante famille. Philippe se rétablissait très lentement, vu la gravité de sa blessure, il ne fallait pas s'attendre à une rapide guérison, il y avait déjà un léger mieux ; le docteur Taylor était des plus optimistes et Anne rayonnait. Elle n'oubliait pas ses amis et venait les voir assez souvent, après être passée à l'hôpital voir Philippe. Ils faisaient tous les deux des projets pour leur avenir et celui de leur bébé. Anne avait amoureusement arrangé leur nouvel appartement, les trois quarts des meubles étaient nouveaux. Vanessa se partageait entre l'appartement que Manuela et Frédéric commençaient aussi à meubler, et celui d'Anne et Philippe ; elle ne savait plus où donner de la tête, les rideaux des uns, la moquette des autres ; d'autant que les premiers étaient plutôt pour le style ancien alors que les seconds étaient ultra-modernes, la différence de génération sans doute. Jaime commençait à se sentir délaissé. Vanessa rentrait à la maison épuisée mais dans le fond ravie de ses journées, ce qui lui, l'irritait un tant soit peu. Aujourd'hui justement, l'orage semblait gronder au loin, le potage refroidissait dans la soupière sur la table, depuis un bon moment déjà, Jaime tapait du pied d'énervement ; Sophie faisait les cent pas, et ni Manuela ni Vanessa ne semblaient pressées de rentrer, précisément ce jour-là. Jaime prit subitement une décision :

— Mangeons Sophie. Cela les fera peut-être venir. J'en ai plus qu'assez d'attendre leur bon vouloir, mais tu as vu l'heure ? Crois-tu qu'une des deux aurait l'idée de téléphoner, même pas !

— Cela ne sert à rien de s'énerver.

— Je ne m'énerve pas, je m'inquiète, c'est différent.

— Tu t'inquiètes ? pour quoi, pour qui. Pour elles ou pour ton estomac ?

— Sophie, il est vingt et une heures. Deux femmes qui déambulent sur un trottoir sont des proies faciles. Elles sont bien parties à pied, non ? J'ai aperçu la voiture dans le garage.

— Oui, oui. Mais tout de même, cinq cents mètres ce n'est pas énorme, en dix minutes, on peut...

— Se faire attaquer, oui.

— Ah, cesse de penser à ça. Elles sont tellement occupées qu'elles ne voient pas le temps passer.

— Ne me dis surtout pas qu'elles ne s'aperçoivent pas que la nuit va bientôt tomber.

— Mais si...

— Oh les femmes. Es-tu bien sûr d'abord, qu'elles soient bien là où nous pensons ?

— Mais oui, elles devraient peindre la salle de bains ; Frédéric a d'ailleurs dû les rejoindre à la sortie de son travail.

— Alors je comprends. Il doit être, le pauvre, en train de réparer les dégâts. Je vois ça d'ici. Le pinceau, l'escabeau et les femmes tombées dans la baignoire, et le pot de peinture Dieu sait où !

— Ah, ah, je voudrais bien voir cela.

— Ne ris pas. Si une des deux s'est cassée la jambe.

— Eh bien nous allons le savoir. Je crois qu'elles arrivent, j'entends la porte.

— Enfin. Je suis fourbue, déclara Vanessa aussitôt affalée dans un des fauteuils du salon.

— Apparemment elles sont entières, constata Sophie.

— A quoi donc vous attendiez-vous tous les deux, interrogea Manuela.

En voyant le calme évident des deux femmes, Jaime s'emporta.

— Premièrement, nous nous attendions surtout et essentiellement à ce que vous rentriez plus tôt, et deuxièmement, vous auriez pû songer à ne pas nous faire mourir d'inquiétude et passer un coup de fil.

— Excusez-nous, mais l'après-midi a passé à une vitesse folle et puis il fallait finir à tout prix ce soir, demain Frédéric ne sera pas là pour nous aider. Il ne faut pas m'en vouloir mon chéri, je suis tellement heureuse de pouvoir aider Manuela. Ici Sophie est si active qu'elle ne me laisse plus rien à faire, et je m'ennuie un peu tu sais...

— Vous y retournez demain encore, à l'appartement ?

— Oui papa. Tu ne veux pas ?

— Demain, c'est dimanche et j'espérais, enfin Vanessa, cela fait plus d'un mois que nous n'avons pas eu un seul jour de repos à passer un peu seuls et...

— Mais Jaime, nous n'allions pas abandonner tes parents...

— Justement. Ils sont partis mercredi matin et je ne t'ai pour ainsi dire pas vue depuis ce jour-là.

— Tu exagères. Je suis là tous les matins et...

— Et moi je travaille !

— Il ne reste plus qu'un mois pour tout ranger et fignoler un peu.

— Ils auront tout le temps de fignoler après leur mariage. C'est habitable, non ? La chambre à coucher est installée, bon alors !

— Jaime. Mais tu ne penses qu'à ça ! La cuisine n'est pas terminée...

— Ils pourront faire cinq cents mètres de plus pour venir prendre leurs repas ici en attendant.

— Tu as vraiment réponse à tout.

— Tu devrais y être habituée. Alors ?

— Alors. Non ! Peut-être. Je ne sais pas moi !

— C'est oui ou c'est non, tu choisis. L'appartement ou moi !

— Quelle alternative. Et si je choisissais l'ap...

— Chut ! Tu veux me narguer et je n'aime pas cela. Oh ! cela t'amuse, je sais. Excuse-moi ce soir je n'ai pas envie de plaisanter. J'ai un mal de tête terrible, je veux seulement me nourrir et dormir. Maintenant, le repas est froid. Pourquoi ? Parce que nous avons eu la délicatesse de vous attendre, Mesdames.

— Excuse-nous papa. Donne Sophie. Je vais faire réchauffer la soupe, je n'en ai que pour deux minutes.

— Chéri. Je te demande pardon. A vous aussi Sophie. Vous vous êtes inquiétés pour nous, et nous, pendant ce temps... Il ne faut pas nous en vouloir, l'enthousiasme de Manuela était si contagieux, et nous étions tellement heureuses du résultat.

— Vous savez, moi, je m'inquiétais surtout de voir Jaime s'inquiéter. Je me doutais bien, enfin je sais comment cela se passe, dans le feu de l'action on voudrait tout faire, seulement Jaime est épuisé et il serait bien mieux dans son lit. J'ai même l'impression qu'il a pris froid.

— C'est vrai, tu as mauvaise mine. Tu souffres beaucoup ?

— Assez, oui.

— Je ne te demande pas si tu as pris de l'aspirine ?

— Ce n'est pas la peine, en effet. Je sais me soigner, merci.

— Ne te fâche pas. Ta santé ne m'est pas indifférente, contrairement à ce que tu penses.

— Oh mais je ne pense rien. Je constate. Je me faisais un sang d'encre. Si c'est comme ça que tu veux me soigner...

— Vous avez raison Sophie, il vaut mieux qu'il aille se coucher. Manuela, s'il te plaît, sers d'abord ton père avant qu'il ne se mette à délirer. Tu ne peux quand même pas sortir demain dans cet état.

— Qui t'a parlé de sortir ?

— Ah bon. Très bien, je jouerai les garde-malades alors, mais j'espère que tu seras de meilleure humeur que ce soir.

— Chérie, chérie. Je t'en prie. Je ne suis pas malade. Cesse de crier. Tu augmentes mes nausées.

— Et il ose dire qu'il n'est pas malade.

— Non, pour la dernière fois, je ne suis pas malade. Juste un peu fébrile, sans plus.

— Puisque tu le dis. Allez, mange vite au lieu de ronchonner, et puis, j'irai te border.

— Tu ne te couches pas tout de suite. Je te croyais fatiguée...

— Je le suis. Mais je peux très bien me reposer en lisant un bon livre ou en regardant la télévision.

— Comme tu voudras. Tu me passes le fromage s'il te plaît ? Après cela au lit, et vous baisserez le son du poste, merci.

— On ne l'entend pas de la chambre, remarqua Vanessa.

— Tu ne l'entends pas, moi je l'entends.

— A peine...

— Je l'entends.

— Très bien, d'accord, nous l'éteindrons.

— ... Je n'ai pas dit... oh, et puis, tiens, bonsoir.

Jaime se leva et se dirigea vers la chambre ; Vanessa attendit deux ou trois minutes, se leva à son tour et prit la même direction.

— Vous allez vous faire tuer, lui lança Sophie.

— Peut-être bien, répondit la jeune femme en souriant. Je lui ai promis de le border, non ? Je vous laisse débarrasser la table mes chéries, constata-t-elle également, dans un clin d'œil complice.

— Evidemment, et prends ton temps. Je ne voudrais pas que papa tombe de son lit, cela risquerait d'augmenter ses nausées, pouffa Manuela.

— Ne te moque pas chérie, je suis sûre qu'il souffre terriblement.

— Je plaisantais Vanie. Sophie nous prépare une tisane, en veux-tu ?

— Oui, je veux bien, dans un petit moment.

— Bien sûr. Allez, va vite. Il ronfle peut-être déjà ?

Vanessa courut jusqu'à la chambre et s'arrêta devant la porte, essoufflée. Lorsqu'elle ouvrit celle-ci, la lumière éclairait encore la pièce.

— Je te croyais endormi.

— Non, je t'attendais.

— ...

— Chérie, viens. Ferme la porte. Je voudrais m'excuser pour tout à l'heure, je...

— Je t'en prie, non. C'est de ma faute. Je l'ai bien cherché, je n'aurai pas dû te parler comme ça, te dire tout ça. Je ne pensais pas un mot de ce que j'ai dit.

— ...

— Demain, je resterais chez nous.

— Ne te crois pas obligée de jouer les garde-malades.

— Oublie ce que j'ai pû dire tout à l'heure. Je serais très heureuse de rester avec toi.

— Tu en est bien sûre ?

— Certaine !

— Je te répète que tu ne dois pas te sentir obligée.

— Je te répète que je souhaite rester près de toi.

— Si tu es certaine de ne pas le regretter.

— Mais c'est à toi de ne pas me le faire regretter.

— Je serais tout à fait charmant, je te le jure. Mon amour chéri, si tu savais combien je t'aime, murmura-t-il à son oreille.

— Oui, je sais. Malheureusement, moi aussi, constata l'amour chéri.

— Malheureusement ? Attends, tu vas me payer ça, menaça-t-il en faisant mine de lui administrer une fessée.

— Lâche-moi, arrête, arrête, voyons. Tu avais bien raison, tu n'es pas plus malade que moi.

— Hum... J'avoue que je me sens beaucoup mieux.

— Je croyais que tu n'aimais pas nos disputes sans queue ni tête ?

— Exact. Seulement, une fois la porte de cette chambre fermée, l'atmosphère change, se réchauffe, tout devient différent ; et puis, il n'y a qu'ici que nous sommes vraiment seuls, face à face. Je pense que je te comprends beaucoup mieux dans cette pièce, qu'au salon.

— Tu te sens supérieur sur ce terrain, c'est cela ?

— Supérieur ? Eh bien, oui. En ce moment par exemple, avoue que tu n'es pas en situation de force.

— Cela pourrait changer !

— Essaie toujours. Je doute fort que tu en aies le courage.

— Ni l'envie.

— Charmeuse, va ! Navré mon petit cœur, mais je meurs de sommeil.

— Qu'imaginais-tu donc ? Désolée, Sophie m'attend pour prendre une tisane.

— Traîtresse !

— Dors bien chéri.

— Ne tarde pas trop. Le lit est glacé sans toi.

— Avec la température que tu dois avoir, tu n'as pas besoin de moi pour le réchauffer...

— Démone. Tu n'as aucune pitié pour moi. Tu mériterais que...

La jeune femme se sauva avant la fin des récriminations, car tel qu'elle le connaissait, cela pouvait durer longtemps. Elle croisa Manuela dans le couloir.

— Bonsoir petite sœur, je suis morte, lui dit celle-ci.

— Pour ne rien te cacher, je vaux guère mieux.

— Qu'est-ce qu'on s'est bien amusées, tout de même.

— Hein ! Amusées ?

— Enfin... Je veux dire, que c'est très agréable d'entreprendre quelque chose avec toi, on ne s'ennuie pas du tout.

— Explique-toi un peu mieux, pour voir !

— ...

— Allez, dis le fond de ta pensée.

— Chut, pas si fort. Papa va nous entendre. Viens dans ma chambre une petite minute, ferme la porte. Je ne sais pas comment te dire. Tout en faisant du bon travail tu... tu sais joindre l'utile à l'agréable, quoi !

— Alors, d'après toi, et si j'ai bien compris n'est-ce pas ? L'utile c'est d'avoir bien travaillé, d'être satisfaites du résultat... et l'agréable, c'est d'avoir mis le pied dans le pot de peinture bleue en descendant de l'escabeau.

— Ah, ah, avoue qu'on a bien ri.

— Tu as bien ri !

— Heureusement qu'il ne s'est pas renversé.

— Et moi alors ?

— Tu n'es pas tombée. Tu t'en es tirée avec un pied et un collant bleus...

— Parce que j'avais eu l'idée d'enlever mes chaussures. Imagine si je les avais gardées. Tu crois que ton père a remarqué que je n'avais plus mes collants en arrivant ? Il n'a rien dit.

— Bof les hommes, ça ne remarque jamais rien. Si tu avais tout enlevé, je ne dis pas.

— Manuela, tu n'as pas honte ? Couche-toi avant de dire d'autres bêtises. Bonne nuit.

— Bonsoir,.. ah ah ! Eh Vanessa, pour demain...

— Oui.

— Reste avec papa, cela lui fera plaisir.

— J'en avais bien l'intention, je le lui ai d'ailleurs dit.

— Merci pour lui.

— Tiens Sophie ! Vous avez bien fait de ne pas m'attendre.

— Bonsoir Vanessa, tout est prêt pour votre tisane dans la cuisine.

— Merci beaucoup Sophie, bonsoir.

Vanessa but sa tisane au tilleul, et se coucha peu de temps après. La télévision ne la tentait plus et le livre encore moins. Jaime dormait comme un loir et ne la sentit point se lover contre lui pour avoir un peu de sa chaleur. Exténuée, elle s'endormit aussitôt. Sa nuit fut agitée, sa tête semblait peser des tonnes, trop d'événements de toutes sortes y étaient enfouis. Tout se mêlait, s'entremêlait, l'hôpital et Philippe, Alexandre et le cimetière, Mireille et ses menaces, puis Manuela et son mariage, ses beaux-parents, la crainte, l'appréhension et la peur, et Jaime, son Jaime, son sourire, son beau visage, ses yeux qui semblaient vouloir apaiser sa peur. Jaime, qui soudain, de sa voix chaude, effaça tous ses cauchemars, d'une douce phrase : « Vanessa ma chérie, si tu savais combien je t'aime », et une autre voix, qui lui parut être la sienne répondait : « Oui, je sais mon amour, moi aussi je t'aime » ; tout cessa d'un seul coup ; le calme, après la terrible souffrance de son esprit tourmenté. Jaime... sa présence seule lui apportait enfin le repos. Cet être auquel elle tenait plus que tout, parce qu'elle l'adorait, parce qu'elle n'avait que lui au monde, lui seul savait la délivrer de l'inquiétude qui l'habitait. Peu à peu, elle cessa de s'agiter et son souffle redevint normal. Lorsqu'elle s'éveilla, elle eût l'impression de s'être juste endormie, pourtant le réveil indiquait sept heures trente. D'une main, elle chercha une présence à côté d'elle... rien... les draps étaient froids, Jaime devait être levé depuis un bon moment déjà. Courageusement, elle se saisit de sa robe de chambre et l'enfila, puis s'apprêta à le rejoindre à la cuisine, où il devait prendre son traditionnel café noir. Une nouvelle journée, parmi tant d'autres, commençait.

CHAPITRE X

Le temps passa trop rapidement. Nous étions déjà en avril ; le mariage de Manuela et de Frédéric avait eu lieu, les parents Friedberg étaient revenus comme prévu. Tout s'était déroulé à merveille, maintenant les nouveaux mariés habitent dans leur appartement, où tout, où presque est achevé. Ils reçoivent à dîner, pour la première fois, en ce dimanche, notre brave Sophie qu'une forte bronchite avait tenu alitée une dizaine de jours auparavant, puis Jaime et Vanessa, ainsi que d'autres très jeunes mariés : Anne et Philippe, encore assez faible, qui ne se déplace plus en chaise roulante, et dont la convalescence se déroule sans aucun problème, sans oublier leur petite Gaëlle, qui, pressée de voir le jour, était arrivée avec quinze jours d'avance ; l'accouchement s'était très bien déroulé, l'enfant était à sa naissance un gros bébé de près de quatre kilos, elle a déjà trois mois. Tous les invités n'étaient pas encore arrivés, il manquait, évidemment, la maison Friedberg.

— Toujours les derniers, remarqua Manuela.

— Allons, soyez patients. C'est un événement que d'être invités chez ses enfants la première fois, ils ont dû se mettre sur leur trente-et-un.

— Dire que ton père se fâchait lorsque vous arriviez, Vanessa et toi en retard pour la soupe, constata Frédéric. Tu m'avais raconté la fois où vous aviez peint la salle de bains et où je vous avais trouvées en difficulté en entrant...

— Ah oui ! Le pied de Vanie baignait dans la peinture bleue, je m'en souviens. L'engueulade. Une fois à la maison, il était bien vingt et une heures, oh, largement passées, la soupe réchauffait pour la énième fois ! Pauvre Sophie, elle qui nous fait la cuisine avec tant d'amour.

— C'est une femme merveilleuse, dit Anne.

— Comme toutes celles qui forment la famille, approuva Philippe.

— Hum, ne penserais-tu pas à une femme en particulier ? questionna Anne, l'air sombre.

— Chérie, tu ne vas pas...

— Non mon Philippe, je te taquinais, dit-elle, le sourire aux lèvres.

— Je dois beaucoup à Vanessa ma chérie, essaie de comprendre ce que je peux ressentir à son égard.

— Je sais. Je comprends très bien. Je lui dois moi aussi beaucoup.

— Sans elle, où serais-je ? se demanda Philippe.

— C'est un sacré bout de femme, renchérit Frédéric.

— Hé là, hé là ! Anne, ne nous laissons pas faire, j'ai la vague impression qu'ils nous oublient. Tenez, voilà nos trois lascars qui arrivent. Mais vous aviez raison, regardez, quelle élégance. Je vais leur ouvrir. Commence à sortir les verres, Frédéric.

— Bonjour les amours. Entrez, vous êtes magnifiques...

— Sommes-nous dignes de votre petit nid d'amoureux, ma chérie ?

— Papa. Pourquoi tant de folies ? Vanessa, Sophie, merci, vos fleurs sont ravissantes. Installez-vous. Le barman nous a préparé un punch, à sa façon. Vous allez m'en dire des nouvelles. Mamie, tu vas bien en prendre une larme ?

— Je ne sais pas si...

— Allez, fais une petite exception pour aujourd'hui. Tu vas mieux ?

— Oui, mes médicaments.

— Au diable les médicaments. Tu te portes comme un charme. Tu ne vas pas faire à Frédéric l'affront de refuser.

— Evidemment, si c'est Frédéric qui l'a fait, je ne vais pas discuter, va pour un punch. De toutes façons, j'ai mon médecin personnel près de moi, je ne crains rien.

— Doucement Sophie, pas d'abus veux-tu ? Un doigt de punch suffira Manuela. L'alcool se marie mal avec les antibiotiques.

— Ma petite, le docteur a parlé.

— D'accord. Juste un doigt. Et toi Vanie ?

— Un doigt également, merci.

— Comment va mon petit frère aujourd'hui ? demanda Manuela.

— Bien. Je le sens toujours bouger. C'est merveilleux, n'est-ce pas Anne ?

— Oui, c'est fantastique. On ne le voit pas mais il est déjà présent. C'est fou ce qu'il tient comme place.

— Alors là, vous pouvez le dire. Il en tient de la place, il ne me reste que vingt centimètres de drap pour ne pas tomber du lit, constata joyeusement Jaime.

— Tu exagères. Si ton fils te gêne déjà, il ne...

— Chut. Personne ne me gêne mon cœur. Fameux, ce punch !

— Change de sujet, tu as raison.

— Je peux bien faire une remarque, non ?

— Bien sûr, bien sûr !

— Euh... Bon, rien a changé je vois, observa Manuela.

— Pourquoi voudrais-tu que cela change ma petite puce ? Nous nous aimons de cette façon-là. A chacun la sienne. J'adore les piquants qui agrémentent un peu nos conversations. Ce n'est pas bien méchant tu sais. Vanessa est comme toi mon enfant. Elle est jeune, pleine de vie. Je me sens devenir un môme, devant une tigresse qui sort ses griffes. Cela a un côté... euh... qui n'est pas fait pour me déplaire.

— Il y a des hommes qu'il faut essayer de comprendre. Mon père fait partie de ceux-là. Pendant dix-huit ans, je m'y suis employée et j'en suis au même point, pour ma part, j'abandonne.

— Tu me comprends moi ? Alors cela ne te suffit pas ? demanda Frédéric.

— Oh si, amplement. Offre donc le petit ravier de cacahuètes à ceux qui en veulent s'il te plaît.

— Je sers au moins à quelque chose.

— Plains-toi donc. A-t-il vraiment l'air malheureux ? questionna Manuela autour d'elle.

— Ma foi, remarqua Philippe, il a plutôt trop bonne mine pour faire un martyr.

— Pour l'instant, ajouta Sophie. Nous verrons dans quelques années.

— Voilà qui va faire baisser son moral. Si nous passions à table ? Pour ma part, j'ai une faim de loup.

— J'avoue que moi aussi, dit Vanessa.

— Toi ou le bébé, demanda son mari.

— Oh les deux sûrement, je me sens prête à tout dévorer...

— Je crains qu'il ne faille se serrer la ceinture mes enfants, constata Sophie.

— Cela va dépendre de ce que la maîtresse de maison a préparé de bon, ajouta Anne. Je trouve, pour le moment, que l'odeur qui semble venir de la cuisine est plutôt appétissante.

— Hum... L'habit ne fait pas le moine, dit-on.

— Papa, je te signale à tout hasard, qu'il y a un excellent restaurant qui vient de s'ouvrir au coin de la rue.

— Merci, ma chérie, je l'ai remarqué en arrivant, à tout hasard...

— Oh, tu seras privé de dessert pour te punir de cette remarque !

— Oh non pitié. J'adore la mousse au chocolat.

— Comment peux-tu savoir ce que j'ai préparé ?

— Mais voyons mon poussin, en dessert, il n'y a que cela que tu ne rates pas !

— Oh, oh, je... je vais...

— Calme-toi, conseilla Sophie. Ce n'est un secret pour personne ! Ah ah ! précisa-t-elle en éclatant de rire.

Et tout le monde de suivre l'exemple de Sophie. On se mit à table et l'on déjeuna de très bon appétit. Le repas préparé par Manuela s'avéra être délicieux, on s'en doute. La mousse au chocolat trouva ses amateurs. Tout se passa dans une ambiance très familiale. Les cris du bébé... qui avait faim à son tour, s'élevèrent et s'amplifièrent pendant la partie de belote des hommes, pardon, de Sophie et des hommes. Les trois jeunes femmes étaient occupées à laver et essuyer la vaisselle ; elle se précipitèrent sur le couffin, comme ferait un animal sur sa proie...

— Ho là, les femmes. Quelles sont au juste vos intentions. La manger ou la faire manger ? questionna l'heureux père.

— La faire manger, tout en la dévorant des yeux, répondit Manuela. Ce qu'elle est belle.

— Avoue que tu en voudrais bien une comme cela ? demanda son mari.

— Bien sûr. Adorable, avec des yeux bleus, des cheveux blonds, une petite frimousse.

— Dans ce cas, je me demande ce que je pourrais bien faire pour toi. D'abord je suis brun et ensuite...

— Tu as des yeux de cochon !

— Merci ma chérie, pour ce qualificatif.

— Ne te froisse pas, mais non, c'est toujours ce que l'on dit « yeux marrons, yeux de cochon ».

— Ah, eh bien, si on le dit !

— De toutes façons, ce n'est pas une obligation qu'elle te ressemble, fit-elle encore remarquer.

— Hein ! Attends, je ne saisis pas. Tu veux quoi, au juste ? Tu es châtain et tu as les yeux... euh, gris.

— Noisette.

— D'accord, noisette. Tu penses sérieusement avoir ce que tu demandes ?

— Pourquoi pas.

— Peut-être en écrivant au Père Noël alors !

— Mais enfin... Elle peut ressembler à son grand-père, non ?

— Roberts ? Alors là, écoute. Je ne voudrais pas que tu sois déçue ma chérie, mais il y a une chance sur des millions pour que cela marche.

— Je le sais bien.

— Allons, tu verras, tu l'aimeras comme elle sera, nous avons encore le temps d'y penser, et je te connais, dans quelques mois tu voudras un garçon et qui plus est, brun avec des yeux de cochon !

— Oui, c'est possible. Souvent femme varie, disait Victor Hugo.

— J'aime mieux que tu le prennes ainsi. Tu m'as fait peur. C'est vrai, j'ai cru un instant que j'avais déjà un rival !

— Que tu es bête.

— Merci bien. J'espère pour toi que tu plaisantes ?

— Idiot.

— Ah, les femmes, elles ont toujours été douées pour les mots tendres.

— Je suppose Frédéric que tu es en train de perdre ? questionna Vanessa.

— Comment diable pouvez-vous le savoir ?

— Je serais toi, je me concentrerais sur le jeu et je fermerais la bouche. Ah, ah, s'esclaffa Jaime.

— C'est malin. Vous trichez sans arrêt aussi ! Comment voulez-vous que j'y arrive ? Je n'ai jamais sû tricher moi !

— Allons, cesse de te plaindre et joue, s'impatienta Sophie.

— Evidemment vous êtes pressée, c'est vous qui gagnez !

— Est-ce ma faute à moi, si les jeunes d'aujourd'hui ne sont plus bons à rien ?

— J'aurais dû jouer avec vous, contre papa et Philippe.

— Là mon garçon, il fallait y penser avant.

— ... Et voilà... Ils nous ont plumés mon pauvre Philippe. Les vieux nous ont plumés.

— Les vieux, comme tu dis, sont encore bons à quelque chose, eux !

— Ça va, ça va Sophie. La prochaine fois...

— Bien sûr, nous connaissons tous le refrain !

— Bien. Dès que bébé Morel aura englouti son biberon, je suggère une petite promenade dans les parcs, proposa Vanessa.

— Oui, bonne idée. Gaëlle a besoin de changer d'air avec tous ces fumeurs, remarqua Anne. Heureusement que Philippe ne fume pas, sinon on ne se verrait plus dans la maison.

— Vous n'avez jamais songé à arrêter ? questionna Mamie.

— Si. J'ai stoppé lorsque je suis tombée enceinte, et... et voilà, cela m'a repris, je crois que c'est nerveux. Le plus simple aurait été de ne jamais commencer à fumer, mais on voit les autres, et puis on se donne une attitude, on cache sa timidité, on prend une contenance, je fonde l'espoir que cela me passe un jour.

— Oui, moi aussi, remarqua Vanessa. Finalement nous nous droguons ma chère Anne.

— Ni plus, ni moins. J'ai beau le lui dire, constata Philippe. Elle croit qu'un bol d'air va la désintoxiquer. Allez, ôte-lui ce biberon, tu vois bien qu'elle a tout bu.

— Quoi, déjà, quelle gloutonne. A présent un petit rot... voilà. Elle comprend tout cette puce !

— Le vrai portrait de son père, fit celui-ci.

— Hum...

— Tu dis ?

— Moi chéri ? Oh rien. Donnez-moi son petit bonnet s'il vous plaît Manuela, il y a du vent, je ne voudrais pas qu'elle prenne froid. Prêt tout le monde ? C'est parti.

L'après-midi passa comme un éclair, il faisait beau, seul le vent était frais. C'était le printemps.

— Nous devrions peut-être faire demi-tour à cause de la petite. La fraîcheur tombe encore assez vite.

— Oui Jaime, tu as raison, il ne faudrait pas qu'elle s'enrhume, approuva Sophie. Je n'ai d'ailleurs pas si chaud que cela ; je trouve le vent glacé.

— Cela revigore. Tu as pris des couleurs ma bonne Sophie.

— Sophie, attendez, je vous ai emprunté votre châle hier ; il a dû rester dans mon sac à main. Tenez, mettez-le sur vos épaules tout de suite, proposa Vanessa.

— Quelle aubaine. Le hasard fait bien les choses tout de même, vous avez bien fait de le laisser dans votre sac.

— Je crois plutôt que c'est ma négligence. Je n'ai pas du tout songé à le remettre là où je l'avais pris.

— Tu l'avais pris ? Mais c'est du vol manifeste, ma chérie !

— Sophie, venez à mon secours, mon mari m'accuse traîtreusement !

— Ma chère Vanessa, ne l'écoutez pas, il n'a toujours vu que les fautes des autres. Merci mon enfant, sans vous je mourrais de froid.

— Et vlan, prends ça mon petit Jaime. Que voulez-vous répondre ? J'espère que mon fils me défendra contre ces deux tigresses !

— En attendant, je peux te dire que tu as encore de longues années à souffrir, ah ah, constata Sophie.

— Ecoutez-moi ce bourreau, mais c'est qu'elle s'en réjouit.

— Vanessa, tu... Hé, chérie ! Qu'est-ce qu'il y a ? Tu es bien pâle, un malaise ? Viens t'asseoir sur ce banc, là, tu es fatiguée, hein ?

— Non non, ça va. Ce n'est rien. Continuez sans moi.

— Pas question. Pourquoi continuer sans toi ? Nous avons le temps. Anne a bien camouflé Gaëlle et nous ne sommes qu'à cent mètres de la maison, d'accord, je crois que j'ai compris, tu es essoufflée, nous marchons trop vite. Bon sang, tu ne pouvais pas le dire.

— Sophie avait froid.

— Sophie a son châle à présent. Et elle est capable de s'occuper d'elle. Toi, tu prends soin de toi, de notre enfant. Bon D... es-tu inconsciente ou quoi ? Tu es bien trop près de ton terme pour prendre de tels risques. C'est stupide. Bon, vous n'avez qu'à rentrer. Je m'occupe de Vanessa.

— Tu es sûr que ça va aller, demanda la gouvernante.

— Oui, oui, allez devant. Chérie, encore vingt mètres et tu t'effondrais.

— Excuse-moi, je...

— Chut, repose-toi cinq minutes. Ecoute-moi, quand vas-tu songer un peu à toi ? Laisse les autres se débrouiller tous seuls de temps en temps. Tu es trop mère-poule.

— Je sais, je vous aime et...

— ... Et nous t'aimons mon ange, que tu sois ou non derrière nous pour nous aider. Tu as compris ? Cesse d'en faire plus que tu ne peux, surtout en ce moment, d'accord ?

— Je suis telle que je suis, tu ne me changeras pas !

— Je peux toujours essayer, non ?

— Bon courage alors.

— Hum, je sais. Est-ce que cela va mieux ? Tes couleurs reviennent. Bon sang, tu m'as fait peur, dit Jaime en sortant son mouchoir de sa poche pour éponger son front en sueur.

— Toi aussi, tu m'as fait peur.

— Hein ?

— Tu ne t'ai pas rendu compte que tu hurlais ?

— Je hurlais ?

— J'ai cru que la terre s'effondrait, ou que le ciel me tombait sur la tête.

— Pardon chérie.

— Pardonne-moi toi aussi. As-tu remarqué ?

— Quoi donc ?

— Nos discussions finissent toujours par les mêmes mots.

— ... Plus un baiser, c'est agréable, non ? Dire que Manuela voudrait que nous nous passions de ça. Impossible !

— Tu les as entendus, tout à l'heure ?

— Oui. Laisse-les faire. Ils n'ont pas encore compris que c'était héréditaire.

— ... Je me sens mieux à présent, nous y allons.

— Tu es sûre ?

— Oui, oui. Je t'assure, cela va bien.

— Mais, tu trembles. Qu'est-ce qui ne...

— J'ai un peu froid chéri.

— Qu'as-tu sous ton manteau ? Un gilet, une veste ?

— Euh, non, rien. Oh je t'en prie, ne me gronde pas, il faisait si bon tout à l'heure, et puis je me sens si lourde.

— Je ne... allons-y. Il va bientôt faire encore plus frais, et je ne sais pas ce qui me retient de te flanquer une bonne fessée.

— Il y a peut-être un peu trop de monde. Jaime... dis-le !

— Quoi donc ?

— Que tu as envie de m'étriper...

— Alors là, tu ne crois pas si bien dire. Tu es irrécupérable. Tu es inconsciente, négligente, altruiste, et j'en passe.

— Heureusement que ce ne sont pas des maladies que tu énumères là, sinon, il faudrait m'achever tout de suite.

— Tu vas tomber malade, et tu ris ?

— Veux-tu que je pleure ? Puisque je suis altruiste comme tu dis, mon dévouement ira jusqu'à te faire ce plaisir, si tu en as vraiment envie, pour toi je me sacrifierais volontiers tu sais.

— Sais-tu ce que tu es en train de me faire ?

— Non, je ne vois pas.

— Tu me mets les nerfs en boule. Nous arrivons.

— Ton calvaire est fini mon amour. Excuse-moi si je passe

la porte la première, mais, en plus, j'ai une très grande envie de faire pipi.

— Je... Vanessa ! Vanessa par pitié, tu me tues.

— Mais non mon trésor, tu es encore bien trop jeune, rétorqua celle-ci en se ruant sur la porte des W.-C.

— Un peu de silence vous autres. Pensez au bébé qui dort. Qu'est-ce qui se passe papa ? Tu sembles être dans tous tes états.

— Oh, il y a de quoi, franchement.

— Tu me fais peur, Vanessa va plus mal ? murmura Manou, tout bas.

— Elle me tue. C'est moi qui vais tomber malade.

Ils entrèrent tous deux au salon.

— Alors Jaime, questionna Mamie, comment va Vanessa ?

— Oui, dit Philippe, elle nous a fait peur. Va-t-elle mieux ?

— Rassurez-vous, elle va bien, n'ayez plus peur.

— Il ne faudrait pas qu'il lui arrive quelque chose maintenant, ce serait vraiment trop bête, remarqua Anne.

— As-tu du lait ma puce ? demanda Jaime à sa fille.

— Bien sûr, tu en veux ?

— Non, pour Vanessa, fais-lui en chauffer un bon bol s'il te plaît.

— Comment ? Très chaud, ou seulement tiède ?

— Brûlant ! Ça lui apprendra à mettre une veste sous son manteau.

— Quoi ? Elle n'avait pas pris son gilet ?

— Mais non ma bonne Sophie. D'abord, elle marche trop vite pour que tu n'aies pas froid, elle te donne son châle, alors qu'elle, elle frissonne et pour cause, elle n'a rien sur le dos et comme si tout cela ne suffisait pas, elle m'avoue, en arrivant, qu'elle avait terriblement envie de pisser. Tu voudrais, Manou que je me calme. Quand je pense que j'ai eu le courage de dire « oui » à monsieur le curé... Il fallait vraiment que je sois tombé sur la tête ce jour-là !

— Et moi donc, fit une voix dans son dos. As-tu fini ton discours ?

— Euh, oui j'ai fini. Tu vas t'asseoir ici tout de suite. Manuela va t'apporter du lait... « chaud » que tu vas me faire le plaisir de boire illico-presto.

— Sitôt dit, voilà le lait, ouille. Ça brûle, fais attention.

— Merci Manou. Non, pas de sucre, mets lui une bonne dose de miel, je préfère.

— Bien docteur, je dois en avoir. Ma chère Vanessa, il te dorlote. A moins que ce ne soit son héritier ?

— Hum... plutôt oui ! Oh, assez de miel. Je ne suis pas très forte là-dessus.

— Sur le miel ? Mais c'est délicieux, pour ma part, je préfère une cuillerée de miel à un morceau de sucre.

— A chacun ses goûts ma grande, ton père essaie de me forger à son image...

— Tu te laisses faire ? interrogea Philippe.

— En apparence seulement, répliqua Jaime.

— Tu vois, il me connaît par cœur ! Anne ? interpella Vanessa.

— ...

— Anne ?

— Hein ? Oh pardon Vanessa, j'étais ailleurs.

— Je vois bien. Quelque chose ne va pas ?

— Oui. Non, non... tout va très bien !

« Bizarre, elle est bien sombre depuis que nous sommes rentrés de promenade » pensa Vanessa ; « elle ment, je le sens ; il se passe quelque chose, je me souviens l'avoir déjà vue ainsi... c'était en juin. Et lui, il n'a guère ouvert la bouche de toute la journée. Souffrirait-il encore ? Je le trouve un peu pâle, il est sorti de l'hôpital il y a trois mois. Il a la mine soucieuse lui aussi. Oui... se seraient-ils disputés ? Il faut que je sache. Je déteste être dans l'incertitude. Je dois leur parler à l'un ou à l'autre, coûte que coûte, je ne serais soulagée qu'après ». La jeune femme termina son bol de lait déjà bien tiède, et se dirigea vers la pièce qui sert de bureau à Frédéric d'un pas décidé. Elle y entra. referma la porte et alla droit à la fenêtre ; elle posa son front contre la vitre.

« Et si je me trompais ? Je vais encore me mêler de ce qui ne me regarde pas. Tant pis. J'en aurai le cœur net ! » Elle revint sur ses pas, rouvrit la porte et appela :

— Philippe ? Tu as cinq minutes à m'accorder, j'ai besoin d'un conseil !

— Avec plaisir. J'arrive.

Elle reprit vivement sa place près de la fenêtre et attendit.

— Vanessa ?

— Par ici. Dans le bureau, entre et ferme la porte s'il te plaît, merci.

— Comment te sens-tu ? Vas-tu commettre encore d'autres imprudences comme celles-ci ? attaqua-t-il.

— ...

— Qu'as-tu ?

— Et toi Philippe, qu'as-tu ?

— Pardon ? Que veux-tu dire. Je ne comprends pas !

— Philippe... Pas à moi s'il te plaît, je ne suis pas aveugle. On ne t'a pratiquement pas entendu de la journée et Anne est soucieuse elle aussi.. Alors ? Que se passe-t-il ? Vous êtes fâchés ?

— ...

— C'est cela ?

— Mais non. Que vas-tu chercher. Tout va bien.

— Je t'en prie Philippe. Je te connais trop bien pour m'apercevoir que quelque chose ne tourne pas rond !

— Quand cesseras-tu de t'occuper des autres !

— ...

— Ton mari a raison. Pense un peu à toi, que diable.

— Mais j'ai toujours pensé qu'à moi justement. Tu le sais bien, je suis orpheline, je n'ai eu à m'occuper que de moi. Je peux, maintenant que j'ai une famille, penser un peu à eux...

— Tu en fais trop justement. Tu finiras par les étouffer !

— ... Tu penses vraiment ce que tu dis ?

— Tu disais à l'instant que tu me connaissais trop bien.

— Oui, c'est vrai. Tu as mille fois raison. Il n'empêche que tu as des soucis, je le sens. Tu ne veux pas m'en parler ?

— J'aimerais mieux pas.

— Ainsi, j'avais raison. Anne est au courant ? Mais, bien sûr. suis-je bête. Il n'y a qu'à la regarder pour comprendre, je me souviens l'avoir déjà vue aussi pensive ; elle m'en avait d'ailleurs expliqué la raison que beaucoup plus tard : c'était le jour où son médecin traitant lui avait confirmé son état. Philippe ? Est-ce grave ? Tu peux au moins me dire cela.

— Non, ce n'est pas grave, seulement Anne se fait beaucoup de soucis pour moi, et moi je m'en fais pour elle.

— Tu l'aimes, n'est-ce pas ?

— Oui, infiniment.

— Elle t'aime aussi. Cest une chic fille. Je l'admire. Je crois que vous vous méritez bien tous les deux.

— Jaime et toi formez également un merveilleux couple.

— Oui, je le crois aussi. Jaime est... est un homme formidable, je l'aime très fort tu sais.

— Il t'aime aussi, cela ne fait aucun doute. Alors, tout va pour le mieux ?

— Non !... Philippe, je suis certaine que nous pouvons vous aider.

— Vanessa, arrête, je t'en prie. Ce n'est rien. Si, si je t'assure, dans deux ou trois jours, tout sera rentré dans l'ordre.

— Et en attendant, je vois bien que vous souffrez tous les deux.

— C'est notre problème Vanessa.

— ...

— D'accord ?

— ... C'est un problème de santé ? Dis-le moi je t'en prie.

— Que vas-tu chercher ? Anne et moi allons très bien.

— Gaëlle ?

— Pas davantage. C'est simplement de la... paperasserie. Cela ne te concerne pas.

— Sûr ?

— Certain.

— Le destin est bien cruel parfois. J'aurai souhaité te revoir dans d'autres circonstances.

— Oh moi aussi. C'est la vie.

— La vie ! Cher Philippe, nous avons tous eu très peur pour toi, dire que tout çà est arrivé par ma faute. Jaime m'avait pourtant prévenue. Il m'avait déconseillé d'aller au cimetière. Je ne me serais jamais pardonné si tu...

— Vas-tu bien te taire. Une fois pour toutes Vanessa, mets-toi ça dans la tête. Tu n'as pas à t'accuser de quoi que ce soit. C'est la fatalité.

— Si Alexandre n'avait pas...

— Ce prénom n'a plus cours dans nos vies, tu as bien compris ? Je ne veux plus l'entendre, ni dans ta bouche ni dans celle de personne. Nous devrions rejoindre les autres. Il se fait tard et nous allons rentrer chez nous.

— C'est à cause de... de ce que je viens de dire ?

— Non, pas du tout. Nous avons prévenu Manuela ce matin en arrivant que nous ne resterons pas pour souper à cause de la petite.

Il se dirigea vers la porte et, posant la main gauche sur la poignée il se retourna.

— Vanessa, je t'en prie, prends bien soin de toi.

Il prit la main de la jeune femme dans son autre main et la baisa.

— Je te le promets Philippe, murmura-t-elle en retirant sa main, toi aussi, fais attention à toi.

— Tu sais bien que je veux vivre cent ans, s'esclaffa-t-il.

— Je te le souhaite de tout cœur.

Ils rejoignirent les autres au salon. Bizarrement, personne ne fit de commentaires, pas même Jaime qui était occupé à parler avec Anne.

— Oui, disait celle-ci, demain matin à neuf heures, j'avoue que je redoute un peu cet ultime interrogatoire. Enfin puisqu'il le faut...

— Pourquoi parles-tu de cela maintenant ? intervint Philippe sur un ton de reproches.

— C'était plus fort que moi ! Il fallait que je leur en parle, je me sens un peu plus soulagée à présent. Ne m'en veux pas, je t'en prie.

— Nous étions convenus de...

— Je sais, je sais. Excuse-moi. Qu'est-ce que cela change ?

— Rien Anne, lui dit Vanessa. Nous aussi, nous sommes convoqués demain matin à neuf heures. Vous avez bien fait d'en parler. Je suppose que cette affaire va être définitivement classée... enfin classée !

— Il y en a pour plusieurs jours, nous a confié le commissaire lorsque nous lui avons téléphoné, remarqua Anne.

— Plusieurs jours ? Deux ou trois, n'est-ce pas Philippe ?

— Bravo Vanessa pour le rapprochement. Décidément, on ne peut rien te cacher... finalement tu as quand même eu la réponse à ta question. Tu vois que ce n'est pas grave. Juste un mauvais moment à passer...

— J'ai bien vu à quel point vous étiez inquiets. Tout ira bien, je le sais.

— Du moment qu'elle le sait ! Vous pouvez lui faire confiance, elle se trompe rarement, leur confia Jaime.

— Nous avons déjà pû en juger, en effet. Merci Vanessa.

— Vous êtes tous merveilleusement courageux, vous êtes jeunes et l'avenir vous appartient mes enfants !

— Sophie a entièrement raison, avec le temps tout s'efface si on le souhaite vraiment. Si nous faisions le tri, nous nous apercevrions qu'il nous reste encore pas mal de bons souvenirs, remarqua Manuela en faisant un clin d'œil à Vanessa qui songea aussitôt à leur journée passée à peindre une certaine salle d'eau... en bleu.

— Bien ! Anne, ma chérie, il faut penser à rentrer, la nuit va tomber et Gaëlle est encore trop petite pour traîner dans les rues à cette heure !

— Oui, tu as raison. Donne-nous deux petites minutes et nous serons prêtes, dit la jeune maman. Je vous souhaite une très bonne fin de soirée à tous et nous nous verrons donc demain au commissariat ?

— Oui, nous y serons. Bonsoir, à demain, leur dit Vanessa en les embrassant.

— Bonsoir à tous, et merci aux jeunes mariés pour cette très bonne journée, et bravo pour la mousse au chocolat. Hum... délicieuse.

— Hé là Philippe, arrêtez, n'en jetez plus. Sinon je vais être obligé de lui faire des compliments tous les jours, remarqua Frédéric.

— Et tu en es si avare, marmonna sa jeune épouse en riant.

— Bonne nuit, dirent ensemble Sophie et Jaime.

Lorsque leur voiture se fut éloignée, Manuela remarqua :

— Ils sont bien gentils. Nous sommes entrés dans leur vie sans crier gare.

— Oui, et ils ne nous le reprochent même pas, pourtant, qui pourrait leur en vouloir, après les dures épreuves qu'ils ont endurées.

— Ce sont de vrais amis Jaime, dit Vanessa. L'amitié vaut quelquefois mieux que l'amour. Je...

— Rentrons ! ordonna brusquement Jaime, tu vas t'enrhumer si nous restons sur ce pas de porte ; le temps s'est drôlement rafraîchi, allez mes enfants, il fait meilleur au salon.

« Pourquoi m'a-t-il empêché de dire ce que je voulais dire ? se demanda Vanessa en s'asseyant sur un pouf. J'aurai souhaité qu'il comprenne bien ce que je voulais exprimer par ces mots ! Qu'a-t-il cru ? »

Elle regardait son mari fixement, cherchant à deviner ce à quoi il avait pensé ; il se tenait devant le buffet de la salle à manger, les mains dans les poches. Il regardait un cadre où se trouvait une photographie le représentant lui, aux côtés de Barbara qui tenait dans ses bras un nouveau-né : Manuela.

« L'amitié vaut-elle plus que l'amour, Barbara ? Tu l'as cru, toi aussi ? Tu as cru à l'amitié de cette garce de Mireille et non à l'amour que je te portais ! Quelle folie. L'amour sincère supplante aisément l'amitié, aussi fidèle soit-elle ! »

Il tourna la tête et posa son regard sur Vanessa ; celle-ci le regardait toujours.

« Chérie, je t'aime tu sais. Je t'aime très fort. Laisseras-tu les sentiments que tu as pour Philippe tuer notre amour ? Ne te laisse pas aveugler par les souvenirs que vous avez en commun. J'ai tant besoin de toi ! »

Vanessa venait de se lever et se dirigeait vers lui. Il posa à nouveau les yeux sur la photographie.

— Tu voudrais que je lui ressemble, n'est-ce pas ? lui dit-elle, tout bas.

— Non, oh non, ne crois pas cela, murmura-t-il. Ne cherche pas à lui ressembler. Je t'aime telle que tu es, tu comprends ? Je t'aime Vanessa.

Elle passa tendrement ses bras autour du cou de son mari.

— Je t'aime aussi mon chéri, tel que tu es, aussi énigmatique sois-tu !

— Enigmatique, moi ? Que veux-tu dire ?

— Qu'as-tu ? Qu'est-ce qui te tourmente ? A quoi pensais-tu alors en regardant ce cliché ? lui demanda-t-elle toujours très bas.

— A toi, et à Philippe, à l'amitié et aussi à l'amour.

— A l'amour que tu crois que je lui porte encore ? C'est cela ?

— Je n'ai pas... je... tu as dit « l'amitié vaut plus que l'amour ».

— Tu m'as coupé la parole tout à l'heure, pourquoi ? Qu'avais-tu peur que je dise ? Ou qu'avais-tu peur d'entendre ?

— Je ne sais pas chérie...

— Je constatais que lui et moi avions eu raison de rompre autrefois. Je n'éprouvais pas vraiment de l'amour pour lui, seulement une grande et profonde amitié... cela valait beaucoup mieux, nous n'aurions pas été heureux ensemble. Aujourd'hui je sais que nous avons eu mille fois raison. Ce que j'éprouve pour toi n'a rien à voir avec cette amitié-là, c'est quelque chose de plus fort, de plus... intense.

— De plus ardent ?

— Sans aucun doute possible !

— Tu as une façon romanesque de voir les choses !

— Que veux-tu ? Je suis une grande sentimentale, ajouta-t-elle en lui tendant ses lèvres.

— Hé ! les amoureux ? Ne nous oubliez pas, supplia Manuela.

— Bon sang, pourquoi ne les laisses-tu pas une minute tranquilles ? intervint Frédéric.

— Comment, pourquoi ? Mais j'ai faim moi.

— Faim ? Ce n'est pas vrai ! Je n'ai pas encore digéré ta mousse au chocolat. Il n'est que vingt heures et nous sommes sortis de table il y a à peine quatre heures, tu ne penses pas que ton estomac pourrait patienter encore un peu non ? Que Vanessa ait faim d'accord, mais toi !

— Mon petit Frédéric, mais je n'ai pas faim, se défendit Vanessa. Vous avez tous vu ce que j'ai mangé ? Manuela, ne prépare rien pour moi, j'avalerai peut-être une soupe, et encore, pas sûr.

— Ce n'est pas possible, j'ai pourtant mangé autant que vous, confessa Manuela. Je dois digérer deux fois plus vite, c'est tout.

— Oh c'est sûrement çà, ne t'inquiète pas, la rassura Frédéric, indolent.

— Il se moque de moi, ma parole. Si tu ne t'étais pas empiffré autant de dessert...

— Ça y est. J'attendais cette réflexion. Ah les bonnes femmes.

Au lieu de discuter, mets donc la soupe sur le feu, puisque tu as faim !

— Je... Je ne suis pas si pressée, d'abord je n'ai pas une faim d'ogre, une soupe, une salade, et un fromage.

— C'est tout ? Alors pourquoi en fais-tu tout un plat. Si je puis dire...

— Mais, c'est toi qui, oh zut ! Tu m'énerves à la fin. Tu deviens comme mon père, ou alors c'est moi.

— Ah, ah ah ! ricana celui-ci, c'est sûrement l'hérédité.

— Bel héritage. Mais regarde-le papa, il me nargue et ça m'irrite les nerfs !

— Mais non, il ne te nargue pas, c'est toi qui le crois. Il est seulement résigné, le pauvre !

— D'accord, à quatre contre une, j'abandonne. Faites-en un martyr si cela vous chante. Donnez-lui de mauvais exemples à suivre, mais tu verras tout à l'heure Roberts. Il n'y aura plus personne pour te défendre, et alors là, je ne donne pas cher de ta peau, dit-elle en pointant un index meurtrier vers son mari, avant de sortir de la pièce en claquant la porte.

Frédéric rouvrit celle-ci et se lança à la poursuite de sa femme en lui criant :

— Manou chérie, tu es une merveilleuse épouse, j'admire ton calme et ta patience, c'est d'ailleurs pour cela que je t'adore !

— Sors de ma cuisine, espèce d'hypocrite, tu n'as pas honte ? Tu me paieras ç... hum...

Apparemment Frédéric avait réussi à la faire taire.

— Ah. ah ! ricana encore Jaime, au moins une qui a trouvé son maître !

— Qu'essaies-tu d'insinuer ? lui demanda sa tendre épouse.

— Mais absolument rien mon poussin, je constatais, c'est tout, rétorqua-t-il en l'embrassant passionnément.

— Moi, dit Sophie, je constate une seule chose, c'est que le souper ne va pas être servi de sitôt... et que je vais avoir largement le temps de déballer les quelques cartons de linge qui restent encore dans le garage.

— Attends Mamie, nous allons t'aider, assura Jaime, sans se lever.

— Mais non mon petit. Ne bouge surtout pas. Tu vas gâcher

ce magnifique tableau, fit-elle en les regardant tendrement. Pour une fois, on entendrait voler une mouche, c'est d'un calme ! marmonna-t-elle entre ses dents, tout en s'éloignant rapidement, de peur de faire éclater une nouvelle bagarre par ses insinuations. Elle referma vivement la porte et écouta, l'oreille contre la porte. Rien. Le silence ! La brave femme se redressa, haussa les épaules, puis s'en fut dans le couloir, elle fit trois pas, se retourna à nouveau en haussant les épaules et s'en alla l'air apparemment... déçu !

FIN

Numéro d'impression : 3951
Dépôt légal : mars 1988

ACHEVÉ D'IMPRIMER
SUR LES PRESSES
DE L'IMPRIMERIE S.E.G.
33, RUE BÉRANGER
CHATILLON-SOUS-BAGNEUX

ACHEVÉ D'IMPRIMER
SUR LES PRESSES
DE L'IMPRIMERIE S.E.G.
33, RUE BÉRANGER
CHATILLON-SOUS-BAGNEUX